La promise du guerrier

DENISE LYNN

La promise du guerrier

Traduction française de
CAROLE PAUWELS

Les Historiques

HARLEQUIN

Collection : LES HISTORIQUES

Titre original :
THE WARRIOR'S RUNAWAY WIFE

HARPERCOLLINS FRANCE
83-85, boulevard Vincent-Auriol, 75646 PARIS CEDEX 13
Service Lectrices — Tél. : 01 45 82 47 47

www.harlequin.fr

ISBN 978-2-2804-1549-1 — ISSN 1159-5981

Prologue

Carlisle Castle — avril 1145

Les portes s'ouvrirent en grinçant, et le brouhaha des rires et des conversations diminua soudain, jusqu'à se fondre dans un murmure.

Lorsque Lord Elrik de Roul apparut sur le seuil, un silence total s'abattit sur le grand hall.

Trempées par la pluie orageuse qui venait de s'abattre sur la région, les peaux de loup cousues sur sa longue cape laissaient de petites flaques d'eau dans son sillage.

Du noir halo de sa longue chevelure parsemée de quelques fils d'argent, en passant par son visage aux pommettes anguleuses ombré d'une barbe de plusieurs jours, et jusqu'à l'éclat extraordinaire de ses yeux légèrement bridés, d'un vert intense pailleté d'or, où semblait couver quelque orage secret… tout en lui faisait penser à un loup farouche et indomptable.

Derrière lui, un aréopage d'hommes et de femmes vêtus de façon similaire marchait d'un même pas rapide, dans un silence que seul troublait le cliquètement de leurs cottes de mailles et de leurs épées.

Les courtisans du roi David observaient avec une fascination non dissimulée l'homme de légende qui se tenait devant eux.

Certains étaient assez jeunes pour avoir grandi en entendant parler des Loups du roi. Ils avaient tremblé en écoutant, au plus sombre de la nuit, les histoires fabuleuses qui couraient à leur sujet, en se demandant si tout était vrai, mais sans oser le découvrir par eux-mêmes.

Elrik mit un genou à terre devant le trône et inclina la tête.

Il savait ce que ces gens pensaient de lui — ces courtisans pusillanimes qui n'avaient que peu, voir jamais, employé l'épée suspendue à leur ceinture — et il ne s'en souciait pas le moins du monde.

Pour beaucoup, il était un guerrier mi-homme, mi-loup, à peine civilisé, qui ne pensait qu'à déchaîner les foudres de l'enfer sur d'innocentes proies. Mais, pour lui, la fin justifiait les moyens.

En tant que seigneur de Roul, il faisait ce qu'il convenait de faire pour protéger ses terres et sa famille.

Faire partie des Loups du roi n'était pas chose aisée, mais sa vie n'avait jamais été facile, et cela ne faisait donc guère de différence. Sa seule consolation était la présence au sein de son groupe de ses trois frères, en qui il avait une confiance absolue.

Le roi David se leva.

— Roul, rejoignez-moi.

Elrik se redressa et suivit le roi dans une petite pièce située derrière le trône.

Une fois la porte refermée derrière eux, ils goûtèrent une intimité que n'offrait pas le grand hall.

— Merci d'être venu aussi promptement.

David remplit deux gobelets d'un vin rouge à la profonde couleur rubis et en offrit un à Elrik, avant de s'asseoir.

— Pardon de vous avoir arraché au confort de votre foyer, dit le roi, mais j'ai besoin de vos talents.

— Qui dois-je retrouver ?

Depuis l'enfance, Elrik possédait le don étrange de dénicher ce qui était perdu, qu'il s'agisse d'un objet égaré, ou d'une personne qui ne souhaitait pas être retrouvée.

— Avelyn de Brandr.

Elrik marqua une pause avant d'avaler sa gorgée de vin.

En l'espace d'un battement de cœur, le passé venait de remonter à la surface.

Son père avait cherché à trahir le roi David, à l'instigation de Galdon, Lord de Brandr Isle.

De toute évidence, le domaine de Brandr, ainsi nommé en raison des roches acérées saillant de la pointe nord-est de l'île, telles des épées prêtes à frapper, n'était pas assez vaste pour Galdon, et son esprit de conquête ne connaissait pas de limites.

Que le traître eût agi à l'instigation de son oncle par alliance, Lord Somerled, seigneur d'Argyll, ou à la requête de son grand-père maternel, le roi des Isles, cela n'avait jamais pu être prouvé car Brandr avait fait jouer ses relations pour échapper à la punition.

Contrairement au père d'Elrik.

Afin de sauver la vie de son père, son jeune frère Gregor, dit Rory, et lui s'étaient jetés aux pieds du roi David pour lui demander grâce.

Leur supplique avait été entendue, et le pardon accordé, en échange de rien moins que leurs âmes.

Tandis que leur père demeurait confiné sur Roul Isle, Gregor et lui, ainsi que leurs deux plus jeunes frères, quand ils avaient été en âge de le faire, étaient devenus les Loups du roi. Leurs missions requéraient le plus grand secret et, parfois, la férocité déterminée d'un loup.

— J'ignorais que Brandr avait une fille, remarqua Elrik, en revenant au présent.

— Une fille naturelle.

Elrik fut d'autant moins surpris que la mère de Brandr avait elle-même été conçue en dehors des liens du mariage. Ce qui l'étonnait, en revanche, c'était que le petit-fils du roi Óláfr vint demander de l'aide au roi d'Écosse, à qui il avait tenté de ravir le trône quelques années auparavant.

— Et Brandr est venu vous voir, plutôt que de s'adresser à son oncle ou à son grand-père ? demanda-t-il.

— Il semblerait.

— Vous en a-t-il expliqué la raison ?

— Un mariage a été arrangé entre la jeune fille et Sir Bolk, l'un des lords d'Óláfr.

— Vous ne parlez quand même pas de Bolk l'ancien ?

Le roi hocha la tête.

— Lui-même. Si je compte bien, il s'agira de sa troisième épouse.

Quelle curieuse idée avait eue Brandr d'accepter cette union. À l'évidence, sa fille n'avait guère goûté la perspective de partager la couche d'un vieillard cacochyme.

— Depuis combien de temps a-t-elle disparu ?

— D'après ce que j'ai compris, elle se serait enfuie voilà trois semaines, juste après avoir rencontré son fiancé.

Elrik reposa son gobelet vide sur la table, refusa d'un geste qu'on le resserve, et s'enquit :

— À quoi ressemble-t-elle ?

— On m'a dit qu'elle avait de longs cheveux noirs, les yeux bleus, une agréable tournure, et le tempérament belliqueux de son père.

Magnifique ! songea Elrik, avec ironie.

Non seulement on lui demandait de retrouver la fille d'un chef de guerre qu'il considérait comme un ennemi de sa famille, mais la demoiselle avait trois semaines d'avance sur lui et ne semblait pas du genre à s'en laisser conter.

— Où a-t-elle été vue pour la dernière fois ?

— À Oban.

Il n'y avait rien là-bas, hormis les ruines d'anciennes fortifications.

— Rien d'autre après cela ?

— On a parlé d'une femme brune à Duffield, qui aurait tué un homme parce qu'il voulait l'empêcher de voler du pain. Les hommes de Brandr ont arrêté là leurs recherches.

Elrik n'accordait aucun crédit à ces rumeurs.

Si la fille avait été assez maligne pour ne pas se faire capturer jusqu'à présent, jamais elle ne prendrait le risque d'attirer l'attention sur elle en agissant de manière aussi stupide.

Cependant, si elle avait été aperçue à Duffield, la mission que venait de lui confier le roi pourrait s'avérer un peu plus délicate.

Se rendre en Angleterre était une chose, mais s'aventurer sur les terres du comte de Derby représentait un tout autre défi. En effet, le premier comte de Derby n'avait pas ménagé ses efforts pour aider le roi Stephen à tenir à distance les forces ennemies. À n'en pas douter, son successeur montrerait les mêmes dispositions.

Elrik avait pleinement conscience des risques. S'il était capturé, le roi David ne paierait pas de rançon. Il irait même jusqu'à nier avoir eu connaissance de la mission.

À lui de faire en sorte de ne pas être pris.

Quoi qu'il en soit, la fugitive possédait une force et un courage indéniables. Elle avait déjà accompli un long périple pour une femme seule. Heureusement, il ne fallait pas être grand devin pour savoir qu'elle se dirigeait vers la côte sud, d'où elle embarquerait ensuite pour la Normandie.

— Vous devez la retrouver avant qu'elle ne quitte l'Angleterre, décréta le roi.

— Où Brandr attendra-t-il son retour ?

Le roi s'emporta soudain.

— Peu importe ! Nous n'allons quand même pas la lui apporter sur un plateau. Amenez-la-moi ici.

— Bien, Majesté.

Perdu soudain dans ses pensées, le roi laissa passer un silence.

— Ne trouvez-vous pas qu'il y a quelque chose de curieux à vouloir unir l'arrière-petite-fille d'un roi, âgée de dix-huit ans, à un vassal sans titre ni fortune, de près de quatre-vingts ans ?

— Certes.

— Quant à l'appel à l'aide de Brandr, je trouve cela particulièrement suspicieux.

Elrik ne pouvait qu'approuver ce raisonnement.

— Il est vrai que c'est un peu… étrange.

— L'homme ayant déjà prouvé qu'il n'était pas

digne de confiance, je ne puis m'empêcher de me demander ce qu'il mijote.

David eut un geste de la main pour mettre un terme à cette conversation.

— Trouvez-la et ramenez-la-moi le plus vite possible. Brandr arrivera d'ici à quatre semaines, et je ne souhaite pas sa présence plus longtemps que nécessaire.

Une expression déterminée se peignit sur le visage du roi.

— J'ai également l'intention de contrecarrer ses projets avant son arrivée.

Elrik fut saisi d'un curieux pressentiment en entendant les derniers mots prononcés par le roi. En effet, l'intonation dénuée d'émotion de David laissait à penser qu'il connaissait déjà les intentions de Brandr.

Dès lors, Elrik ne put s'empêcher de se demander quel était vraiment son rôle dans cette mission.

Cela faisait maintenant dix ans qu'il faisait partie des Loups du roi, et pas une fois il n'avait contesté les ordres qu'il avait reçus — pas même lorsqu'il lui avait fallu endurcir son cœur et faire la sourde oreille aux suppliques et demandes de grâce de ses victimes.

Mais c'était différent, cette fois.

C'était personnel, en lien avec la raison pour laquelle il avait vendu son âme au roi.

— Pourquoi moi ? s'enhardit-il à demander.

— Cette jeune personne n'a rien à voir avec le passé.

Le regard de David s'assombrit.

— À l'époque, c'était une enfant, et son père ignorait encore son existence.

Il marqua une pause, avant de se pencher et d'ajouter :

— Votre père a fait son choix. Que Brandr ait été

impliqué ou non dans cette malheureuse histoire ne fait aucune différence.

Elrik ne partageait pas cet avis.

Il avait entendu Brandr haranguer les hommes réunis dans le grand hall de Roul, les mettant en garde contre les étrangers à qui le roi David avait attribué des terres considérées comme des places de choix, et leur insufflant un frénétique désir de vengeance.

Les cicatrices qui lui barraient le dos étaient là pour lui rappeler la cruelle punition infligée aux insurgés, qu'ils fussent avérés ou supposés.

Certes, Brandr n'avait pas lui-même manié le fouet, mais il s'était assuré qu'il en soit fait usage.

Malheureusement, Elrik ne pouvait pas faire part de son opinion au roi. Brandr était le petit-fils d'un roi, et le neveu d'un lord très puissant, tandis qu'il n'était rien d'autre que le fils d'un traître.

— Vous exécuterez mes ordres, Roul.

Tempérant sa fureur, Elrik déglutit pour tenter de chasser l'amertume qui noyait sa gorge et hocha la tête.

— Naturellement, Majesté.

Le roi David se rencogna dans son fauteuil et lui lança une bourse emplie de pièces de monnaie.

— Cela devrait suffire à couvrir vos besoins. En revanche, je n'ai pas d'hommes à vous adjoindre.

Elrik déposa la bourse dans la poche en cuir fixée à l'intérieur de sa cape. L'argent était bienvenu, mais des compagnons de voyage ne feraient que le ralentir.

— Qu'ai-je besoin d'hommes en plus ?

— Peut-être ai-je omis de mentionner que les hommes de Brandr avaient établi la preuve que la jeune lady était pourchassée par quelqu'un d'autre.

Chapitre 1

Sud du Derbyshire, Angleterre.
Une semaine plus tard.

— Ouvrez !

La porte de la chambre fut violemment secouée.

— J'ai grand besoin d'une catin docile.

Avelyn se crispa en entendant la requête de l'homme.

Tenant d'une main ferme la dague qu'elle avait empruntée, elle s'éloigna sans un bruit de la porte.

Elle savait d'expérience qu'il lui suffisait de ne pas répondre et d'attendre qu'il s'éloigne dans le couloir. Au cours des sept nuits précédentes, des hommes à la recherche d'une bonne fortune avaient en effet tambouriné à sa porte, avant d'aller tenter leur chance ailleurs.

Jusqu'à présent, la barre métallique qui bloquait la porte avait tenu bon,

Il semblait y avoir une sorte de code de l'honneur, même dans cette maison close. Apparemment, le fait qu'une porte soit verrouillée signifiait, soit que la chambre était déjà occupée, soit que la dame ne souhaitait pas de compagnie.

À la grande surprise d'Avelyn, les hommes paraissaient respecter ce souhait.

Lorsque le silence revint dans le couloir, elle abaissa son arme et relâcha son souffle.

Prenant place sur un tabouret près de la fenêtre, elle observa le paysage noyé de pluie.

Tout était gris : le ciel, la route devant la maison close… Même les bâtisses environnantes se fondaient en une masse quasi indistincte, sur fond de grisaille.

Elle avait hâte de quitter cet endroit, mais elle s'était laissé convaincre par sa nouvelle amie, Hannah, d'attendre une journée de plus, dans l'espoir que le ciel s'éclaircirait un peu.

Pour le moment, après huit jours de pluie, les cours d'eau débordaient tellement qu'il était impossible de les franchir, ce qui ne faisait qu'accroître le risque de se faire prendre.

Or, elle n'avait pas risqué sa vie en fuyant son père et ses futures noces pour être capturée et ramenée au domaine familial.

Tout le monde chez elle lui avait répété combien elle était privilégiée de se retrouver unie à l'un des chefs de guerre du roi Óláfr. Ce dernier était le père de son grand-père, mais elle n'était rien d'autre pour lui qu'une bâtarde que son père avait eue avec une servante.

Le roi n'était nullement obligé de se soucier de son devenir. Pourquoi, alors, s'était-il donné le mal de prendre de tels arrangements ?

En dépit de cette interrogation, la perspective de se marier l'avait tellement enthousiasmée, lorsque Lord Somerled était arrivé au domaine de Brandr avec la nouvelle, qu'elle s'était empressée de retourner à la hutte incendiée de sa mère.

Elle voulait y récupérer une bague que sa mère lui avait donnée pour son douzième anniversaire. On lui avait dit qu'il s'agissait de la bague de mariage de sa grand-mère, et elle l'avait cachée pour la mettre en sécurité jusqu'à ses propres noces, en espérant que son futur mari accepterait qu'elle la porte.

Mais ceux qui pensaient qu'elle avait beaucoup de chance n'avaient pas vu le seigneur choisi pour être son époux. Il était vieux, si vieux que ses propres fils étaient plus âgés qu'elle. Il avait des rides, la peau couleur de cendre, et un ventre qui pendait sur ses cuisses.

À la pensée de sa nuit de noces, il ne lui était venu que deux solutions : soit elle se donnait la mort, soit elle prenait la fuite.

Ne souhaitant pas mourir si jeune, elle avait décidé de s'échapper.

Son demi-frère Osbert la surveillant de près, elle était partie très vite, n'emportant qu'un peu de nourriture et sa bague, qu'elle avait glissée dans un petit pochon noué autour de son cou à l'aide d'un ruban.

La nourriture ne lui avait fait que deux jours. Le troisième jour, elle avait volé du pain sur l'appui de fenêtre d'un cottage, où il avait été mis à refroidir.

Elle avait failli se faire prendre.

Un homme qui sortait en titubant d'une auberge voisine, l'avait vue prendre la miche de pain et avait essayé de la poursuivre. Plus rapide que lui, elle l'avait rapidement distancé.

Elle n'avait regardé par-dessus son épaule qu'une seule fois, en l'entendant pousser un cri de douleur tandis qu'il trébuchait sur une racine. Ses jurons incohérents la rassurant sur son état, elle n'avait pas pris la peine de s'arrêter, certaine qu'il vivrait.

La nuit suivante, elle n'avait pas réussi à trouver de quoi se nourrir.

Le lendemain soir, elle s'était donc jointe à la foule de mendiants rassemblés devant les portes d'un château et avait attendu qu'on leur jette des restes.

Elle avait réussi à attraper un morceau de pain sec et deux fruits blets qui lui avaient fait l'effet d'un prodigieux trésor.

Mais elle avait surpris le regard affamé d'un enfant en haillons à côté d'elle, comme un rappel de sa propre enfance miséreuse. Sans y réfléchir à deux fois, elle avait placé dans ses petites mains tremblantes la moitié du pain et l'un des fruits.

Voilà à quoi ressemblait sa vie désormais. Elle était une fugitive qui se cachait de tous ceux qui pourraient lui vouloir du mal ou, pire, la ramener à son père.

Elle avait cru mourir de faim et de fatigue durant sa longue marche vers le sud.

Parfois, elle avait eu envie d'abandonner. Mais alors, l'image de l'homme qui attendait de devenir son mari surgissait dans son esprit, lui donnant la force de mettre un pied devant l'autre.

À son grand soulagement, elle était parvenue à éviter les mauvaises rencontres en se tenant à l'écart des voies principales et de la ville.

Mais un après-midi, alors qu'elle était appuyée contre un arbre, à se lamenter sur son sort, une flèche avait sifflé à son oreille et s'était plantée dans le tronc, à un doigt de sa tête.

Elle avait couru à perdre haleine à travers la forêt,

avant de déboucher sur un chemin étroit et cabossé, et avait continué à courir jusqu'à ce qu'elle tombe à genoux.

À bout de forces, elle avait rampé vers le bas-côté, et s'était cachée derrière une pile de branchages et de feuilles.

Le soleil était haut dans le ciel quand elle s'était finalement réveillée, plus affamée encore, et plus fatiguée qu'elle ne l'était la veille.

Elle avait finalement atteint une ville de bonne taille et avait rapidement trouvé le puits commun sur la place centrale. C'était là que Hannah l'avait découverte, buvant à même le seau, et pleurant toutes les larmes de son corps.

L'aimable personne lui avait fait raconter son histoire — ce qui n'était guère compliqué car son esprit était aussi faible que son corps — et elle l'avait amenée ici, à la maison close, où elle gagnait sa vie en compagnie d'autres femmes.

Jusqu'à présent, personne n'avait essayé de la contraindre à exercer le même commerce, et aucune contrepartie ne lui avait été demandée pour la chambre qu'elle occupait, ni la nourriture.

Avelyn leur était infiniment reconnaissante pour leur aide en ces temps de nécessité. Cependant, elle n'était pas naïve au point d'imaginer qu'une demande de contrepartie ne lui serait pas faite un jour. En tout cas, elle s'était promis de trouver un moyen de les rembourser le plus tôt possible.

Un mouvement dans la rue la rappela à la réalité. Trois hommes qu'elle n'avait jamais vus auparavant se dirigeaient vers l'auberge. Leurs pieds bottés projetaient l'eau boueuse des flaques sur le bas de leurs longs manteaux de voyage à capuchon et larges manches.

Le plus grand des trois leva les yeux comme s'il savait qu'elle les observait. Aussitôt, Avelyn s'écarta de la fenêtre, se cachant de son regard inquisiteur. Quelque chose dans cet aréopage fit courir un frisson d'inquiétude le long de sa colonne vertébrale.

Un coup discret frappé à sa porte l'arracha à son angoisse. Reconnaissant les manières feutrées de Hannah, Avelyn traversa la chambre pour inviter sa nouvelle amie à entrer.

Le vacarme provenant du grand salon en dessous devint assourdissant quand elle ouvrit la porte. Elle s'était habituée aux rires tonitruants et aux jurons des hommes avinés, mais il flottait dans l'air une étrange tension qui n'y était pas auparavant.

Elle fit signe à Hannah d'entrer et ferma rapidement la porte.

À en juger par l'air préoccupé qui assombrissait le visage de son amie, cette dernière avait également perçu le changement d'ambiance.

— Que se passe-t-il ?

Avec un soupir, Hannah se dirigea vers le lit.

— Asseyons-nous.

Avelyn la rejoignit, encore incommodée par la vision des trois inconnus.

— Que se passe-t-il ? demanda-t-elle à nouveau.

Hannah jeta un coup d'œil autour d'elle avant de répondre.

— Tu sais que Mabel n'a pas pu venir depuis trois jours.

— Oui. Elle a été obligée de rester chez elle parce que son enfant est malade…

Traversée par une sombre pensée, Avelyn s'affola.

— J'espère qu'il n'est rien arrivé au petit.

— Non. Non. L'enfant va mieux. Mais Edward, un habitué de Mabel, est en bas et demande une femme. Puisqu'elle n'est pas là, il faut que ce soit quelqu'un qui lui ressemble.

Perplexe, Avelyn plissa le front.

— Il veut une prostituée. Qu'importe son apparence, non ?

Hannah lui tapota le bras.

— Les hommes ne viennent pas tous nous voir pour les plaisirs de la chair. Certains ont besoin d'un contact humain, un mot gentil, une accolade, une caresse. L'homme est âgé et il a perdu sa femme il y a deux ans. Apparemment, elle avait les cheveux noirs et la taille fine dans sa jeunesse.

Avelyn ferma un instant les paupières. Comme tout le monde avait remarqué que Mabel et elle pourraient être sœurs, elle savait ce que Hannah allait lui demander.

Elle posa cependant la question pour en avoir le cœur net.

— En quoi cela me concerne-t-il ?

— Tu n'es pas stupide. Tu sais très bien ce que je suis venue te demander. J'ai besoin que tu prennes la place de Mabel ce soir.

Avant qu'Avelyn ait eu le temps de protester, Hannah s'empressa d'ajouter :

— L'homme est impuissant, tu n'as donc absolument rien à craindre. Tout ce qu'il te faudra faire, c'est le laisser te serrer dans ses bras.

— Comment cela ?

Avelyn se méfiait. Il devait bien y avoir autre chose.

— Eh bien, il te tiendra toute la nuit dans ses bras,

au lit, dévêtue. Il t'appellera Agnes, te demandera un baiser ou deux, et voudra peut-être te caresser les seins. Mais, je ne promets que c'est tout.

Comment cela, c'était tout ?

En dehors d'un rapide et chaste baiser sur la joue, Avelyn n'avait jamais été embrassée par un homme. Et jamais elle n'avait laissé un homme voir, et encore moins toucher, son corps nu.

Ce qui semblait anodin pour Hannah était bien plus qu'Avelyn ne pouvait accorder à un homme qui n'était pas son mari.

Hannah rompit un silence qui s'éternisait.

— Personne ne le saura et, en échange de bien peu de chose, il te donnera assez d'argent pour compenser tout ce que nous t'avons fourni.

L'heure des comptes avait sonné.

Avelyn était à présent contrainte de payer sa dette et n'avait que deux façons de le faire. Soit elle vendait la bague de sa grand-mère, soit elle faisait ce que Hannah lui demandait.

Elle ne pouvait pas se séparer de la bague. C'était tout ce qu'il lui restait de sa mère.

Malgré son envie de pleurer devant son manque de possibilités, Avelyn refoula ses larmes.

Comme Hannah l'avait dit, personne n'en saurait rien. Et, si la chance continuait à être de son côté, elle aurait bientôt quitté cet endroit — peut-être au matin s'il cessait de pleuvoir. Elle pourrait alors filer vers la Normandie et commencer une nouvelle vie, où personne ne saurait qui elle était, ni ce qu'elle avait été contrainte de faire.

Elle donna son accord d'un signe de tête et ajouta :

— S'il essaie autre chose que ce que tu as dit, je lui donne un coup de couteau dans le ventre.

Hannah rit et lui tapota le bras.

— Sois sûre que ce ne sera pas nécessaire.

Depuis son siège dans un coin de l'établissement, Elrik observait et attendait le bon moment. Deux de ses hommes étaient postés dans le grand salon et, comme lui, examinaient et écoutaient les clients.

Tout le monde en ville paraissait savoir que le propriétaire de cette brasserie louait les chambres à l'étage à des femmes désireuses de monnayer leurs charmes.

On parlait d'une nouvelle pensionnaire, une jeune femme aux cheveux couleur de nuit qui n'avait encore accepté personne. Certains des hommes présents avaient pris des paris pour savoir qui serait le premier.

Si son intuition ne le trompait pas, cette femme pourrait être celle qu'il cherchait.

Jusqu'à présent, rechercher la fille de Brandr n'avait pas été chose facile. Il n'était pas, après tout, un chien de chasse à qui il aurait suffi de poser la truffe au sol. Mais des bribes de conversation entendues dans un endroit et des rumeurs collectées dans d'autres l'avaient orienté dans la bonne direction.

Finalement, il était content d'avoir changé d'avis et de ne pas avoir voyagé seul. Ses hommes lui avaient été utiles plus d'une fois durant cette recherche. Ce qui lui avait échappé, eux l'avaient vu ou entendu.

Fulke, l'un de ses compagnons de voyage, s'approcha et prit place à côté de lui sur le banc.

— Le vieil homme assis à la table près du feu

cherche une femme aux cheveux noirs pour la nuit. Il semblerait que sa catin attitrée ne soit pas disponible.

Elrik porta son gobelet à ses lèvres, mais ne but pas.

— Ils vont lui en trouver une autre ? demanda-t-il.

— Une des prostituées est montée voir.

Elrik porta toute son attention sur l'homme dont parlait Fulke. Il était âgé, d'une maigreur effrayante, et ses mains tremblaient tellement que c'était un miracle qu'il ne renverse pas sur lui le contenu de son gobelet.

Il se leva et fit mine de frissonner, puis s'approcha de la cheminée.

— Le feu me semble bien tentant. Vous permettez que je me joigne à vous ?

— Si cela vous dit. Je ne vais pas rester longtemps.

Elrik s'assit et fit signe à la servante.

— Apportez-moi une bière, et une pour mon ami.

Le vieil homme lui coula un regard en biais.

— C'est la première fois que je vous vois ici.

— Je suis de passage.

— Ah… Et vous avez eu envie d'une agréable compagnie pour la nuit ?

— Peut-être.

— Quel genre de femme cherchez-vous ?

Elrik haussa les épaules.

— Une rousse bien en chair serait à mon goût.

— Pas moi. J'en veux une comme ma chère femme. Une petite maigrichonne aux cheveux noirs

— Et où se trouve votre femme ? Chez vous ?

Si c'était le cas, elle ne serait sûrement pas très heureuse de savoir où son mari passait la nuit.

— Non.

Une profonde tristesse assombrit le visage de

l'homme, et Elrik se sentit coupable d'avoir gâché sa bonne humeur.

— Cela fait maintenant deux printemps qu'elle n'est plus.

— Je suis désolé. Je ne voulais pas vous attrister.

— Ne vous en faites pas. Je viens ici quand son absence me devient trop insupportable.

Il se pencha vers Elrik et baissa la voix.

— Parfois, le simple fait de m'endormir dans les bras d'une femme m'aide à soulager ma peine.

Elrik tapota la main de l'homme, avant de lever son gobelet.

— Vous teniez beaucoup à elle.

— Je l'aimais, fiston.

— Vous devriez vous trouver une autre femme.

À la grande surprise d'Elrik, l'homme éclata de rire.

— Elle est bien bonne, celle-là ! Et que ferais-je d'une femme à mon âge ?

— Les mêmes choses qu'avec votre défunte épouse, je suppose.

L'homme eut un rire amer.

— Vous êtes encore bien jeune, mon garçon. Mais, croyez-moi, vous ne verrez plus les choses de la même manière dans vingt ou trente ans.

— Vous m'avez mal compris. Je pensais à des choses comme le partage d'un repas, une conversation au coin du feu, un corps doux et chaud contre lequel se blottir dans votre lit…

— Aucune autre femme n'occupera le lit d'Agnes. Non. Ça, jamais.

Une femme vêtue de vert descendit l'escalier et se dirigea vers leur table.

Ayant besoin de se rendre à l'étage sans attirer l'attention, Elrik interrogea l'arrivante.

— Une de ces dames serait-elle libre ?

Elle le détailla de la tête aux pieds et sourit.

— Elles se disputeront l'honneur pour quelqu'un comme vous. Avez-vous des préférences ?

Ce fut le vieil homme qui répondit.

— Il aime les rousses potelées.

— Eh bien, c'est parfait. Vous trouverez ce que vous cherchez derrière la seconde porte sur votre droite. Il se trouve qu'elle est justement libre.

Elle s'adressa ensuite au vieillard.

— Quant à vous, mon cher Edward, vous pourrez monter dans quelques minutes. On vous attendra dans la toute dernière chambre sur la gauche.

Elrik se leva et, d'un coup d'œil discret, indiqua à Fulke la direction de l'escalier.

Il prit ensuite congé du vieil homme.

— J'espère que vous apprécierez votre soirée.

— Tout comme vous, j'en suis sûr.

Elrik se dirigea vers l'escalier, marquant une infime pause à côté de Samuel, son autre garde, le temps de lever les yeux vers le palier.

Tandis qu'il serait à l'étage, à essayer de déterminer si cette femme était ou non la fille de Brandr, ses hommes seraient à portée de voix, prêts à intervenir en cas de problème.

Il monta les marches à la volée et traversa rapidement le long couloir, s'arrêtant devant la dernière porte.

Prenant soin de ne pas y mettre trop de force, comme le ferait un vieillard, il frappa à la porte.

— Entrez.

Il poussa le battant et s'approcha du lit, dans la

chambre à peine éclairée par la flamme vacillante d'une chandelle.

Raide comme un bout de bois, sa chevelure couleur de nuit répandue sur l'oreiller, la jeune femme avait remonté le drap jusque sous son menton. Elle s'y agrippait si fort, que les jointures de ses doigts avaient blanchi, et elle avait les paupières fermées, comme si elle redoutait la rencontre.

À l'évidence, il ne s'agissait pas d'une prostituée expérimentée.

Ce n'était qu'une supposition, bien sûr, mais Elrik était presque certain qu'il venait de retrouver la fille de Brandr.

— Lady Avelyn, votre petite aventure est terminée. Levez-vous.

Elle ouvrit les yeux et resta bouche bée.

Elrik plaqua une main sur ses lèvres.

— Ne m'obligez pas à vous emmener nue hors d'ici. Je doute que votre père apprécierait.

Elle secoua la tête, puis enroula les doigts autour de son poignet et tenta de l'écarter.

Elrik souleva légèrement sa main, lui laissant la possibilité de parler, mais se tenant prêt à étouffer ses cris s'il lui prenait l'envie d'appeler à l'aide.

— Je ne retournerai pas à la maison.

Si l'étrange couleur bleu pâle de ses yeux n'avait pas trahi son identité, le commentaire de la jeune femme confirma les soupçons d'Elrik.

Il avait vu juste. Il s'agissait bien de la fille de Brandr.

Il mit un genou sur le lit et se pencha au-dessus d'elle.

— Le vieillard que vous attendez sera ici d'un

instant à l'autre. Je ne vous laisserai pas partager un lit avec lui.

S'il autorisait quelque chose d'aussi avilissant, le châtiment du roi David serait terrible.

— Je vous laisse le choix, reprit-il : vous vous levez et vous enfilez vos vêtements, ou je vous sors du lit et je vous habille moi-même.

À sa grande surprise, elle hésita, comme si elle réfléchissait à une troisième possibilité qu'il ne lui avait pas donnée.

Elrik se pencha davantage pour la détromper.

— C'est simple. Vous vous habillez toute seule, ou c'est moi qui le fais.

En la voyant plisser les yeux, il eut le sentiment qu'elle s'apprêtait à argumenter. Or, ils n'en avaient pas le temps.

Il attrapa le drap et tira dessus.

Elle poussa un cri et croisa les bras sur sa poitrine, en essayant de se couvrir.

Il ricana.

— À moins que vous ne possédiez un troisième sein, vous n'avez rien que je n'aie déjà vu.

Il lui saisit les poignets.

— Je n'ai pas de temps à perdre avec votre soudain accès de pudeur. Levez-vous.

— Je ne suis pas une catin !

Il le savait bien. Elle avait beau être la fille bâtarde de Brandr, il savait pertinemment que, jusqu'à cet infortuné événement, Avelyn avait beaucoup trop de valeur aux yeux de son père pour que ce dernier n'ait pas surveillé de près son éducation.

— Nous discuterons de cela plus tard.

Il la sortit du lit sans ménagement.

— Où sont vos vêtements ?

Elle fit un signe de tête vers la fenêtre.

— N'essayez pas de vous enfuir et ne criez pas, dit-il, avant de la lâcher.

Il se saisit d'une chemise et d'une tunique sur le banc installé sous la fenêtre.

Poussant les vêtements contre la poitrine d'Avelyn, il ordonna :

— Habillez-vous.

Au lieu d'obéir, elle le regarda droit dans les yeux.

— Je n'irai pas avec vous.

Elrik sentit qu'il commençait à perdre patience. Mais il était certain que sa vie et ses terres seraient en grand danger s'il ne ramenait pas la fugitive.

Il n'avait pas voulu de cette mission. David aurait dû envoyer à sa place l'un de ses jeunes frères, Rory ou Edan. Ceux-ci étaient beaucoup plus courtois et policés avec les femmes qu'il ne le serait jamais.

Feu son épouse lui avait appris que les femmes étaient des menteuses indignes de confiance et bonnes uniquement à avoir des enfants — ce qui n'avait même pas été le cas de Muriel.

Elrik arracha les vêtements des mains d'Avelyn.

Après avoir retroussé le bas de la chemise entre ses doigts, il la passa autour de sa tête.

Concentrant son attention sur le tissu, plutôt que sur la pâle douceur de sa peau, ou les courbes délicates de son corps souple, il fit descendre le vêtement sur elle pour la couvrir.

Il procéda de la même façon avec la tunique, laissant pendre les rubans, avant de pousser la jeune femme sur lit pour s'agenouiller devant elle et lui enfiler ses bas, ainsi que ses poulaines en cuir souple.

Ceci fait, il posa les mains sur les genoux d'Avelyn.

— Cela ne me plaît pas plus qu'à vous, mais je suis chargé de vous ramener à Carlisle. Vous pourrez discuter de ce mariage arrangé avec le roi David.

Elle secoua la tête et croisa les bras sur sa poitrine, comme si ce geste pouvait lui apporter une forme de protection.

— Je vous préviens, Lady Avelyn, je n'ai que peu de patience pour les comportements enfantins. Il serait préférable pour vous de me suivre de votre plein gré, comme une adulte prête à débattre calmement de cette union, plutôt que d'être déposée aux pieds du roi David tel un prisonnier rétif. Je puis vous assurer que le roi sera moins enclin à écouter les doléances d'une prisonnière.

Comme elle restait assise, la tête tournée pour éviter son regard, il ajouta :

— Je n'oublierai pas les ordres que j'ai reçus, pas plus que je n'échouerai à les exécuter. Vous pouvez vous lever et me suivre, ou je peux vous jeter en travers de mon épaule comme un sac de grains.

Cet avertissement lui valut l'attention d'Avelyn.

Elle le dévisagea avec de grands yeux.

— Vous n'oseriez pas.

N'étant pas d'humeur à souffrir davantage de retard, Elrik se redressa et, avant qu'elle ait eu le temps de comprendre ce qu'il avait en tête, la bascula en travers de son épaule.

— Très bien, dit-elle, en lui martelant le dos de coups de poing. Vous avez réussi à avoir le dernier mot. Maintenant, posez-moi par terre.

Il obtempéra et la fit se tourner vers la porte.

— Nous partons. Immédiatement.

Avelyn refusa de bouger.

— J'ai une dette envers eux pour mon séjour.

Elrik se massa l'arête du nez pour tenter d'apaiser la tension qu'il sentait monter dans son crâne, puis il plongea la main à l'intérieur de son manteau pour y prendre l'argent que le roi David lui avait donné.

Sans prendre la peine de compter les pièces, il jeta la bourse sur le lit.

— Cela compensera amplement le gîte et le couvert.

Il la poussa en avant.

— Et maintenant allons-y.

— Non. Attendez.

— Quoi encore ?

Avelyn se précipita vers une table disposée dans un coin de la pièce, ramassa un petit pochon et glissa le ruban qui y était fixé autour de son cou.

Après avoir fait disparaître le pochon dans l'encolure de sa chemise, elle revint près de lui.

— Autre chose ?

— Non.

Il eut un geste de la main en direction de la porte.

— Dans ce cas, allons-y.

— Vous allez tout simplement sortir comme ça avec moi ?

— Oui.

— Et vous ne craignez pas que quelqu'un pose des questions ou s'interpose ?

Il aimerait bien voir quelqu'un s'y risquer. Cela lui donnerait l'opportunité de soulager la tension qui brûlait les muscles de son cou et de ses épaules.

— Pourquoi quelqu'un ferait-il cela ? Vous appartenez à un homme ici ?

— Non.

— Avez-vous conclu un accord plus ou moins douteux avec quelqu'un ?

— Non.

— Dans ce cas, je ne vois pas quelle raison on aurait de m'arrêter.

— Ils ne vous connaissent pas.

— À l'évidence, ils ne vous connaissent pas non plus.

— Je suis ici depuis une semaine. Ils me connaissent.

— Oh ! je vois. Vous leur avez donc dit que vous êtes la fille de Lord Brandr, et que vous avez fui pour échapper à un mariage arrangé par votre arrière-grand-père, le roi Óláfr ?

Elle hésita.

— Non.

— Vous voulez leur dire ?

Voyant sa moue boudeuse, il insista :

— Nous pouvons descendre et, une fois que vous aurez capté l'attention de toute l'assistance, vous pourrez alors faire votre annonce. Bien sûr, je ne serai pas responsable si quelqu'un décide de vous capturer et de demander une rançon, ou de vous ramener à votre père dans l'espoir d'obtenir une récompense.

Avelyn lui lança un regard assassin, puis elle ouvrit la porte et, le menton fièrement levé et le pas raide, sortit dans le couloir.

Chapitre 2

Avelyn serra les poings le long de son corps.

Ces derniers jours, elle avait commencé à croire qu'elle était parvenue à échapper à son destin et qu'elle ne serait pas retrouvée.

Au lieu de quoi, une fois encore, elle avait appris qu'il était inutile de rêver, d'espérer et de compter sur la chance.

Comment cette brute l'avait-elle retrouvée ?

Certes, elle s'attendait à ce que son père envoie des hommes à sa recherche, mais elle pensait qu'il s'agirait d'hommes à lui, de personnes qu'elle connaîtrait, ou qui lui seraient tout au moins familières.

Apparemment, son père était allé quérir de l'aide auprès du roi David, plutôt que de s'adresser à son grand-père, le roi Óláfr, ou même à son oncle et suzerain.

Pourquoi ?

Peut-être ne voulaient-ils pas qu'ils apprennent qu'elle s'était enfuie, plutôt que d'épouser l'homme qu'ils lui avaient choisi pour mari.

Et voilà qu'à présent, cet… cet inconnu croyait

pouvoir la ramener au roi David comme un enfant en fuite ?

Avelyn plissa le front tandis qu'un nouvel espoir se formait dans son esprit.

Était-il possible que son père ait demandé au roi des Écossais d'intervenir dans cette affaire parce qu'il avait changé d'avis et compris que le vieillard choisi pour être son mari ne convenait pas ?

C'était peu probable, mais elle s'accrocha de toutes ses forces à cette pensée.

Cependant, ce n'était pas cela qui allait l'aider à découvrir l'identité de cet homme.

À première vue, il était puissamment bâti. La longue cape doublée de fourrure le couvrait de l'épaule à la cheville, ce qui l'empêchait de voir la forme de son corps, mais il l'avait soulevée sans effort d'un seul bras. Toutefois, il n'avait pas fait preuve de rudesse en l'habillant. Il avait certes tâtonné quelque peu, mais il ne s'était pas montré brutal.

Et sa paume, lorsqu'il avait posé la main sur son genou pour tenter de la raisonner, lui avait procuré un étrange réconfort. Si elle n'avait pas été aussi inquiète d'avoir été découverte, elle aurait aisément pu se laisser troubler par la chaleur qui émanait de cet homme.

L'homme avait les yeux verts, pailletés d'or. Ses cheveux étaient presque aussi noirs que les siens, mais ils étaient parsemés de fils d'argent qui occasionnaient un doute sur son âge.

Il n'était pas vieux pourtant. Plus âgé qu'elle, c'était évident, sans pour autant être un vieillard comme l'homme à qui elle était promise.

— Qui êtes-vous ? demanda-t-elle par-dessus son épaule.

Il se contenta de grommeler et lui enfonça un doigt dans le dos pour l'inciter à avancer vers l'escalier.

Comme ils atteignaient le palier, ils y rencontrèrent un vieil homme.

Songeant qu'il devait s'agir du client que Hannah lui avait réservé, et que celui-ci se dirigeait vers sa chambre, Avelyn se demanda comme son indésirable sauveur allait affronter la situation.

Le regard d'Edward passa de l'un à l'autre, une expression médusée creusant son visage déjà profondément marqué par les rides.

— Ce n'est pas la rouquine.

— Non, en effet, rétorqua Elrik.

— Elle est à moi. Je l'ai payée.

— Combien ?

— En quoi cela vous regarde-t-il ?

Edward tendit la main vers Avelyn.

— J'ai payé. Elle est à moi, répéta-t-il.

— Cela me concerne grandement, car il s'agit de mon épouse.

L'homme aux yeux verts passa un bras autour de sa taille et l'attira contre lui.

— Et nous avons trois enfants affamés à la maison, qui ont grand besoin de l'argent que leur mère peut rapporter.

Sa femme ? Trois enfants à la maison ?

Stupéfaite par ces mensonges outrageants, Avelyn s'efforça de ne rien laisser paraître de son étonnement. Certes, elle comprenait que l'homme avait inventé cette excuse pour quitter l'auberge sans incident, mais il aurait pu trouver quelque chose qui soit moins humiliant pour elle.

— Si le montant est correct, je pourrais l'autoriser à aller avec vous. À condition bien sûr que je sois présent dans la chambre, afin de m'assurer que vous ne faites pas de mal à la mère de mes enfants.

Avelyn plissa les yeux, puis leva la tête vers son importun compagnon.

Elle ne le connaissait pas assez bien pour interpréter le regard qu'il lui lança, mais elle était à peu près certaine qu'il s'agissait d'une mise en garde silencieuse, un avertissement pour qu'elle se tienne tranquille — avertissement qu'elle avait bien l'intention d'ignorer.

Elle lui asséna un coup de coude dans l'estomac et reporta son attention sur Edward.

— Ce n'est pas pour cette raison qu'il souhaite regarder, affirma-t-elle, avec une moue ironique.

Les doigts de son prétendu sauveteur s'enfoncèrent dans sa taille, mais elle choisit de l'ignorer, bien décidée à lui faire honte à son tour.

— Oh non, poursuivit-elle, son seul talent se résumant à faire des enfants, il a envie de voir s'il peut apprendre quelque chose.

Le hoquet outragé de l'homme lui apporta suffisamment de satisfaction pour qu'elle mette un terme à ses offensantes affirmations.

Edward s'écarta, en secouant vigoureusement la tête, tandis qu'il leur faisait signe de s'engager dans l'escalier.

— Non, non. Allez-y, je vous en prie. Je trouverai quelqu'un d'autre.

Sans perdre de temps, l'homme aux yeux verts lui

saisit la main, en entrelaçant ses doigts aux siens, et l'entraîna vers les marches.

À mi-chemin, il marmonna entre ses dents.

— Vous devriez faire attention à ce que vous dites, jeune fille.

— À ce que je dis ?

Elle s'efforçait de parler aussi bas que lui, mais sa colère restait perceptible.

— Vous m'avez fait passer pour une catin.

Il resserra les doigts autour des siens.

— Vous y aviez déjà bien réussi toute seule.

Avelyn essaya de se libérer.

— Jamais de la vie !

— Ah bon ? Je pourrais pourtant jurer vous avoir trouvée nue dans un lit, en attendant qu'un homme vous y rejoigne.

Elle ne pouvait pas le nier. Mais cependant ce n'était pas du tout ce qu'il pensait.

— Il ne serait rien passé.

La conversation s'arrêta quand ils arrivèrent en bas de l'escalier, où deux hommes attendaient.

Se demandant ce qu'ils voulaient, Avelyn eut un mouvement de recul. Mais son « sauveteur » leur fit un signe de tête et ajouta :

— Mettons-nous en route.

D'une certaine façon, elle fut soulagée de découvrir qu'il s'agissait de ses hommes, car ils semblaient aussi sombres et dangereux que lui.

Ils lui emboîtèrent le pas et ils quittèrent tous ensemble l'établissement.

La pluie froide qui lui giflait le visage ne suffisait pas à apaiser la colère d'Avelyn.

Il l'avait traitée de catin.

Il l'avait accusée de choses qui rendraient son père furieux si cela parvenait à ses oreilles.

Ne voulant pas passer un instant de plus sous la contrainte de cet homme, Avelyn libéra son bras d'un coup sec et s'éloigna rapidement.

De lourds bruits de pas frappant la terre derrière elle la prévinrent qu'il n'avait pas l'intention de la perdre de vue.

Elle savait qu'elle ne pourrait pas lui échapper, surtout pour le moment, tant qu'ils étaient à pied. Mais elle n'avait pas à endurer sa compagnie.

Elle lui jeta un coup d'œil par-dessus son épaule.

— Laissez-moi tranquille.

— Je le ferai avec grand plaisir, une fois que je vous aurai remise au roi David.

Il la saisit par le poignet et l'attira à lui, l'obligeant à lui faire face.

Puis, il s'adressa aux deux hommes qui s'étaient arrêtés à côté :

— Allez chercher les chevaux et retrouvez-nous près du puits.

En d'autres circonstances, leur air dépité aurait pu faire rire Avelyn. Mais, pour le moment, elle se souciait peu que leur désir d'écouter la conversation reste inassouvi.

Ce qu'elle avait à dire à cet homme n'avait pas besoin d'un public qui ferait d'elle un objet de ragots.

Dès qu'ils se furent éloignés, Avelyn leva les yeux vers l'irritant personnage qui s'était immiscé dans sa vie.

— Lâchez-moi !

À sa grande surprise, il obtempéra.

Elle s'écarta d'un pas, ravie de pouvoir mettre un peu de distance entre eux.

— Je ne suis pas une catin.

Il lui adressa un regard las, mais non dénué d'une certaine ironie.

— Je ne m'attendais pas à ce que la fille de Lord Brandr en soit une. Cependant, l'endroit où je vous ai trouvée aurait pu induire en erreur un autre que moi.

Son demi-sourire arrogant acheva d'irriter Avelyn. Tout ce qu'elle avait enduré ces dernières semaines, la faim et la soif, la peur, la froide humidité, remonta à la surface, attisant sa rage.

Elle leva le bras pour gifler le goujat.

Il l'intercepta d'un geste prompt.

— Je ne ferais pas cela à votre place.

Il l'attira contre son torse.

— Je n'ai aucune obligation envers votre père, ou envers vous. Je n'ai donc pas à endurer servilement vos exactions, quelle que soit votre colère.

Intimidée par la dureté du ton, Avelyn baissa la tête, en souhaitant pouvoir disparaître.

Pourquoi fallait-il toujours qu'elle se comporte comme une petite sotte ?

Comme elle persistait à garder le silence, il remarqua :

— Votre colère est déplacée. Je ne vous ai fait aucun mal. Je ne vous ai pas non plus trahie.

— Je sais. Je suis désolée et je vous présente mes excuses. Il se trouve simplement que je…

Avelyn se tut et ferma les yeux

Elle était incapable de trouver les mots qu'elle

souhaitait prononcer et ne voulait rien dire de plus à un homme qu'elle ne connaissait pas.

Glissant un doigt sous son menton, il lui fit lever la tête.

— Quoi ? Que vouliez-vous dire ?

Elle ouvrit les paupières et croisa son regard.

Il ne semblait pas en colère. Simplement curieux d'en savoir plus.

— Il se trouve simplement que je ne veux pas épouser Sir Bolk.

Il rit doucement et laissa retomber sa main.

— Je peux le comprendre. Je ne voudrais pas l'épouser non plus.

Comment aurait-elle pu se retenir de rire devant ce commentaire ridicule ?

Cependant, le fait de savoir qu'il la ramenait précisément dans le but d'épouser Sir Bolk eut tôt fait d'assombrir son humeur.

Avec un soupir, Avelyn s'écarta, étonnée de ressentir une sensation de vide après le réconfort que lui avait apporté le contact du torse de l'homme contre sa poitrine.

— Quoi qu'il en soit, même si je n'en ai pas envie, je vais bientôt être contrainte d'épouser l'un des chefs de guerre de mon arrière-grand-père.

Elle frissonna à la pensée de partager sa vie et son lit avec cet homme.

— Alors, il vous reste deux à trois jours pour trouver les arguments qui convaincront le roi David d'intervenir en votre faveur.

— Je ne suis rien d'autre qu'un fragment de propriété. Tout ce que je pourrai dire tombera dans l'oreille d'un sourd.

— Vous oubliez sans doute que toute propriété possède une valeur.

C'était exact. Mais cette valeur était déterminée par des hommes qui avaient peu, voire pas du tout de considération pour ses rêves et ses aspirations.

Ces désirs n'étaient pas différents de ceux des autres femmes. Elle voulait une maison, un mari, des enfants... Mais elle n'avait que peu de foi dans l'amour que chantaient les troubadours. Cela lui apparaissait comme une émotion passablement éphémère et inutile.

Mieux valait privilégier quelque chose de plus solide : l'affection, l'amitié, le partage, une sorte de compagnonnage...

C'était le seul moyen de ne pas ressentir la douleur de la perte.

Sa mère avait pleuré son amour perdu chaque jour jusqu'au dernier. Même sur son lit de mort, elle ne désirait rien d'autre que le contact des lèvres de son amant sur les siennes une dernière fois.

À quatorze ans, Avelyn avait cruellement compris que cet homme tant attendu par sa mère ne viendrait jamais à son chevet.

Après le décès de celle-ci, elle s'était juré de ne jamais se laisser piéger par les belles paroles d'un homme.

Quelle que soit la douceur avec laquelle elles étaient prononcées, elles étaient fausses et vides.

Mais cela ne signifiait pas qu'elle ne voulait pas de mari. Elle en voulait un qui tiendrait sincèrement à elle, et à elle seule. Quelqu'un qui aurait plus ou moins le même âge que le sien pour qu'ils puissent vieillir ensemble. Qui serait assez fort pour la protéger, et assez vigoureux pour lui donner des enfants.

Quelqu'un qui ressemblerait un peu à l'homme devant elle.

Avelyn eut le souffle coupé.

Comment cette pensée saugrenue lui était-elle venue ?

Elle recula encore d'un pas, voulant mettre plus que la distance d'un bras entre eux.

— Avelyn ? Lady Avelyn ?

À en croire le ton plus rude de sa voix, et son froncement de sourcils interrogateur, il lui avait posé une question. Question qui lui avait échappé, alors que son esprit vagabondait en des endroits où il n'aurait pas dû aller.

— Quoi ?

— J'ai demandé pourquoi Sir Bolk avait été choisi.

Elle secoua la tête.

— Je n'en ai pas la moindre idée. La décision a été prise sans moi.

— Vous devez être intelligente, faute de quoi vous ne seriez pas arrivée si loin par vos propres moyens. Alors, réfléchissez. Pourquoi ont-ils choisi un homme aussi âgé, et pourquoi a-t-il accepté ?

— Quel homme de bon sens oserait s'opposer à son roi ?

— Il est évident que vous ne connaissez pas Sir Bolk. Même le roi ne pourrait pas le contraindre à faire quelque chose qui ne lui conviendrait pas.

— Non, je ne le connais pas. Et je ne le souhaite nullement.

— Il a dû trouver quelque avantage à ce mariage.

Même si la situation ne prêtait guère à plaisanter, Avelyn s'y risqua.

— Peut-être l'éventualité de survivre à une troisième épouse ?

Elrik eut un petit rire.

— J'en doute. Cependant, il mourrait en tant que gendre de Brandr, et arrière-petit-fils par alliance du roi Óláfr. Tout ce qu'il posséderait alors irait…

— À mon père !

Elle vacilla, choquée de découvrir que son père et son arrière-grand-père étaient encore plus fourbes qu'elle ne l'avait imaginé.

Elrik poussa plus loin son raisonnement.

— Une fois veuve, ils pourraient vous marier à nouveau.

Avelyn retint à grand-peine sa colère.

— Pensez-vous que le roi David irait contre ma famille ?

— Si on lui donne une bonne raison.

— Vous avez dit que j'avais deux ou trois jours pour en trouver une.

— C'est le temps qu'il nous faudra pour arriver à Carlisle.

Elle fit un pas en avant et posa la main sur le bras de l'homme.

— Eh bien, mon bon monsieur… Quel est votre nom ?

— Roul. Lord Elrik de Roul.

Avelyn retira sa main, avant d'éclater d'un rire nerveux.

Retrouvant ses esprits, elle secoua la tête.

— Évidemment ! Il est tout à fait logique que le roi David envoie un de ses Loups pour renifler à la trace la proie du roi Óláfr.

Il se rembrunit.

— Je ne vois pas ce qu'il y a de drôle.

— Parce que vous n'êtes pas à ma place. Je suis une colombe sans défense, et vous un loup.

Il lui semblait quelque peu excessif qu'ils aient envoyé un chasseur aussi expérimenté pour traquer une si humble proie.

Elrik lui offrit son bras et pivota sur ses talons pour l'escorter vers le puits, où hommes et chevaux attendaient.

— Savez-vous monter ?

Avelyn pouvait compter sur les doigts d'une main les fois où elle s'était trouvée sur le dos d'un cheval. Mais elle savait pertinemment, si elle répondait par la négative, qu'elle serait obligée de partager la monture d'Elrik.

Et cette promiscuité la mettrait mal à l'aise.

Elle haussa les épaules, essayant de donner le change.

— Pas très bien, mais je me débrouille.

Il haussa un sourcil, mais ne dit rien. Au lieu de quoi, il ôta son long manteau et le jeta sur les épaules d'Avelyn. Puis il rabattit le capuchon sur sa chevelure.

— Voilà qui vous protégera de la pluie.

— Et vous ? Vous allez prendre froid.

— Ce n'est pas un petit peu de pluie qui aura raison de moi.

Avelyn observa avec appréhension le cheval qui lui était destiné. Même s'il était le plus petit de tous, elle se demandait comme elle allait pouvoir grimper dessus.

Avant qu'elle ait eu le temps de poser la question, Elrik la saisit à deux mains par la taille et la souleva pour la mettre en selle.

Avelyn balança une jambe de l'autre côté et cala

les longs pans du manteau sous ses jambes. Puis elle prit une profonde inspiration avant d'attraper les rênes qu'Elrik lui tendait et annonça :

— Je suis prête.

Elle espérait que son manque de confiance était moins évident pour les autres qu'il ne l'était à ses propres oreilles.

— Ça va aller, dit Elrik, en lui tapotant le genou.

Il enfourcha agilement sa monture et, tenant fermement les rênes, mit le cheval au pas d'une légère pression des jambes.

Lorsqu'ils s'arrêtèrent quelques heures plus tard, la pluie avait cessé, et les nuages s'étaient dissipés pour laisser place à un ciel piqueté d'étoiles.

Assise sur un rondin devant le feu, Avelyn mangeait du bout des lèvres en frissonnant.

Elle était fatiguée et courbaturée par la chevauchée. Elle avait mal aux mains à force de s'agripper aux rênes, et ses cuisses la brûlaient tant elle les avait serrées autour de la selle pour ne pas tomber.

Elrik n'avait rien dit, mais elle avait senti qu'il l'observait sans relâche, et elle avait redouté qu'il ne finisse par la faire descendre de cheval pour la hisser devant lui sur sa propre monture.

À son grand dam, elle devait admettre qu'il y avait eu une fois ou deux où elle n'aurait pas forcément refusé. Par exemple quand le galop était trop rapide, ou le chemin trop tortueux et trop pentu.

Finalement, elle avait tenu bon.

Néanmoins, elle était soulagée d'avoir retrouvé la terre ferme, et son unique souhait à présent était de se rouler en boule et de céder à l'envie de dormir qui embrumait son esprit.

Appuyé contre un arbre, Elrik regardait Avelyn vaciller, puis se redresser brusquement, comme si elle s'interdisait de s'endormir. Il était pourtant évident qu'elle était épuisée.

D'autant qu'elle était loin d'être une cavalière accomplie.

Ils avaient perdu du temps à cause de son inexpérience, et c'était quelque chose qu'il ne pouvait pas se permettre demain. Ils devaient rattraper leur retard et, pour ce faire, Avelyn allait devoir chevaucher avec lui, que ça lui plaise ou non.

La pensée de la tenir contre lui, les bras passés autour de sa taille, son torse lui servant d'appui, n'était pas aussi déplaisante qu'il avait pu l'imaginer. Bien sûr, il s'attendait à ce qu'elle proteste au début, mais elle s'habituerait vite au contact de son corps contre le sien.

Après tout, il ne s'agissait aucunement d'une attitude déplacée…

L'image que cette pensée éveilla le fit grommeler entre ses dents.

Il s'empressa de chasser cette vision, en se demandant ce qu'il lui prenait.

Suffisait-il d'un visage avenant et d'une attrayante silhouette pour qu'il perde la raison ? Il serait bien avisé de se rappeler qu'il s'agissait de la fille de Brandr, et que cette famille lui avait déjà causé suffisamment de déboires par le passé.

En outre, il n'y avait pas de place dans sa vie pour une femme, aussi attirante soit-elle.

L'expérience lui avait appris, ô combien douloureusement, que les femmes ne valaient pas le temps, les dépenses et les peines de cœur qu'elles engendraient. Muriel ne lui avait-elle pas causé assez de chagrin pour toute une vie ?

À la réflexion, ce n'était pas une bonne idée de chevaucher en duo avec Avelyn. Il devait trouver une autre solution...

Avelyn continuait à vaciller sur son siège, mettant à chaque fois un peu plus de temps à se ressaisir.

Réalisant qu'elle n'allait pas tarder à tomber, Elrik quitta son poste d'observation et la recueillit dans ses bras. Puis il la déposa sur la couverture déployée non loin de la chaleur du feu. Sans se réveiller, elle roula instantanément sur le côté, une main sous la joue.

Elrik prit son manteau, qui avait été mis à sécher, et recouvrit Avelyn du vêtement doublé de fourrure.

Tandis qu'il s'accordait un instant pour observer une boucle brune caressant la pâleur de la peau, il admit qu'on pouvait mettre au moins une chose au crédit de Brandr. Pour détestable qu'était l'homme, il avait donné naissance à une très jolie fille.

Rejoignant ses hommes, Elrik s'installa confortablement près du feu, les jambes étendues devant lui.

— Comment comptes-tu l'amener au roi si elle tombe de cheval et se brise le cou d'abord ? demanda Fulke.

N'étant pas homme à rester en retrait, Samuel y alla de son commentaire.

— Ce n'est pas de son cou dont nous devrions nous inquiéter. Au rythme où nous avançons, c'est le nôtre qui sera en danger.

Dans des situations comme celles-ci, où les jérémiades allaient bon train, Elrik devait se souvenir que ces compagnons de route étaient davantage que des amis d'enfance.

Il s'agissait de ses meilleurs hommes. Aussi bons cavaliers qu'agiles à manier l'épée ou la dague, ils seraient toujours là pour assurer ses arrières, quoi qu'il arrive.

Mais ce soir il n'était pas d'humeur à les entendre se plaindre.

— Le rythme s'accélérera demain, promit-il. Et elle ne se brisera pas le cou, vous pouvez m'en croire.

Lorsque Samuel ouvrit la bouche, Elrik lui lança un regard noir, qui eut l'effet escompté.

L'homme n'ajouta pas un mot.

Chapitre 3

À son grand soulagement, Avelyn avait bien dormi malgré la dureté du sol.

Il est vrai qu'elle n'était guère exigeante, après avoir occupé pendant des années un vieux galetas dans la hutte de sa mère.

Pour la première fois depuis ce qui lui paraissait des lustres, et ce malgré le matelas moelleux dont elle disposait chez son père, elle s'était réveillée avec le sentiment d'être reposée, bien qu'un peu courbaturée.

À présent, elle était prête à continuer son voyage.

Elle aurait préféré, cependant, qu'ils puissent le faire à pied, et non à dos de cheval.

Consciente que son vœu ne serait pas exaucé, elle étudia la monture qu'on amenait dans sa direction. C'était la jument qu'elle avait montée la veille.

Elle était beaucoup plus petite que les autres chevaux mais, pour Avelyn, ce qui comptait, c'était la distance avec le sol : la chute serait quand même douloureuse.

La selle, toutefois, retint son attention.

Celle qu'elle avait utilisée la veille, avec un pommeau court et un troussequin plat, avait été installée sur le cheval d'Elrik, tandis que la selle de ce dernier équipait à présent son cheval à elle. Avec son siège creux, son troussequin élevé en forme de dossier et son pommeau plus haut, elle avait été conçue pour aider son cavalier à rester assis durant une bataille et offrait donc beaucoup plus de confort.

Ce n'était pas la seule différence. Les étriers avaient été remontés afin qu'elle puisse chevaucher les genoux légèrement pliés, au lieu d'avoir les jambes toutes droites, et une longe de guidage avait été ajoutée au licol.

Elrik tendit la main.

— Venez. Nous devons rattraper le temps perdu.

Elle hésita à faire un pas en avant et à saisir sa main.

Les doigts qui se refermèrent sur les siens étaient chauds, et un sourire retroussait le coin des lèvres d'Elrik.

Avelyn y puisa le courage de s'approcher de la jument.

— Hier, je n'ai pas fait les présentations correctement, comme je l'aurais dû, dit Elrik, en flattant de sa main libre l'encolure de l'animal. Voici Little Lady. Elle a contribué à la formation de quantité de gardes.

— Vous l'avez emmenée pour entraîner un garde ?

— Non. J'ignorais si la fugitive que je recherchais savait monter à cheval. Et, comme j'ai découvert qu'elle ne sait pas, j'offre à Little Lady une tâche qu'elle a l'habitude d'accomplir.

Le regard de l'animal sur elle semblait démentir cette affirmation.

Elrik poussa son épaule avec la sienne.

— Détendez-vous. Elle n'a jamais mordu personne, ni donné le moindre coup de sabot.

— Jusqu'à présent, marmonna Avelyn entre ses dents.

Le rire d'Elrik lui fit comprendre que son commentaire avait été entendu.

Il lui pressa gentiment le bras.

— Je serai à côté de vous durant tout le trajet. Il ne vous arrivera rien.

Elle ne savait pas ce qui l'ennuyait le plus : le souffle chaud d'Elrik à son oreille, sa proximité, qui lui apportait tout à la fois une impression de protection et de menace, ou la soudaine prise de conscience qu'il ne lui laisserait aucune chance de s'échapper.

— Prête ?

Bien qu'elle eût envie de répondre par la négative, elle savait qu'ils n'allaient pas rester là éternellement.

— Je suppose.

Il la hissa en selle sans attendre et lui tendit les rênes.

— Si vous vous sentez instable, cramponnez-vous au pommeau.

Après avoir vérifié la hauteur des étriers, il posa une main sur son genou et leva les yeux vers elle.

— Tout va bien se passer. Essayez simplement d'être moins crispée.

À travers l'épaisseur des vêtements, elle sentit la chaleur de sa paume.

Et il voulait qu'elle se détende ?

Elle hocha la tête.

— Je vais essayer.

Elrik se mit en selle et coinça le bout de la longe à l'arrière de sa ceinture. Puisque Little Lady suivrait sans renâcler, il savait qu'il n'avait pas besoin de la tenir fermement.

Lorsqu'ils furent sur la route, ses hommes se séparèrent, Fulke à l'avant et Samuel derrière.

Tandis qu'ils surveillaient les parages, Elrik pouvait tout à loisir observer Avelyn.

Même s'ils se déplaçaient plus vite que la veille, la rigidité de son dos et le blanchissement de ses jointures, à force de crisper les doigts sur les rênes, l'incitaient à se demander combien de temps elle parviendrait à conserver ce rythme.

Elrik demeurait rarement à la cour du roi David plus longtemps qu'il n'était nécessaire. Lorsque cela lui était arrivé, il avait découvert que la plupart des courtisans, si ce n'était tous, n'avaient nul désir de frayer avec un Loup du roi.

Toutefois, il avait suffisamment fréquenté la noblesse pour savoir que les femmes de ce milieu savaient toutes monter à cheval. L'absence d'expérience de Lady Avelyn en ce domaine avait donc de quoi le surprendre.

— Comment se fait-il que vous n'ayez jamais appris à monter à cheval ?

Sans détourner les yeux d'un point qu'elle fixait entre les oreilles de sa monture, elle posa à son tour une question.

— Même si j'avais éprouvé le besoin d'apprendre, où aurais-je trouvé un cheval convenable ?

— Dans l'écurie de votre père ?

Le rire qui s'échappa des lèvres d'Avelyn était davantage amer qu'amusé.

— Mon père n'a reconnu mon existence qu'après le décès de ma mère.

— Je pensais…

Elle l'interrompit.

— La même chose que pensent les autres : que mon père m'a élevée, protégée et chérie. Rien ne saurait être plus inexact.

Elrik savait qu'elle était une enfant naturelle, conçue en dehors du mariage. Cependant, elle constituait un atout suffisamment important pour que son père ait veillé à lui donner une éducation digne de son rang.

— Était-il au courant de votre naissance ?

— Ma mère disait que oui. Elle était servante au domaine, mais quand sa grossesse a été découverte la gouvernante l'a renvoyée.

Elle marqua une pause, le front plissé.

— Maman était certaine que l'ordre venait de Sa Seigneurie, et cependant il a paru choqué quand il m'a découverte dans sa hutte après les funérailles. J'en ai déduit que ce n'était peut-être pas lui, après tout, qui avait ordonné le renvoi de ma mère.

Elrik secoua la tête, se demandant ce qu'il lui avait pris d'entamer une conversation aussi personnelle à propos de choses qui ne le concernaient en rien.

Mais la curiosité l'encouragea à insister.

— Qu'entendez-vous par « il m'a découverte » ?

— Je ne sais toujours pas pourquoi il est venu ce jour-là.

La voix d'Avelyn était à peine plus qu'un murmure, comme si elle se parlait à elle-même.

— D'aussi loin que je m'en souvienne, ma mère s'est languie de lui. Elle a prononcé son prénom avant de rendre son dernier soupir. Mais ses prières et ses souhaits sont restés sans réponse…

Elle s'interrompit un instant, émue.

— Pas une fois en quatorze ans de mon existence il n'est venu chez nous. Il a attendu pour cela que le corps de ma pauvre mère soit recouvert de terre.

— Et c'est alors qu'il est venu vous chercher ?

— Me chercher ?

Elle tourna les yeux vers lui et secoua la tête.

— Non. Je pense plutôt qu'il est venu pour s'assurer que ma mère était partie pour de bon.

— Et il vous a trouvée.

— Par hasard. J'étais assise dans un coin, à manger ma dernière croûte de pain, quand il est arrivé avec deux gardes. Ils m'ont interceptée quand j'ai essayé de m'enfuir pour me mettre à l'abri.

Elle frissonna.

— J'ai cru qu'ils allaient me tuer mais, après m'avoir observée quelques instants, tandis que je me débattais, Sa Seigneurie leur a ordonné de me relâcher.

— Donc, il vous avait reconnue ?

— Il a dit que je ressemblais à sa mère, feue Lady Avelyn. Lorsque je lui ai dit que je m'appelais également ainsi, il a blêmi.

— Personne ne vous l'avait dit ?

— Quand ma mère m'a expliqué qu'elle m'avait donné le prénom de ma grand-mère, j'ai pensé qu'il s'agissait de sa propre mère. J'ai donc été aussi surprise que lui.

— C'est à ce moment-là qu'il vous a proposé de venir vous installer au domaine ?

À nouveau, elle secoua la tête.

— Pas ce jour-là. Il a envoyé un de ses hommes chercher de la nourriture pour moi au village et il a promis de revenir le lendemain, ou le jour d'après.

Il était difficile d'imaginer Brandr laissant une

jeune fille de quatorze ans toute seule, même pour quelques jours.

Coulant un regard vers Avelyn, Elrik remarqua qu'elle tenait les rênes plus souplement.

— À ma grande surprise, reprit-elle, il est revenu. Ses hommes et lui ont terrifié tout le village quand ils m'ont chargée dans une carriole avec mes maigres possessions, avant de mettre le feu à la hutte.

— A-t-il expliqué pourquoi ?

— Il a prétendu que c'était pour que je n'aie pas d'endroit où retourner.

— Vous ne semblez pas convaincue. C'était pourtant le meilleur moyen de vous tenir à sa merci.

— Certes. Mais, lorsque je l'ai vu fouiller dans les affaires de ma mère, j'ai eu l'impression qu'il cherchait quelque chose. Comme il ne l'a pas trouvé, il a tout détruit par le feu pour s'assurer que personne d'autre ne le découvrirait.

— Que pouvait bien posséder votre mère qui ait une telle valeur aux yeux de Brandr ?

— Je pense qu'il cherchait un anneau en or.

— Comment cela ?

— Pour mes douze ans, ma mère m'a donné une bague, en me disant que c'était l'alliance de ma grand-mère, et que je devais à tout prix la garder en sécurité.

— Ce que vous avez fait ?

— Je l'ai enterrée dans le sol, sous ma paillasse.

— C'était bien pensé pour une personne si jeune.

— Pas vraiment. Je me suis dit qu'elle avait de la valeur, à cause des marques qu'il y avait dessus, et l'enterrer comme un trésor m'a paru la seule chose à faire.

— Des marques, dites-vous ? À quoi ressemblaient-elles ?

Avelyn plongea la main dans l'encolure de sa tunique, fit apparaître le pochon et en sortit la bague.

— Je ne sais pas ce qu'elles signifient, dit-elle.

Elrik inspecta le bijou.

Il ne s'agissait pas d'un anneau de mariage.

Plissant les paupières, il observa Avelyn avant de reporter son attention sur le sceau frappé dans l'or.

Elle ne savait pas lire.

Brandr avait donc négligé d'enseigner à sa fille tout ce qui aurait pu lui être utile ?

Avelyn avait peut-être été mise au monde par une servante, mais elle était aussi la fille d'un lord, et l'arrière-petite-fille d'un roi. Il y avait des choses qu'elle avait besoin de savoir, afin d'être capable de gérer à son tour un domaine.

Faute de posséder ces connaissances, elle serait contrainte de s'appuyer en permanence sur son mari, ou de faire confiance à sa domesticité, ce qui n'était guère recommandable. Il serait beaucoup trop facile pour quiconque de profiter d'elle.

Il tourna le dessus de la bague vers elle pour qu'elle puisse voir.

— Ceci est la lettre A, au-dessus du sceau de votre arrière-grand-père. Votre grand-mère devait l'utiliser pour authentifier ses missives, en y apposant un cachet de cire.

Il tourna l'anneau entre ses doigts.

— Les roses sur le côté sont uniquement décoratives, ajouta-t-il.

Avelyn plissa le front.

— Pourquoi m'a mère a-t-elle prétendu qu'il s'agissait d'une alliance ?

— C'est peut-être ce qu'on lui a dit, et elle ne savait pas ce que c'était.

— Mais pourquoi était-elle en sa possession ?

Elrik lui rendit la bague.

— Je suppose que votre père avait une bonne raison de la lui donner. Il pouvait s'agir d'une preuve d'affection…

Ou un paiement pour services rendus, mais il préféra garder cette pensée pour lui.

Une fois que la bague eut réintégré sa cachette, Avelyn fit remarquer :

— Je ne sais ni lire ni écrire. Pourquoi ma mère a-t-elle tant insisté pour que je la garde en sécurité ?

— Tout simplement parce que c'est une façon pour vous de prouver, en cas de besoin, votre parenté avec Lord de Brandr Isle.

— Oh…

Elle écarquilla les yeux.

— C'est peut-être cela que cherchait mon père quand il a mis à sac la maison de ma mère.

— C'est fort probable.

— Il aurait pu me le demander. Ce n'était pas nécessaire de tout détruire.

Elrik n'avait rien à répondre à ce commentaire, car les motivations de Brandr lui échappaient.

Quelques secondes de silence s'écoulèrent, durant lesquelles Elrik sentit qu'Avelyn le regardait.

— Ai-je détruit votre haute estime pour Lord Brandr ? finit-elle par demander.

Fulke leur jeta un coup d'œil par-dessus son épaule,

mais le regard sévère d'Elrik lui fit aussitôt tourner la tête.

Ne voulant pas avouer la haine qu'il éprouvait à l'égard du père de la jeune femme, Elrik répondit évasivement.

— N'ayez nulle crainte. Mon estime pour Brandr n'a jamais été très élevée.

— Et pourtant vous me ramenez à lui.

Il rétablit la vérité.

— Je vous conduis chez le roi David.

— Qui me renverra alors à mon cher père.

Le dédain dans sa voix incita Elrik à l'interroger.

— Votre vie avec lui n'a pas connu d'améliorations par rapport à avant ?

Avelyn dévisagea Elrik, en se demandant si elle n'en avait pas déjà trop dit.

Au lieu de reconnaître que la vie avec son père avait été beaucoup plus difficile qu'avant, elle répondit :

— J'en ai appris plus en quatre ans avec lui, qu'en quatorze ans avec ma mère.

Ce n'était pas un mensonge. Elle avait appris énormément sur les hommes et leur duplicité.

— J'imagine que ça n'a pas été facile d'abandonner la vie que vous aviez.

— Vous êtes un des rares à le comprendre. Beaucoup chez mon père pensaient que mon ancienne vie ne valait rien. Ils ne soupçonnaient pas combien il m'était difficile d'être ainsi déracinée.

Elle soupira.

— La triste vérité, c'est que je n'avais aucun autre endroit où aller.

Elle aurait préféré vivre seule dans la maison de sa mère.

— Comment vous êtes-vous retrouvée promise à Bolk ?

— Je suppose que ça se passe de la même façon pour toutes les femmes non mariées : ma famille s'en est occupée. À en croire ce que m'a rapporté Lord Somerfeld, quand il est venu apporter la nouvelle, c'est mon arrière-grand-père qui a tout arrangé.

Elle leva les yeux vers Elrik.

— Mais assez parlé de moi. À quoi ressemblait votre enfance ?

Au début, il se crispa, et elle redouta qu'il ne veuille rien lui confier.

Elle avait vécu pendant quatre ans avec des gens qui ne lui parlaient que lorsque c'était absolument nécessaire. Ces derniers jours passés avec Hannah avaient été comme une bouffée d'air frais, les pensionnaires de la maison close étant ravies de pouvoir converser. Aussi, elle n'était pas pressée de retrouver le silence.

— Je vous en prie, milord, finit-elle par plaider. Je ne vous demande pas de trahir des secrets. Je voudrais seulement entendre le son d'une autre voix.

Il soupira.

— Mon enfance n'a pas été très différente de la vôtre. Mais mes trois frères et moi avons grandi avec notre père, car notre mère est morte en couches.

— L'enfant a survécu ?

— Oui. Deux femmes au village avaient mis un enfant au monde à la même époque. Elles se sont donc occupées à tour de rôle de Rory, en plus de leur bébé.

Avelyn ne fut pas surprise, car il était de coutume chez les villageoises de s'entraider. En outre, comment le père d'Elrik aurait-il pu s'occuper lui-même d'un nourrisson ?

Elle ne pouvait imaginer son propre père se donnant le mal d'essayer d'accomplir cette tâche. Sans doute aurait-il plutôt abandonné le bébé hors de l'enceinte du château, l'exposant à une mort certaine.

— Quel âge aviez-vous, vos frères et vous ?

— J'avais neuf ans, Gregor six, et Edan un peu plus d'un an.

— Comment votre père a-t-il réussi à s'occuper de vous, tout en accomplissant ses autres obligations ?

Elrik éclata de rire, avant de répondre :

— Il n'a rien réussi du tout. J'ai veillé sur mes frères pendant qu'il vaquait à ses occupations.

Avelyn en resta médusée. À neuf ans, Elrik était encore lui-même un enfant.

— Et je dois dire, sans fausse modestie, que j'ai fait du bon travail, poursuivit-il.

Ses hommes furent prompts à donner leur avis, ne se privant pas de ricaner.

— Comme lorsque nous avons pillé le poulailler, pour jeter des œufs du haut des arbres sur les passants, dit l'un.

— Ou quand nous avons maculé de boue le linge propre qui venait d'être mis à sécher, ajouta l'autre.

Avelyn ne put s'empêcher de rire.

Quand elle eut retrouvé son calme, elle fit remarquer :

— Ainsi, les enfants du lord n'étaient guère différents de ceux du village ?

— Sans doute pires, étant donné qu'il n'y avait personne pour nous punir, reconnut Elrik. Mais on ne peut pas dire que ces deux-là ont eu autant de chance. L'un des passants était le père de Samuel et il lui a fait tâter du fouet.

Elrik fit un signe du pouce par-dessus son épaule, vers le garde qui chevauchait derrière eux.

— Et la mère de Fulke était la lingère principale.

— Malheureusement, les bêtises ont cessé peu après cela, dit Samuel.

— Pour quelle raison ?

— Parce que leurs parents ont suggéré à mon père de nous trouver des occupations pendant la journée, afin d'éviter que l'oisiveté ne nous pousse à faire n'importe quoi. Nous avons donc été contraints d'étudier le matin avec un prêtre, et de passer nos après-midi aux écuries, à prendre soin des chevaux et à les monter.

Fulke tint à préciser :

— Nous ne nous en sommes pas mieux sortis. Nous avons été relégués aux docks, jusqu'à ce que nous soyons en âge de manier une épée.

— Qu'avez-vous fait alors ? demanda Avelyn.

— Nous nous sommes entraînés sans relâche pour intégrer la garde de Roul Isle.

Elle regarda Elrik, qui secoua la tête.

— Pas la mienne, celle de mon père.

— Oh ! je pensais que tous les hommes devaient des heures de service militaire à leur lord.

— Certes, mais à Roul Isle, tant que nous ne sommes pas en conflit, le service militaire n'est obligatoire que quelques semaines par an.

— Vraiment ? C'est étonnant.

— Pas tant que cela. En réalité, nous avons besoin que les hommes travaillent également au chantier naval, à la construction des bateaux, et aux embarcadères, pour le commerce par voie de mer. Mais même ceux qui choisissent d'être employés au domaine ne sont pas forcément qualifiés pour intégrer la garde.

Avelyn eut une mimique perplexe, tandis qu'elle se laissait aller en arrière sur sa selle, dans une posture plus détendue.

— Je crains de ne pas comprendre.

— Chaque domaine seigneurial doit être gardé en permanence, mais les tâches quotidiennes peuvent être exécutées par des hommes qui ne sont pas affectés en permanence à la même tâche.

Il réfléchit quelques instants, cherchant sans doute à se montrer le plus clair possible dans ses explications.

— Si je prends l'exemple de Henry, il sera d'astreinte au mur d'enceinte pendant les deux prochaines semaines. Il prendra ses repas et dormira dans les quartiers des gardes, afin d'être disponible à tout moment. Lorsqu'il aura accompli ses deux semaines, il retournera chez lui et retrouvera son travail aux docks.

Elrik s'accorda le temps de reprendre son souffle, avant de poursuivre sa narration.

— En revanche, Samuel est un garde de métier, et il est toujours en service, prêt à accepter n'importe quelle mission.

Avelyn jeta un coup d'œil à Samuel par-dessus son épaule.

— Et vous faites ça par choix ?

L'homme hocha la tête.

Elrik se pencha pour murmurer à l'oreille d'Avelyn :

— Il n'est pas doué avec des outils, ce qui le rend inapte à la charpenterie de marine, et il boit un peu trop pour être livré à lui-même sur les docks.

Samuel ne s'offusqua pas de ces commentaires.

— Mais je suis doué avec une épée, dit-il, ce qui fait que je ne suis pas obligé de laver mon linge, de préparer mes repas, ou d'avoir ma propre maison. De plus, la solde est correcte, et je n'ai pas à me plaindre.

Sans se retourner, Fulke ajouta :

— Et parfois les missions qui nous emmènent loin de Roul Isle sont faciles, et bien plus agréables que de garder les portes d'enceinte.

— C'est un travail difficile ?

— Assommant ! répondirent les deux hommes en même temps.

Baissant un peu la voix, Avelyn demanda à Elrik :

— Qu'est-ce qui vous a incité à les choisir ?

— C'est simple. À chaque fois que j'ai besoin d'hommes en qui je peux avoir une entière confiance, je m'adresse à eux. Comme nous avons grandi ensemble, nous pouvons communiquer sans avoir à parler.

— Vraiment, comment est-ce possible ?

— Eh bien, par exemple, quand je vois Fulke se crisper sur sa selle, je sais qu'il se passe quelque chose d'anormal un peu plus loin. Et quand Samuel adopte une respiration sifflante, c'est qu'un danger se profile. Je sais, sans avoir à donner d'ordre, et sans éprouver le moindre doute, qu'ils me protégeront toujours.

— Et nous comptons sur Elrik pour nous ramener à Roul Isle en un seul morceau, dit Samuel.

Devant eux, Fulke hocha la tête pour exprimer son accord.

— Donc, tous les trois, vous êtes… amis ?

Elrik haussa les épaules.

— Je suppose qu'on peut dire cela. Mais il faut bien néanmoins que quelqu'un donne les ordres.

Avelyn hocha la tête.

— Je comprends. Et, à ce propos, la personne qui donne les ordres pourrait-elle exiger une pause ?

Samuel bâilla ostensiblement.

— Voilà un ordre qui serait le bienvenu.

Elrik leva les yeux vers le ciel et parut surpris de découvrir que le soleil avait déjà entamé sa descente. Il désigna une clairière un peu plus loin.

— Nous avons chevauché plus longtemps que je ne le pensais. Nous allons nous arrêter là-bas pour manger et nous détendre.

Fulke et Samuel partirent en avant et, lorsque Avelyn et Elrik arrivèrent, ils trouvèrent le repas tout prêt.

Elrik descendit, puis il aida Avelyn à faire de même. Dès qu'elle mit pied à terre, elle sentit ses jambes se dérober sous elle et vacilla contre le torse d'Elrik, s'agrippant à ses épaules pour tenter de retrouver son équilibre.

Les bras d'Elrik se refermèrent aussitôt autour d'elle, comme s'il en avait l'habitude.

— Prenez votre temps.

La tonalité un peu rauque de sa voix intrigua Avelyn. Elle leva les yeux vers son visage, si proche du sien. La dureté du torse contre lequel elle s'appuyait, la chaleur de son étreinte, et la langueur de son regard lui apprirent que ce ne serait pas raisonnable de s'attarder.

Détachant ses yeux de ceux d'Elrik, elle s'écarta, forçant ses jambes à la soutenir, et laissa retomber ses bras le long de son corps.

— Je vais bien, à présent. Merci.

— Vous êtes loin d'être bien, protesta Elrik.

Sa voix avait perdu toute chaleur. En fait, il semblait même en colère.

Lui prenant le bras, il la guida vers un rondin.

— Asseyez-vous avant de piquer du nez dans la poussière.

Elle se libéra et s'assit.

— Quelle belle image vous dépeignez de moi !

— Vous auriez pu dire plus tôt que vous étiez fatiguée.

Pourquoi était-il soudain tellement véhément ?

— Oui, j'aurais pu. Et vous vous seriez plaint que je vous ralentissais.

— Je dois vous conduire rapidement au roi.

— Oh ! oui, pour qu'il puisse me donner en mariage à Sir Bolk

Elle le fixa, un sourcil levé.

— Peut-être devrais-je suggérer que ce soit vous qui épousiez l'ogre. Vous seriez tellement bien assortis ! Croyez-vous que votre roi serait d'accord avec moi ?

— Est-ce une plaisanterie ?

— Non.

Elle secoua la tête.

— Je suis tout à fait sérieuse. Il me semble que vous avez tous les deux beaucoup de choses en commun.

— Telles que ?

— Froideur, impatience et arrogance, pour commencer. Si vous me laissez un moment, je suis certaine de pouvoir trouver autre chose.

Un ricanement de la part des deux gardes lui apprit qu'ils ne perdaient pas une miette de la conversation.

Pour tout dire, elle s'en moquait éperdument.

— L’arrogance ?

— Oui, vous m’avez bien entendue. L’arrogance.

Son regard se fit plus menaçant, mais Avelyn refusa de se laisser intimider et le toisa avec la même dureté.

Chapitre 4

Elrik savait qu'il dirigeait sa frustration contre Avelyn de manière injuste.

Il n'était pas le moins du monde en colère contre elle, mais il éprouvait tout simplement une étrange insatisfaction…

Et il ne pouvait s'expliquer comment le fait de l'avoir tenue dans ses bras pendant un court instant avait éveillé en lui un tel… désir.

À de nombreuses reprises, depuis qu'il avait quitté la cour du roi David, il s'était fait la réflexion que le roi avait raison. Avelyn n'avait tenu aucun rôle dans le tort que son père avait fait à la famille Roul.

Elle n'était pas à blâmer, et il ne pouvait, en toute honnêteté, reporter sur elle la haine qu'il éprouvait à l'égard de Brandr.

Cependant, une infime part de son esprit persistait à le mettre en garde.

Il ne connaissait pas cette femme et il ne pouvait affirmer que la perfidie de son père ne lui avait pas été transmise. Elle pouvait être aussi pure et innocente que l'agneau venant de naître, ou effroyablement démoniaque.

Il était encore trop tôt pour décider.

Hélas, son corps ne tenait aucun compte des avertissements de son esprit.

Cela faisait des années qu'une femme ne lui avait pas fait un tel effet, et il ne s'en expliquait pas la raison.

Cependant, pour surpris qu'il fût par sa propre réaction, celle d'Avelyn le surprenait encore bien davantage.

Au lieu d'accepter rapidement son changement d'humeur, ainsi que le faisaient la plupart des gens, elle avait haussé les sourcils, comme si elle le jugeait, puis lui avait fait goûter un échantillon de son tempérament de feu.

S'en plaindre ne ferait que le ridiculiser, puisqu'il l'avait mérité.

En réalité, il trouvait la réaction d'Avelyn… intéressante.

S'il avait eu le même genre d'attitude avec ses hommes, ces derniers n'auraient rien dit et auraient pris leurs distances le temps qu'il se calme.

Et voilà que ce petit bout de bonne femme, qui lui arrivait à peine aux épaules, l'avait regardé droit dans les yeux et l'avait tarabusté intentionnellement, tel un garnement remuant un bâton dans une fourmilière.

Elrik sentit ses lèvres frémir et ne put retenir un éclat de rire.

— Étant donné que j'ai envie d'étrangler Bolk de mes propres mains, je ne crois pas que nous serions bien assortis, rétorqua-t-il.

Avelyn se pencha pour ramasser une brindille, qu'elle commença à écorcer avec ses ongles.

— Et moi, comment croyez-vous que je me sente ?

— Je comprends parfaitement votre position, mais il n'y a rien que je puisse faire.

— Vous connaissez le roi David.

Elle lui piqua le bras avec la brindille, dont le bout aiguisé s'enfonça aisément entre les interstices de sa cotte de mailles.

— Vous pourriez m'aider à trouver des arguments qu'il trouverait acceptables.

— Je suis désolé de vous décevoir, mais je ne connais pas suffisamment le roi pour savoir ce qui le convaincrait, ou au contraire le laisserait de marbre.

Elle haussa les épaules.

— Peut-être pas, mais vous avez suffisamment fréquenté sa cour, et vous êtes plus familier que moi des choses auxquelles il accorde de la valeur.

À nouveau, elle lui enfonça la brindille dans le bras.

— De plus, vous êtes un homme et vous devez savoir ce qui compte pour un homme.

— Vous avez remarqué ça, hein ?

Il s'empara de la brindille, la brisa en deux et jeta les morceaux au loin.

— Pour commencer, frapper un homme n'est pas la meilleure des méthodes pour gagner son cœur.

— Qui a dit que je voulais gagner le cœur de qui que ce soit ?

Elle eut une moue dégoûtée.

— Merci beaucoup. J'ai vu les dommages causés par l'amour et je ne veux pas en entendre parler.

Elrik fut surpris par cette remarque.

— Je croyais que c'était le rêve de toutes les petites filles de trouver un jour un mari qui les abreuverait d'amour et de baisers.

— Pour commencer, il me semble évident que

je ne suis plus une petite fille. Et je préférerais cent fois avoir un mari qui serait mon ami et me traiterait avec respect, plutôt qu'un homme qui m'étourdirait de belles paroles et de doux baisers pour mieux m'abandonner ensuite.

L'intention déterminée de sa voix convainquit Elrik qu'elle était sincère. Puisqu'il l'avait sortie nue d'un lit, il savait bien qu'Avelyn n'était plus une enfant. Mais si ses aspirations lui paraissaient légitimes, il savait aussi qu'elles ne seraient jamais exaucées. C'était impossible pour la fille d'un roi, fût-elle bâtarde.

— Comprenez que c'est chimérique ?

— Pourquoi ?

Elle leva les yeux, et il vit que sa naïveté n'était pas feinte.

— Pourquoi serait-ce impossible ?

— Lady Avelyn, vous devez certainement connaître votre valeur. Même si vous avez été protégée à l'excès, et maintenue dans l'ignorance dans beaucoup de domaines, vous devez quand même savoir que vous pouvez apporter beaucoup d'argent à votre famille.

Elle baissa les yeux vers le sol, se perdant soudain dans la contemplation de ses pieds.

— Je ne suis que la progéniture d'une servante, conçue dans la honte.

Quelque chose dans le tremblement de sa voix, et le léger frémissement de son menton, presque imperceptible, le toucha profondément.

Bien qu'il n'eût rien à y voir, il se sentit coupable et ressentit l'étrange besoin de convaincre la jeune femme de sa valeur.

Si les émotions insolites qui lui picotaient l'intérieur de la poitrine demandaient plus ample réflexion, la jeune femme assise à côté de lui requérait encore bien plus son attention.

— Lady Avelyn…

Elrik tendit la main et lui souleva le menton du bout des doigts, la forçant à le regarder.

— Avelyn, vous n'êtes pas responsable de ce que votre mère et Brandr ont fait. Même si elle était à son service, vous êtes la fille d'un lord et l'arrière-petite-fille d'un roi. Rien ni personne ne pourra changer cela.

Lorsqu'elle essaya de tourner la tête, il glissa la main vers sa joue pour qu'elle continue à lui prêter toute son attention.

— Je ne sais pas à cause de qui vous ressentez ce sentiment de honte, ou cette absence de valeur, mais c'est un tort.

Elle se leva, mettant brutalement fin à la conversation.

— Je suis affamée.

Même s'il en avait envie, Elrik décida de ne pas insister. Après tout, cela ne le concernait pas.

— Dans ce cas, nous devrions vous trouver quelque chose à manger, dit-il en se levant.

Ils rejoignirent Fulke et Samuel, qui avaient déballé un modeste en-cas sur une roche plate.

— Ce n'est pas un festin, dit Samuel, mais il y en a suffisamment pour tout le monde.

Avelyn prit une pomme légèrement flétrie et mordit dedans.

Après avoir avalé sa bouchée, elle remarqua :

— Cette nourriture me convient bien mieux qu'un festin.

Fulke détacha un morceau de pain de la miche de seigle noir et le lui tendit.

— Je doute que vous trouviez ceci à la table de votre père.

Samuel inspecta la petite roue de fromage, avant d'en trancher quelques fines tranches, qu'il donna également à Avelyn.

— La table de Lord Brandr offre sûrement une meilleure nourriture que ce que nous pouvons offrir.

Avelyn saisit le fromage, tout en secouant la tête.

— Puisque je prends toujours mes repas avec la cuisinière et les servantes, je ne saurais dire ce qui est servi à la table d'honneur.

Fulke lui offrit un morceau de poisson fumé, manquant heurter Samuel dans sa précipitation.

Elrik regardait, avec un mélange d'étonnement et d'amusement, ses hommes qui rivalisaient d'attentions à l'égard d'Avelyn.

La raison en était probablement que ces derniers avaient entendu la conversation qu'il avait essayé d'avoir avec la jeune femme, et qu'ils se pliaient en quatre pour lui être agréable.

Ne voyant rien de malséant dans leur attitude, il ne jugea pas utile de les interrompre et se mit au contraire en retrait.

Prenant place sur un rocher plat, il ôta son heaume puis dénoua et repoussa le camail, une sorte de cagoule de mailles qui protégeait sa tête. L'air frais s'engouffra dans ses cheveux humides, lui arrachant un soupir de bien-être.

Le doux éclat de rire d'Avelyn, en réponse à quelque chose que Samuel disait lui fit tourner la tête dans sa direction, lui arrachant un sourire.

Il était ravi que ses hommes fassent preuve d'une telle attention à son égard, au lieu de l'ignorer, comme ils l'auraient fait avec une tout autre personne.

Pour ce qu'il avait vu et entendu, la jeune dame méritait quelques moments de légèreté, avant de retrouver la froideur du cercle familial.

D'après la description que le roi David lui en avait faite, il s'attendait à ce qu'Avelyn soit ravissante, mais têtue. Or, si elle était en effet tout à fait charmante, il lui restait encore à démontrer jusqu'à quel point elle avait la tête dure.

Certes, elle avait fait preuve de défiance quand il l'avait découverte à l'auberge, mais c'était somme toute bien normal, puisqu'elle ne le connaissait pas. Elle aurait fait preuve de bien peu de jugeote en ne le tenant pas à distance et en lui accordant immédiatement sa confiance.

Elle l'avait également gratifié d'un petit élan de colère quand il avait laissé libre cours à sa frustration, un moment plus tôt.

Mais il n'avait vu aucun entêtement explicite, ni aucun comportement qui pouvait être considéré comme une marque d'obstination.

C'était même le contraire, en fait.

Ainsi, bien qu'il fût évident qu'elle n'avait aucune expérience de cavalière, elle ne s'était pas plainte une seule fois. Elle avait plutôt essayé de tirer le meilleur de ce qui devait être une situation inconfortable.

D'autre part, quand il lui avait suggéré de discuter de son avenir avec le roi David, elle n'avait pas protesté, n'avait pas fondu en larmes.

Et, de toute évidence, elle y avait réfléchi. Sinon, elle

ne lui aurait pas demandé son avis en tant qu'homme, pour savoir quels arguments seraient recevables.

Non, ce n'était pas une femme butée, capable d'argumenter pour le simple plaisir de le faire.

Sans doute ignorait-elle encore les manières de la Cour, mais elle ne manquait pas d'esprit. Elle savait ce qu'elle voulait, et surtout ce qu'elle ne voulait pas, et elle n'avait pas peur de défendre ses opinions.

D'une certaine façon, il était fort regrettable qu'elle soit liée à Brandr. Dans le cas contraire, il aurait très bien pu la demander en mariage.

Surpris par cette ridicule pensée, Elrik secoua la tête pour essayer de la déloger de son esprit.

Avoir une femme, une famille, c'était pour les autres, pas pour lui. Mais parfois des moments comme celui-ci, où il baissait sa garde et laissait ses pensées divaguer, l'incitaient à envisager cette éventualité. Il devait alors se rappeler à la raison.

Une main gentiment posée sur son bras le ramena dans un sursaut à la réalité.

— À quoi pensez-vous, avec une telle intensité ? demanda Avelyn.

Il tourna les yeux vers elle.

— Avez-vous mangé suffisamment ?

— Plus qu'assez, merci.

Elle rit.

— J'ai dû m'échapper avant qu'ils ne me gavent comme une oie.

— Ils voulaient simplement se montrer attentionnés.

Elle laissa retomber son bras.

— Je sais. Je ne me plaignais pas.

Elrik ferma un instant les paupières, troublé par une

étrange sensation d'absence. Puis il leva la main et fit courir ses doigts le long de la joue soyeuse d'Avelyn.

— Excusez-moi. Je sais que ce n'était pas un reproche.

Elle baissa les yeux et croisa étroitement les mains devant elle.

— Nous devrions reprendre la route.

— Dans un moment.

Il posa une main sur les siennes.

— Asseyez-vous une minute avec moi.

Samuel et Fulke s'interrompirent quelques instants pour les regarder, avant de finir d'empaqueter la nourriture. Quand ce fut terminé, les deux hommes prirent position de part et d'autre de l'entrée de la clairière.

Avelyn fit un signe dans leur direction.

— Ils s'attendent à des problèmes ?

Elrik secoua la tête

— Non, mais si un danger survenait, ils seraient aux premières loges, et je serais prévenu.

— Ah, ils s'occupent donc de votre sécurité quand vous êtes moins attentif ?

— C'est pour cela qu'ils sont là.

— Mais ne sont-ils pas plus que de simples gardes pour vous ?

— Bien sûr. Mais, lorsqu'il y a quelque chose à faire, ils le font sans que j'aie à le leur dire.

— Oh.

Son intonation semblait contenir une certaine critique.

— Vous trouvez quelque chose à redire à cela ?

— Non, simplement… On dirait… Je ne sais pas…

— Bien sûr que si, vous savez. Sinon, vous n'auriez

pas commencé à dire quelque chose. Que vouliez-vous exposer, au juste ?

— Si vous prenez un peu de temps pour vous reposer, n'en ont-ils pas besoin eux aussi ?

Suffisamment proche pour avoir entendu la question, Samuel se tourna vers elle.

— Lord Elrik a gardé le camp une partie de la nuit pendant que nous dormions, milady. Nous ne trouvons rien à redire s'il souhaite se reposer à présent.

Avelyn soupira.

— Eh bien, voilà que je passe pour une sotte.

— Pas du tout, protesta Elrik. Vous ne l'auriez pas su si vous n'aviez pas posé la question.

— Cela n'arriverait jamais avec mon père.

— Quoi donc ?

— Il ne traite pas ses hommes comme vous le faites.

— C'est parce qu'ils ne sont pas ses amis d'enfance. Il a grandi à la cour du roi Henry, avec le protocole que cela implique, tandis que je vivais librement sur Roul Isle.

— Mais, dites-moi, comment êtes-vous devenu un Loup du roi ?

Elrik s'accorda quelques instants de réflexion.

Que pouvait-il dire à la jeune femme du rôle de son père, sans la bouleverser, ou la faire douter de son explication ?

Rien.

Leurs chemins allaient bientôt se séparer. Il n'était pas nécessaire de lui dire quoi que ce soit.

Il décida donc de s'en tenir à l'essentiel.

— N'étant pas satisfaits des nouvelles lois, ni des nouveaux lords fraîchement installés, mon père et d'autres hommes ont cru qu'ils pourraient combattre le roi sans que cela n'ait de conséquences. Aujourd'hui, mes frères et moi payons pour les erreurs de notre père.

— Que s'est-il passé ? Le roi a-t-il pris sa vie ?

— Non. Gregor et moi étions assez âgés pour offrir les nôtres à sa place. Edan et Rory nous ont rejoints plus tard. Notre père a été confiné à Roul Isle, et il est mort dans son lit.

— Tandis que vos frères et vous passerez le reste de votre vie au service du roi.

— Ou jusqu'à ce qu'il décide de nous libérer de notre devoir.

— Ce doit être une façon de vivre bien difficile.

Elrik lui lança un regard en coin.

— Pourquoi dites-vous cela ?

— Au lieu de vivre comme vous l'entendez, vous êtes à la disposition du roi.

— N'est-ce pas le cas de tout un chacun ? Chaque homme répond à son seigneur, tout comme chaque femme répond à son représentant, qu'il s'agisse de son mari ou de son père. En quoi ma situation est-elle différente ?

— Mais vous avez été obligé de faire des choses qui font que les gens ont peur de vous.

— Avez-vous peur de moi ?

Il posa une main sur son genou.

— Je ne vous sens pas trembler à mon contact. Je ne vous vois pas vous écarter de peur.

Elle rit.

— C'est différent.

— En quoi ?

— Vous ne m'avez donné aucune raison d'avoir peur de vous.

— J'ai donné des raisons de me craindre à très peu de gens, et pourtant ils sont nombreux à me craindre.

— Les histoires qui se racontent sur les Loups du roi sont-elles vraies ?

— Bien sûr que non.

— Dans ce cas, pourquoi ne les démentez-vous pas ?

— Les démentir ? Au contraire, je prends un malin plaisir à les entretenir.

— Pour quelle raison ?

— Parce que les rumeurs tiennent les gens à l'écart. Ainsi, je n'ai pas à raconter mon histoire. Et puis, la réputation de férocité des Loups du roi nous protège.

— Comment cela ?

— Si vous pensiez que quelqu'un est sans cœur, sans pitié, assoiffé de sang… l'attaqueriez-vous, ou y réfléchiriez-vous à deux fois ?

— Je comprends votre raisonnement.

— Bien. Mais ne répétez à personne ce que je viens de vous dire.

D'un geste spontané qui le surprit, Avelyn tendit soudain la main vers lui et s'empara d'une de ses mèches de cheveux.

— Je serais presque jalouse.

Sa voix était à peine plus qu'un murmure, comme si elle se parlait à elle-même.

Elrik ferma brièvement les paupières, tandis qu'un frisson courait le long de sa colonne vertébrale, avant de demander, d'une voix tout aussi douce :

— Pourquoi ?

Elle enroula la boucle autour de son index, avant de la libérer, avec un soupir.

— Vos cheveux frisent si joliment.

Il se rembrunit à la naissance d'un nouveau frisson, alors que les doigts d'Avelyn effleuraient son cou.

Des ricanements étouffés, tandis que Samuel et Fulke luttaient désespérément pour ne pas rire, lui rappelèrent qu'ils n'étaient pas seuls.

Elrik lui saisit le poignet pour enrayer son geste.

— Lady Avelyn, nous devrions nous remettre en route.

Ce n'était pas ce qu'il avait envie de dire.

En réalité, il était déchiré entre l'envie d'ordonner à Avelyn de mettre fin à ce contact par trop distrayant, et celle de la supplier de continuer.

Mais la proximité de ses hommes l'empêchait de décider. Dès lors, la meilleure solution semblait être l'évitement. Et ce serait plus facile s'ils reprenaient leur voyage.

Heureusement, Avelyn ne protesta pas et ne le questionna pas non plus sur son abrupt changement d'humeur. Patiemment, elle attendit qu'il enfile son camail et se coiffe de son heaume, avant de l'aider à se remettre en selle.

— Je suis désolée si j'ai dit ou fait quelque chose de mal, dit-elle, une fois qu'elle fut installée.

— Vous n'avez rien fait.

Il s'approcha, jusqu'à ce que son torse appuie contre la jambe d'Avelyn, et couvrit sa main, posée sur le pommeau, avec sa paume.

— Lady Avelyn, j'apprécierais beaucoup de passer la journée à profiter de votre agréable compagnie.

Il tourna la tête vers ses hommes, qui faisaient marcher leurs chevaux au pas sur la route, apparemment impatients de se mettre en route.

— Mais je préférerais le faire sans spectateurs.

Elle hocha la tête, puis sourit, comme si elle venait seulement de comprendre ses paroles.

— Oh… Merci de dire quelque chose d'aussi gentil.

Elrik s'écarta, laissant tomber son bras le long de son corps.

Il n'avait pas dit cela par gentillesse. Il voulait sincèrement passer du temps avec Avelyn.

En revanche, il en ignorait la raison.

Normalement, il évitait les femmes. Il lui arrivait même parfois de se donner beaucoup de mal pour cela. C'était une complication dont il n'avait pas besoin dans sa vie.

Et tout engagement avec cette femme en particulier représenterait une complication majeure.

En outre, il devait garder à l'esprit qu'elle était promise à un autre.

Il la regarda et ressentit le besoin soudain de l'embrasser. Aucun argument raisonné sur ce qui était bien et ce qui ne l'était pas ne pouvait déloger ce désir.

Il s'éclaircit la gorge, à défaut de pouvoir éclaircir son esprit.

— Je n'ai fait que dire la vérité, Lady Avelyn. Mais nous devons partir, maintenant.

Elle hocha la tête, et son sourire s'effaça de ses lèvres.

— Hélas oui. Nous devons gagner sans tarder la cour du roi David.

Elrik se résolut à ignorer le mélange de tristesse et de colère dans sa voix.

Il ne possédait pas le pouvoir de modifier les ordres qu'il avait reçus, et encore moins le destin d'Avelyn.

Cet état de fait l'irritait grandement. Même s'il

devait se soumettre au roi David, il détestait ne pas avoir le contrôle d'une situation.

— Nous devrions y aller, dit-il d'un ton vibrant de frustration.

Se hissant souplement sur sa monture, il fit signe à ses hommes d'avancer.

Chapitre 5

Lorsqu'ils établirent leur campement pour la nuit, le soleil se couchait, baignant le paysage d'une lumière flamboyante.

Fulke s'occupa des chevaux, tandis que Samuel démarrait un feu au centre d'une petite clairière.

Avelyn hésita lorsque Elrik lui tendit la main pour l'aider à descendre de cheval. Ne voulant pas revivre ce qui s'était passé un peu plus tôt, lorsqu'elle avait eu besoin de son soutien, elle prit soin de détendre ses jambes avant d'accepter son aide.

Il ne fallait pas pour autant en déduire qu'elle n'aimait pas le contact de ses mains ou de ses bras.

C'était tout le contraire.

Ces dernières heures de chevauchée lui avaient donné le temps de réfléchir à l'étrange afflux de sentiments que lui inspirait la proximité d'Elrik.

Avec lui, elle se sentait timide, incertaine et nerveuse, comme si un danger invisible rôdait. Plus il s'approchait, plus l'alerte grandissait.

Malgré le son de son propre cœur qui battait à ses oreilles, elle pouvait percevoir la respiration d'Elrik.

Au contact de sa main, sa peau s'électrisait.

Couvrant les senteurs de la forêt, son odeur à lui, où se mêlaient des relents de cuir usé, de sueur, d'huile de cotte de mailles et d'eau de romarin, lui chatouillait agréablement les narines.

Et pourtant elle n'était pas effrayée.

Ce sentiment de malaise permanent ne l'inquiétait pas. Il s'agissait plus d'une attente déstabilisante que d'une véritable crainte.

Elle ne comprenait pas pourquoi il la troublait autant.

Elrik de Roul n'était pas seulement un Loup du roi. Il était le messager envoyé pour la ramener à une cruelle destinée.

Son premier instinct devrait être de prendre la fuite, de trouver une solution pour s'échapper. Cependant elle se découvrait heureuse, pour ne pas dire avide, de rester avec lui, et s'impatientait de connaître la raison d'une telle réaction.

— Lady Avelyn ?

La voix d'Elrik interrompit le tourbillon de pensées qui faisait le siège de son esprit.

— Je suis désolée.

Elle cilla pour éclaircir sa tête et baissa les yeux vers lui.

Mettant les mains sur ses épaules pour descendre, elle ajouta :

— Je ne voulais pas vous faire attendre.

Il rit, et son souffle tiède lui caressa la joue, tandis qu'il la déposait au sol.

— À présent, c'est mon tour de demander à quoi vous pensiez avec une telle intensité.

Elle lui avait posé la même question quand ils s'étaient arrêtés un peu plus tôt. Les pensées d'Elrik avaient-elles alors pris la même direction que les siennes à l'instant ?

Avelyn sourit de l'étrangeté de sa réflexion, avant de répondre :

— Rien d'important.

Tirant sur le bas de sa tunique pour rajuster sa tenue, elle posa la main sur l'avant-bras d'Elrik, acceptant de se laisser guider sur le sol inégal.

Elrik s'arrêta devant un tronc d'arbre couché et secoua la tête.

— Un jour, j'aimerais vous proposer de vous asseoir sur autre chose qu'un rondin ou une pierre plate.

— Je l'aimerais aussi. Mais, pour le moment, c'est parfait.

Désignant le feu qui commençait à prendre, elle dit en s'asseyant :

— Bientôt il fera chaud, et cet endroit sera des plus confortables.

— Oh ! certes oui, tout autant que le grand hall d'honneur d'un château.

Le dédain dans son intonation était patent.

— Milord, je suis vraiment très à l'aise.

Elle étendit ses jambes devant elle et désigna les hommes d'Elrik.

— Et quelle femme ne se sentirait pas en sécurité avec un Loup du roi et ses fidèles compagnons ?

— Sans un plein contingent de gardes, aucune femme ne devrait jamais se sentir en sécurité sur les routes.

Elle comprenait ce qu'il voulait dire.

Depuis la guerre entre Mathilde, nièce de David, avec Étienne de Blois, pour l'accession au trône d'Angleterre, ceux qui faisaient normalement régner la loi étaient occupés ailleurs. Dès lors, les voleurs et les criminels écumaient les campagnes, certains de ne pas être punis.

Cependant, Avelyn n'avait pas passé toute sa vie protégée par des gardes, ou à l'abri derrière les murs du domaine de son père.

— Vous oubliez que je ne suis pas comme les femmes de la Cour. Il n'y avait aucune protection dans le village où j'ai grandi. Les voleurs faisaient partie de notre quotidien.

— Il n'y avait personne pour faire régner l'ordre ?

— Non. Le suzerain se souciait uniquement que les villageois soient présents au travail dans les champs. Il ne s'aventurait jamais jusqu'à notre village. Comme notre petit groupement de huttes était le plus éloigné de la seigneurie, nous étions livrés à nous-mêmes.

— Et quand il se passait quelque chose ?

— Vous voulez dire, comme un meurtre ?

Comme il hochait la tête, elle expliqua :

— Plutôt que d'attendre que le lord prononce une sentence, les hommes du village faisaient justice eux-mêmes. Une fois, quand j'étais enfant, un inconnu est venu et il a tué la femme du forgeron. Le lendemain, il a été retrouvé pendu à un arbre, à l'entrée du village. Il n'y a plus jamais eu d'autre meurtre après cela.

Samuel ricana.

— Cela suffirait à me dissuader.

Le regard d'Elrik le renvoya à sa tâche, qui consistait à installer le repas.

— Vous n'êtes plus au village, rappela-t-il ensuite à Avelyn. Vous devez vous plier aux exigences de votre nouvelle vie.

— En tant que quoi ? La fille naturelle du lord ? L'arrière-petite-fille du roi Óláfr ?

Cette dernière suggestion fit rire Avelyn.

— Je ne suis apparentée au roi qu'aussi longtemps qu'il parviendra à conserver sa couronne.

— C'est pourquoi vous êtes si importante. Votre mariage lui apportera davantage d'hommes pour le défendre.

— Pas tant que ça. Et puis, tandis qu'il sera bien en sécurité, je souffrirai de la compagnie de Bolk. Cela ne semble pas équitable.

— L'équité n'entre pas en considération.

— Oh ! oui, j'avais presque oublié. Je ne suis qu'une possession que ma famille peut utiliser à sa discrétion.

Elle remonta les jambes et appuya les coudes sur ses genoux, puis se pencha pour demander :

— Où était ma famille durant les hivers de mon enfance, quand chaque nuit était une lutte à mort contre le froid ? Où étaient-ils quand mon estomac se crispait de douleur à cause du manque de nourriture ? Il me semble que je ne leur dois rien. Surtout pas mon avenir tout entier.

— C'est ainsi, Lady Avelyn. Et que je sois d'accord ou non avec vous n'y change rien.

— Donc, vous êtes d'accord avec moi ?

Il secoua la tête.

— Vous n'allez pas m'attirer dans une discussion sur ce qui est bien et ce qui est mal. À quoi bon ? Votre avenir ne dépend pas de moi.

— Oh ! milord, je n'ai pas à vous attirer dans une discussion. Vous avez déjà fait connaître votre opinion.

Il la ramenait à son père, et à Bolk. Aussi était-elle éclairée sur sa position en la matière.

— Je vous demande simplement si j'ai tort de penser ainsi.

— Faites place.

Il lui fit signe de se pousser et s'installa à côté d'elle.

— Ce serait plus facile pour vous si vous acceptiez ce qui doit se passer, sans envisager d'autres possibilités.

— Je ne peux tout simplement pas accepter Bolk sans me poser de questions. Si j'appartiens à une lignée aussi importante, je mérite peut-être mieux qu'un chef de guerre mineur.

— C'est dans ce sens que vous devez présenter votre argumentation au roi David. Que méritez-vous, Lady Avelyn ?

— Quelqu'un de plus jeune que Bolk, pour commencer.

— Beaucoup de femmes épousent des hommes plus âgés. Pourquoi serait-ce différent pour vous ?

Avelyn se demanda si Elrik avait perdu toute capacité de raisonnement.

— N'est-ce pas évident ?

— Ça ne le sera pas pour le roi. Croyez-moi, David se moquera bien de savoir si vous trouvez votre mari désirable ou non.

Elle sentit ses joues s'empourprer. Ce n'était pas ce qu'elle avait à l'esprit. Elle faisait plutôt allusion au fait qu'ils n'avaient rien en commun.

Comme elle gardait le silence, Elrik poursuivit la conversation.

— Ce mariage n'est pas fondé sur votre satisfaction

par rapport à l'homme choisi pour vous, mais sur la richesse ou le pouvoir qu'il peut apporter. C'est tout.

— La richesse ou le pouvoir ? Bolk ne possède ni l'un ni l'autre. Il est arrivé au château de Brandr avec six gardes pauvrement armés et un coffret d'or à peine plus grand que ma main.

— C'est peut-être vrai, mais il possède probablement quelque chose que veut votre famille. Et vous êtes le moyen de l'obtenir.

— Et mon bonheur ou, comme vous le dites, ma satisfaction, n'entrent pas en ligne de compte ?

— Non.

Avelyn avait bien compris que personne ne ferait cas de son désir pour son mari. Et pourtant cela avait des conséquences qui valaient d'être prises en considération.

— Plus le roi a d'hommes, plus il gagne en pouvoir, n'est-ce pas ?

— Certes.

— Alors, la capacité de mon mari à me donner des enfants, créant ainsi plus de sujets pour le roi, devrait peser dans la balance.

Elrik la dévisagea, l'air amusé.

— Qui vous dit que Bolk n'en est pas capable. Vous savez sans doute que l'âge d'un homme n'a rien à voir avec sa fertilité.

Non, elle ne le savait pas.

Tandis que son estomac se révulsait à l'idée de partager son lit avec cet homme, elle réfléchit, le front plissé.

Finalement, au lieu de répondre à la question d'Elrik, elle lui demanda :

— Quel âge à son plus jeune enfant ?

— Vingt-sept ans, je crois.

— Et ça fait longtemps que sa femme est décédée ?

— Moins d'un an.

— Quel âge avait-elle ?

— Je n'en suis pas certain, mais elle ne devait pas avoir plus de trente ans.

— Si je me rappelle bien ce que j'ai entendu, elle avait seize ans quand il l'a épousée. Et, durant toutes ces années de mariage, elle n'a jamais eu d'enfants.

— Elle était peut-être stérile.

Avelyn se rembrunit.

— Vous ne me facilitez pas la tâche.

— C'est mon intention. Étant donné que le roi vous mènera la vie dure, je veux vous y préparer.

— Oh…

Elle se tourna pour lui faire face.

— Bolk a-t-il baguenaudé avec d'autres femmes ?

— Baguenaudé ?

Elrik eut un petit rire, avant de retrouver son sérieux.

— Énormément. Et toutes n'étaient pas consentantes.

Avelyn fut choquée de découvrir que sa famille ne voyait pas d'inconvénient à la marier à un tel homme.

— L'une d'elles a-t-elle eu un enfant de lui ?

— Non.

— Il est peu probable que toutes les femmes qu'il a côtoyées aient été stériles.

— Je reconnais que votre argument se tient. Mais il va falloir autre chose que ça pour rallier le roi à votre cause.

Avelyn soupira.

— Rien d'autre ne me vient à l'esprit.

— Allons manger. Cela vous aidera peut-être à y voir plus clair.

*
* *

Elrik réprima un bâillement, tandis qu'il s'étirait sur sa paillasse de fortune, à proximité du feu, dont les flammes vacillantes rougeoyaient dans la pénombre.

La journée avait été longue et, à présent qu'il était pleinement rassasié, il n'aspirait plus qu'à dormir. Samuel et Fulke monteraient la garde à tour de rôle, puis il les relaierait plus tard.

Cependant, la femme qui était étendue sur le dos à côté de lui, ne cessait de lui glisser des regards en coin. Apparemment, sa journée de chevauchée ne l'avait pas suffisamment fatiguée.

— Qu'est-ce qui vous tient éveillée ? finit-il par demander.

Elle soupira et roula sur le côté, en appui sur un coude.

— Quelles sont les qualités qu'un homme recherche chez une femme ?

— La capacité à dormir.

Il regretta sa réponse dès que les mots eurent franchi ses lèvres.

— Je suis désolé, dit-il, avant qu'elle n'ait eu le temps de se retourner. Je ne voulais pas être aussi abrupt.

Comme elle faisait mine de lui tourner le dos, il la saisit par le poignet, l'obligeant à rester en place.

— L'honnêteté. La douceur. Des bras accueillants. Une oreille attentive. Une maison bien tenue…

— Donc, vous cherchez une servante qui veillera à tous vos besoins, partagera votre lit et ne se plaindra pas.

Il cilla.

— C'est ce que vous m'avez entendu dire ?

— Pas de cette façon, mais oui. Vos servantes ne font-elles pas votre lit et n'allument-elles pas un feu dans votre chambre pour vous réchauffer ? N'écoutent-elles pas vos lamentations sans argumenter ?

— Oui, peut-être, mais la présence d'une épouse apporterait autre chose.

— Quoi ?

Il n'aurait jamais dû commencer cette conversation.

— Y avait-il quelque chose de spécial que votre mère faisait pour vous et qui vous paraissait différent quand quelqu'un d'autre le faisait ?

— Oui, quand elle me mettait au lit, elle me chantait une chanson et repoussait mes cheveux en arrière, avant de m'embrasser sur le front. Mais, quand elle est tombée malade, dame Berta m'envoyait simplement me coucher, avec un petit geste de la main comme pour me chasser.

— Eh bien, vous voyez, la différence est la même entre une servante et une épouse.

— De quelle façon ?

— C'est très simple : une servante fait son travail, ce n'est qu'une tâche à exécuter avant de passer à la suivante. Mais, quand une épouse accomplit la même tâche, elle y met du cœur. Parce qu'elle veut que son mari soit heureux.

Avelyn eut une petite moue pensive.

— Je comprends ce que vous dites, mais je ne vois pas en quoi cela m'aidera à convaincre le roi David.

Elrik haussa les épaules.

— J'ai simplement répondu à votre question. Mais je n'ai sincèrement aucune idée de la façon dont vous pourriez utiliser cette information à votre avantage.

Je peux simplement vous dire que le roi David a un faible pour les jolies femmes.

Avelyn soupira.

— Heureusement qu'il me reste encore deux jours pour y réfléchir.

Elrik toussota, embarrassé.

— Nous devrions arriver à Carlisle demain, avant le coucher du soleil.

— Quoi ?

Elle se redressa brusquement, répétant d'un ton plus aigu :

— Quoi ?

— Ça vous pose un problème ? Je pensais que vous seriez soulagée que tout soit bientôt terminé.

Rejetant sa couverture, elle saisit la jupe de sa tunique.

— Dans cette tenue ?

Elle porta la main à ses cheveux.

— En ayant l'air d'une paysanne qui vient de quitter son champ ?

— Le roi sait que vous avez voyagé. Il ne s'attend pas à vous voir arriver en tenue de Cour.

— Il ne s'agit pas de cela. Je n'ai jamais possédé de tenue digne de la Cour. Le souci, c'est que je sens aussi mauvais que vous et vos hommes. Je suis sale. Mes cheveux ressemblent à un nid, dont même un rat ne voudrait pas.

— Seriez-vous en train de dire que nous puons ?

Plissant le nez, elle hocha la tête.

— Horriblement.

Incapable de se retenir, Elrik éclata de rire.

Elle croisa les bras sur sa poitrine et le toisa.

— Je suis ravie de voir que vous trouvez cela amusant.

— J'ignorais que vous étiez aussi futile, Lady Avelyn.

— Il n'est pas question de futilité. Je dois plaider pour mon avenir et je crains de n'avoir aucune crédibilité si je ressemble à une mendiante.

Elle marquait un point.

— Nous pouvons nous arrêter au village avant Carlisle. Il y a une auberge, où je pourrai vous obtenir une chambre. Il n'y aura probablement pas de bain, mais ils pourront sûrement fournir de l'eau. J'ai un savon et un peigne que je peux vous prêter. Et je suis sûr que la tenancière de l'auberge saura où il est possible de se procurer des vêtements.

— Mais je n'ai pas d'argent pour acheter des vêtements, ou pour payer la chambre.

— La somme ne sera pas si grande que je ne puisse assumer cette dépense.

— Mais je ne pourrai pas vous rembourser.

Il balaya cette inquiétude d'un geste.

— Je ne m'attends pas à ce que vous le fassiez.

Elle secoua la tête.

— Puisque nous n'avons pas de lien de parenté et que nous ne sommes pas mariés, ce serait déplacé.

Déplacé ? Il n'avait pourtant pas proposé qu'ils fassent quoi que ce soit d'indécent.

— Je crois que vous vous inquiétez trop.

— Pas du tout. Je n'ai peut-être pas l'expérience de la Cour, mais je sais comment les ragots se répandent et gagnent en importance. Vous seriez considéré comme mon… mon protecteur… et je serais vue comme votre maîtresse.

Elle laissa échapper un lourd soupir, avant de continuer.

— Même si je vous trouve attirant, je ne veux pas passer pour votre maîtresse. Ce serait plus compliqué ensuite pour moi de trouver un mari.

— Comment cela ?

— Eh bien, à supposer que je trouve quelqu'un, une fois qu'il aura entendu la rumeur, il ne voudra pas prendre pour femme celle qui aura été rejetée par un autre homme.

— Il y a loin entre le fait de vous procurer des vêtements et celui de vous rejeter.

— Pas quand il s'agit de ragots.

— Lady Avelyn, je suis à peu près certain que votre conversation avec le roi donnera lieu à des ragots autrement plus intéressants. L'arrière-petite-fille d'un roi qui fuit son mariage et qui va chercher de l'aide auprès d'un autre roi, ça n'arrive pas si fréquemment.

— Ne comprenez-vous pas ? C'est précisément ce qui rendra chaque détail croustillant et ouvert à la spéculation et aux ragots.

Elrik se rembrunit. Il avait bien conscience que la seule chose qui apaiserait les inquiétudes d'Avelyn, et qui lui permettrait de trouver le sommeil, c'était de trouver une solution pour qu'elle paie elle-même. Mais comment, faire ?

Soudain, il eut une idée.

— Et si je vous achetais quelque chose ? Un objet qui vous appartient ?

— Quoi ? Je ne possède rien qui ait de la valeur.

— Une babiole. Un ruban. N'importe quoi.

Il lui lança un regard, remarquant son front plissé et sa moue boudeuse, et dit sans réfléchir :

— Un baiser, peut-être ?

La première réaction d'Avelyn fut d'écarquiller les yeux, puis elle réfléchit un moment et soupira, résignée.

— Puisque je n'ai rien d'autre, j'imagine qu'un baiser fera l'affaire.

Comme elle se penchait vers lui, Elrik eut un mouvement de recul, surpris qu'elle ait pris au sérieux cette suggestion irrationnelle.

Comment pouvait-elle s'inquiéter des ragots de Cour, et ne trouver aucun inconvénient à embrasser un homme qu'elle connaissait à peine ?

Elle plongea la tête et l'observa à travers ses cils baissés.

— C'est tout ce que j'ai. Je vous fais confiance pour ne pas exiger plus qu'un baiser.

Le souffle tiède d'Avelyn sur ses lèvres le fit se demander comme ils s'étaient retrouvés aussi proches, alors qu'il n'avait pas le souvenir d'avoir bougé.

Il glissa les doigts dans ses cheveux, prenant en coupe l'arrière de sa tête.

— Vous n'êtes pas obligée de faire ça.

Elle bascula sur ses genoux pour prendre appui contre lui.

— Oh ! mais j'en ai envie.

Son intonation soudain enrouée le fit grommeler. Le sommeil n'allait pas être facile à trouver cette nuit.

— Avelyn, c'est une erreur.

— Avez-vous peur ?

Il perçut la plaisanterie dans sa voix, mais la

remarque s'inscrivit dans son esprit comme une mise au défi.

L'attirant plus étroitement contre lui, il répliqua :

— De quoi ?

— D'une colombe.

— Une petite colombe sans défense ?

Encore qu'à cet instant c'était lui qui se sentait sans défense.

Elle crispa les doigts dans l'étoffe de sa chemise.

— Une colombe avec des dents !

Elrik captura ses lèvres.

Il avait déjà deviné que la curiosité l'avait incitée à se montrer aussi intrépide. Aussi ne fut-il pas surpris par son petit sursaut de stupéfaction. Cependant, le petit pincement que lui-même ressentit au creux de l'estomac fut des plus déconcertants.

Plus déconcertant encore fut la pause prolongée que marqua Avelyn. Après sa surprise initiale, elle semblait à présent un peu… distraite.

À l'origine, l'idée d'Elrik était d'embrasser chastement ses lèvres, car il supposait que cela suffirait à satisfaire sa curiosité.

Mais il s'était attardé, et le fait qu'Avelyn ne le repousse pas l'avait mis face à un dilemme.

Devait-il mettre fin à ce baiser, donnant alors à Avelyn une impression mitigée ? Ou pouvait-il s'autoriser à quitter la voie de la sécurité, lui offrant alors une expérience éblouissante ?

Il redressa à peine la tête, gardant seulement ce qu'il fallait de place entre eux pour laisser passer un souffle d'air, et demanda :

— Ce n'est pas exactement ce que vous espériez, n'est-ce pas, petite colombe ?

À la seconde où elle écarta les lèvres pour répondre, il s'empara de sa bouche ouverte.

Nouant les doigts dans ses cheveux, il lui tira légèrement la tête en arrière et passa la langue sur la sienne.

Chapitre 6

Avelyn sursauta sous cette étrange caresse, se réjouissant par ailleurs du bras étroitement passé autour de sa taille, qui l'empêchait de tomber.

Malgré son étonnement, elle était ravie qu'Elrik ait dissipé la déception que lui avait inspirée son baiser.

Le premier contact n'était pas du tout conforme à ce qu'elle attendait du baiser d'un homme. En entendant parler les servantes dans les cuisines de son père, elle s'était imaginé que l'acte serait tout à fait extraordinaire.

Mais cela… Eh bien, c'était mieux que ce à quoi elle s'attendait.

Ce n'était pas simplement un baiser. Il n'y avait rien de doux ni d'apaisant dans cette étreinte. Cependant, Elrik n'était pas cruel. Il lui demandait silencieusement de répondre, de suivre son chemin.

Elle obtempéra d'autant plus volontiers qu'elle n'aurait pu ignorer la demande, même si elle avait voulu.

C'était comme s'il la réclamait, et cela lui procurait des frissons dans tout le corps.

Il ne faisait rien d'autre que de la tenir contre lui,

et de l'embrasser. Et pourtant chaque parcelle de sa peau frémissait d'expectative.

Bien qu'elle fût vierge, elle avait parfaitement conscience de ce que son corps désirait expérimenter et elle devait faire appel à toute sa volonté pour ne pas supplier Elrik de…

Le craquement distinct d'une branche dans la forêt vint rompre la perfection de l'instant.

Immédiatement, Elrik la poussa au sol et la couvrit de son corps. Elle entendit le bruit d'une corde tendue, puis le souffle d'une flèche. Volant quelques centimètres au-dessus de leurs têtes, elle alla se ficher dans un tronc, juste derrière eux.

— Trouvez-le ! cria Elrik, tandis que ses hommes s'élançaient déjà vers la forêt.

— Ça ne va pas recommencer ! bougonna Avelyn, inquiète à l'idée de devoir à nouveau fuir quelqu'un qui cherchait à la tuer.

— Que voulez-vous dire ?

Elrik s'écarta d'elle et se leva.

— C'est déjà arrivé auparavant ? insista-t-il.

La lumière vacillante des flammes dessinait des ombres changeantes sur son visage. Si la rudesse de son ton n'avait pas fait comprendre à Avelyn son irritation, elle l'aurait devinée en voyant ses paupières étrécies au point de ressembler à deux fentes.

Elle détourna le regard.

— Oui.

— Quand ?

— Quelques jours après que je me suis enfuie.

Avelyn tiqua en entendant Elrik jurer entre ses dents.

— Et vous n'avez pas jugé utile de m'en parler ?

À présent, elle comprenait pourquoi les gens avaient peur de lui.

Il n'y avait aucune clémence dans sa voix, ni dans son regard glacial ou sa posture inflexible. Ce n'était plus le même homme que celui qui l'avait embrassée quelques instants plus tôt, jusqu'à ce que toute pensée raisonnable lui échappe.

Il la faisait penser aux hommes qui vivaient sur le domaine de son père, ceux qui ne trouvaient rien d'autre pour évacuer leur colère que de rosser de plus faibles et de plus petits qu'eux. Elle-même avait plusieurs fois fait les frais de leur irritation.

À sa grande confusion, sa lèvre inférieure frémissait lorsqu'elle répondit d'une voix tremblante :

— Non, je n'y ai pas pensé.

— Arrêtez ! cria-t-il.

Lui prenant les mains, il la fit se relever sans ménagement.

— N'essayez pas de m'amadouer avec des larmes. Cela ne fera qu'aggraver les choses.

— Mais, je n'essayais pas… Je n'avais pas l'intention…

Elle reprit son souffle et effleura de la main ses joues humides.

— Je ne pleure pas.

— Bien.

Il passa un pouce sous ses yeux. Puis, sans faire de commentaire sur les larmes qu'il venait d'essuyer, il dit :

— Maintenant, racontez-moi ce qui vous est arrivé. Depuis le début.

Son ton à présent radouci la fit ciller.

C'était tout ? Sa tirade était terminée ?

Elle lui lança un regard hésitant.

Il secoua la tête et soupira.

— Parce que je la rencontre souvent, il est facile pour moi de reconnaître la peur sur le visage de quelqu'un. Je ne sais pas ce que vous avez vécu au domaine de votre père, mais je connais Brand et ses hommes.

Il plaça une main sur son cœur.

— Avelyn, je vous jure que ni moi ni mes hommes ne vous ferons jamais aucun mal.

Incapable de trouver les mots pour exprimer son soulagement, elle se contenta de hocher la tête. En outre, s'ils étaient réellement à moins d'un jour de cheval du roi David, Elrik serait bientôt débarrassé d'elle.

Le pincement de tristesse que lui procura cette idée la fit plisser le front d'étonnement.

Elrik l'invita d'un signe de la main à retourner s'asseoir.

— Dites-moi tout ce qui vous est arrivé depuis que vous avez quitté la protection de votre père.

Une fois installée, elle prit la parole.

— Je n'avais pas emporté suffisamment de nourriture avec moi. J'ai donc épuisé mes réserves au bout de deux jours.

— Comment vous êtes-vous nourrie après ça ?

— Le troisième soir, j'ai repéré des miches de pain mises à refroidir sur l'appui de fenêtre d'un cottage et j'ai volé la plus petite.

Le fait d'en reparler réveilla sa culpabilité.

— Un homme ivre a essayé de m'arrêter, mais il a trébuché et j'ai pu m'enfuir.

— C'est sans doute l'homme dont on prétend à Duffield que vous l'avez tué.

— Non !

Avelyn bondit.

— Je n'ai tué personne. Il me hurlait encore des invectives après être tombé. Je jure qu'il était toujours en vie.

Elrik la fit se rasseoir.

— Je n'ai jamais cru que vous l'aviez fait.

— Comment pouvez-vous penser cela, alors que vous ne me connaissez que depuis quelques jours ? De quelle façon pourrais-je convaincre quiconque de mon innocence ? Bonté divine, que vont-ils me faire ?

— Taisez-vous. Vous vous faites trop de souci. La simple logique suffit à prouver que ce n'était pas vous. Pourquoi une personne qui essaie de fuir sa famille tuerait-elle un homme, au risque d'attirer l'attention ? Vous ne semblez pas aussi stupide.

Une autre pensée traversa l'esprit d'Avelyn.

— Même si j'avais tué quelqu'un, comment les gens auraient-ils pu savoir qu'il s'agissait de moi ?

Elrik eut un petit rire.

— Vous ne pensez quand même pas que votre père vous aurait laissée vous enfuir, sans envoyer une troupe pour vous ramener ? Ils vous ont suivie jusqu'en Angleterre, avant que Brandr ne sollicite l'aide du roi David.

Après lui avoir laissé un moment pour réfléchir à son explication, il l'incita à poursuivre.

— Que s'est-il passé après cela ?

Avelyn soupira.

— Le lendemain, je n'ai pas eu de chance. Mais

l'après-midi suivant j'ai rejoint un groupe qui mendiait aux portes d'un château.

— Quel château ?

Elle haussa les épaules.

— Je ne sais pas. Il était grand.

Au lieu de lui reprocher de ne pas savoir, il demanda :

— Les autres ont commenté votre présence ?

— Non. Le village était si vaste que les gens ne devaient pas tous se connaître.

— Il s'agissait probablement du fief du comte de Derby.

— Peut-être. Dans ce cas, il faudrait lui dire de mieux s'occuper de ses gens. L'enfant avec qui j'ai partagé ma part semblait ne rien avoir mangé depuis des jours.

— Je ne manquerai pas de le lui dire, la prochaine fois que je me battrai avec lui.

Son commentaire moqueur incita Avelyn à s'interroger.

— Sommes-nous en territoire ennemi ?

— Vous êtes entrée sur les terres du roi Stephen depuis que vous avez volé ce pain. N'aviez-vous pas pensé à cela ?

— Non. Je savais que je devais faire attention aux voleurs et aux assassins, et je me suis donc tenue à l'écart des routes principales. Mais, en dehors de cette préoccupation, j'avais en tête de gagner la côte et je n'avais pas le temps de penser à autre chose.

— Vous pouvez vous considérer comme chanceuse.

— Pas tant que cela. Après tout, je me suis bel et bien fait prendre.

— C'est exact. À mes risques et périls, dois-je dire.

Elle leva les yeux vers lui pour juger de son humeur et surprit le frémissement de ses lèvres. Il plaisantait.

— Vous n'auriez pas dû vous mettre dans une situation aussi dangereuse pour une simple femme. Plus qu'une simple femme, ajouta-t-il.

Il lui donna un petit coup d'épaule.

— L'arrière-petite-fille d'un roi.

— Ah oui…

Elle agita la main d'un air nonchalant.

— J'avais oublié.

— Que s'est-il passé après que vous êtes allée mendier aux portes du château ?

— J'ai trouvé une étable où passer la nuit et j'ai repris la route le lendemain matin. Cet après-midi-là, je me reposais contre un arbre quand une flèche est venue se planter dans le tronc, à quelques centimètres de mon visage. Je me suis enfuie et j'ai couru jusqu'à ce que je n'en puisse plus. Après cela, je me suis retrouvée à l'auberge où vous m'avez découverte.

Elrik grimaça.

— Les archers de Brandr n'auraient pas manqué leur cible deux fois de suite.

— Si ce n'étaient pas les hommes de mon père, de qui peut-il s'agir ?

— Tout ce que je sais, c'est que le roi David a été averti que quelqu'un cherchait à vous nuire.

Avelyn déglutit avec peine, s'efforçant de dissiper la boule d'angoisse qui s'était formée dans sa gorge.

— Vous voulez dire que quelqu'un veut ma mort ?

— Votre père n'a aucun intérêt à vous éliminer. Il a trop à perdre.

— Qui alors ? Il ne doit pas y avoir tant de gens que cela à pouvoir tirer profit de ma disparition.

Elrik haussa les épaules.

— Bolk, peut-être.

— Comment cela ?

Le choc provoqué par une telle suggestion lui avait fait hausser le ton.

Elrik la regarda avec surprise.

— Êtes-vous insultée que l'homme que vous ne voulez pas épouser ne vous veuille pas non plus ?

— Non. Ce n'est pas cela que je trouve surprenant. Je serais ravie qu'il ne veuille pas faire de moi sa femme. Mais me tuer au lieu d'annuler l'accord qu'il a passé avec ma famille me semble un peu excessif.

— Vous ne pouvez pas savoir combien cela pourrait lui coûter d'annuler. Faire en sorte que vous rencontriez une fin malheureuse serait peut-être plus avantageux pour lui. Mais ce n'est peut-être pas Bolk. Ça pourrait être quelqu'un qui voudrait établir un lien avec lui et vous verrait comme un obstacle.

Elle n'avait pas voulu précipiter son arrivée à la cour du roi David, mais ça lui semblait à présent la meilleure façon de préserver sa sécurité.

— Pensez-vous que cette personne arrêterait de me poursuivre, si le roi David s'opposait à ce mariage ?

— Je l'ignore. En outre, vous ne pouvez pas savoir si la décision du roi sera en votre faveur.

Le cœur d'Avelyn se serra à la pensée de devoir quand même épouser Bolk. Surtout après fait autant d'efforts pour échapper à ce mariage.

— Eh bien, dans ce cas, je suppose que je vais devoir trouver un moyen de le convaincre.

Des bruits de pas, tandis que les hommes d'Elrik revenaient à la clairière, mirent un terme à leur conversation.

Elrik se leva, posant une question évidente.

— Il s'est enfui ?

— Oui, répondit Samuel.

— Il n'était pas seul, ajouta Fulke. Nous avons trouvé un endroit, un peu plus loin sur la route, où quatre chevaux étaient à l'arrêt, sans doute en prévision d'une fuite rapide.

Elrik leva les yeux vers le ciel, qui se piquetait d'étoiles.

— Il est trop tard pour essayer de les suivre. Restez en alerte au cas où ils reviendraient.

Au lieu de reprendre leur position précédente, les deux hommes se séparèrent. Samuel se rendit à l'arrière de la clairière, patrouillant à la lisière de la forêt, tandis que Fulke arpentait le bord de la route.

Elrik baissa les yeux vers Avelyn.

— Vous devriez dormir. Nous lèverons le camp aux aurores demain.

Cette suggestion eut sur elle l'effet d'un sortilège, car aussitôt elle fut envahie par une intense sensation d'épuisement.

Elle bâilla et se leva pour retourner à son lit fait de couvertures empilées.

— Et vous ?

Il la suivit et rapprocha sa paillasse de la sienne.

— Je ne bouge pas d'ici.

Mais au lieu de se glisser entre les couvertures, comme elle-même l'avait fait, il resta assis, à surveiller les parages.

S'attendait-il à ce que son supposé meurtrier revienne ?

Elle se tourna vers la clairière, en se demandant

si elle aurait une fois encore la chance d'échapper à ses flèches.

Déprimée, elle rabattit la couverture sur sa tête.

Si elle ne voulait pas épouser Bolk, elle ne tenait pas non plus à échapper à son destin en mourant.

Pas maintenant.

Il lui restait trop à découvrir. Trop de choses qu'elle avait envie d'expérimenter.

Même si ces trente derniers jours avaient fourmillé de dangers, ils avaient été merveilleux.

Jamais auparavant elle n'avait été seule, ni loin de chez elle, et elle avait beaucoup apprécié sa liberté. Marcher le long des cours d'eau, ôter ses bottes et ses bas et marcher dans l'eau glacée, sans que personne ne lui rappelle qu'elle devait se comporter comme une lady, lui avait fait un bien fou, faisant resurgir l'insouciance de l'enfance.

Même le temps passé à la maison close, avec Hannah et les autres prostituées, restait un bon souvenir.

Des inconnues lui avaient non seulement offert un abri contre la pluie incessante, mais aussi de la nourriture et de la compagnie. Elles s'étaient également montrées plus gentilles et compatissantes que quiconque sous le toit de son père.

Avelyn ne voyait nulle honte à leurs activités. Pas si l'argent gagné servait à nourrir leurs enfants. Elles la faisaient penser aux femmes de son village, qui ne ménageaient pas leur peine pour assurer le bien-être de leur famille.

Étouffant sous la couverture, elle la rabattit et se tourna vers Elrik.

Une bouffée de chaleur monta le long de son cou,

jusqu'à ses joues. Si elle ne s'était pas enfuie, elle n'aurait pas fait l'expérience de son premier baiser.

Et quelle expérience cela avait été !

Non, décidément, il ne fallait pas que ceux qui la poursuivaient parviennent à leurs fins. Elle voulait connaître les caresses d'un homme avant de mourir.

Fascinée par Elrik, elle étudia la ligne de sa mâchoire, couverte d'une barbe drue. Il était si concentré sur sa tâche de gardien que les traits immobiles de son visage paraissaient sculptés dans la pierre.

À grand-peine, elle refoula l'envie soudaine d'adoucir d'une caresse la dureté de son expression, de faire courir le bout de ses doigts sur la plénitude de ses lèvres, de dessiner la petite bosse sur son nez, et d'effacer la ride profonde entre ses sourcils noirs.

Il lui fut plus difficile encore de lutter contre le désir qu'il lui inspirait.

Cherchant son souffle, elle repoussa un peu plus la couverture. Elle avait incroyablement chaud soudain.

Elrik balaya encore une fois du regard la clairière, avant de poser les yeux sur elle, d'un air interrogateur.

— Elrik ?

Il secoua la tête.

— Non.

Comment cela, non ? Possédait-il la capacité de lire dans son esprit ?

— Je ne vous ai encore rien demandé.

Il esquissa un sourire.

— Cela ne requiert pas de pouvoirs magiques de savoir quelles pensées taquinent votre esprit. L'air nocturne et frais…

Il s'interrompit pour faire un signe de tête dans sa direction.

— Et pourtant vous avez repoussé votre couverture. La langueur de votre regard n'est pas due au manque de sommeil. Pas plus que la moiteur sur votre front n'est à mettre au compte de la fièvre.

À nouveau, il secoua la tête.

— Non, Avelyn. Essayez de dormir.

— Mais…

Elle laissa sa phrase en suspens, ne sachant pas quoi dire.

Il ne se trompait pas. Elle se languissait de lui, de ses caresses, de ses baisers, de choses dont elle avait seulement entendu parler et qu'elle n'avait pas encore vécues.

Il se leva et se rapprocha pour s'accroupir à côté d'elle.

— Ne vous méprenez pas.

Il traça le contour de sa joue du bout des doigts.

— Je n'aimerais rien tant que de vous garder près de moi, et de découvrir tous vos secrets. Mais vous n'êtes pas mienne, et jamais je n'userai de vous de cette manière.

Elrik remonta la couverture sous le menton d'Avelyn et la glissa autour de ses épaules.

— Dormez et ne pensez plus à cela. Gardez ces pensées pour un autre homme, un autre moment.

Depuis son poste de surveillance, au bord de la route, Elrik leva les yeux vers le ciel.

Le jour commençait à se lever. Bientôt, il ferait assez clair pour entamer la dernière partie du voyage. Ce soir, il dormirait dans un vrai lit, au lieu de la terre dure.

Il s'étonna de cette étrange aspiration au confort. Soit il vieillissait, soit il avait besoin de s'éloigner d'Avelyn le plus vite possible.

Le simple fait de se trouver à côté d'elle lui faisait désirer des choses auxquelles il n'avait pas accordé une pensée depuis des années.

Des choses étranges, comme le confort d'un lit…

Il tourna la tête pour la regarder.

Et des choses plus étranges encore, comme la gentillesse d'une voix, la douceur d'une caresse, que seule une femme pouvait offrir.

Il grommela. Oui, il était bel et bien temps de la remettre au roi David. Et cependant cette perspective lui inspirait une sensation d'abandon.

D'un revers de main, il chassa une poussière inexistante de sa cuisse, avant de traverser la clairière pour secouer l'épaule d'Avelyn.

— Réveillez-vous !

Elle redressa dans un sursaut.

— Quoi ?

Riant de sa surprise, il désigna le ciel.

— Il est temps de se lever.

— Mais je viens juste de m'endormir.

— Ce n'est qu'une impression. Il fait déjà jour.

En dehors d'un bref signe de tête, elle ne montra aucune once de contrariété du fait de sa rebuffade la veille, pas plus qu'elle ne parut embarrassée par le désir qu'elle avait manifesté.

De toute façon, cela n'avait plus d'importance. À la fin de la journée, ils ne seraient plus seuls en compagnie l'un de l'autre. Ils seraient encerclés par des courtisans rongés de curiosité.

Il leur fallut peu de temps pour se restaurer, veiller aux nécessités matinales et lever le camp.

Samuel et Fulke s'activèrent, apparemment aussi impatients qu'Elrik l'était de voir la journée se terminer.

Avelyn était la seule à prendre son temps et, s'il comprenait sa répugnance à se hâter, il ne pouvait ignorer que chaque moment passé à l'air libre la mettait en danger.

Après qu'il l'eut aidée à se mettre en selle, il leva les yeux et chercha son regard.

— J'aimerais sincèrement que les choses soient différentes entre nous, mais c'est impossible. Je ne suis pas désolé de vous avoir rencontrée, ou de vous avoir embrassée. Je regrette seulement de vous avoir perturbée en faisant cela.

Elle tendit la main, parut hésiter puis, en soupirant, lui caressa la joue.

— Vous n'avez pas à être désolé. J'aimerais simplement que le voyage ne s'achève pas ce soir.

Il ne put résister à l'envie de tourner la tête et de déposer un baiser au creux de sa paume. Puis, à regret, il s'éloigna pour enfourcher sa monture.

Cela prit un peu de temps, mais Avelyn finit par apprécier la chaleur du soleil sur sa joue, la légère brise qui soulevait ses cheveux, et la présence des hommes qui chevauchaient en sa compagnie.

Samuel et Fulke parlaient à voix basse de choses sans intérêt pour elle, comme le besoin qu'ils éprouvaient de prendre un bain, ou du temps qu'il allait leur falloir pour nettoyer leur armure.

Se demandant à quelle distance ils se trouvaient du village, elle appela :

— Lord Elrik ?

Apparemment surpris par cette façon plus formelle de s'adresser à lui, il lui jeta un bref regard par-dessus son épaule.

Avelyn rit de son expression, avant de s'expliquer :

— Je me suis dit que je devrais m'entraîner à être plus cérémonieuse, afin de ne pas donner accidentellement de quoi médire à la Cour.

Fulke ricana.

— Lady Avelyn, soyez assurée qu'ils trouveront toujours quelque chose, que vous leur tendiez la perche ou non.

— Sommes-nous loin du village ? demanda-t-elle.

Elrik observa le soleil.

— Nous y arriverons avant le milieu de la journée.

— Si vite ?

— Oui. Et d'ailleurs nous devrions nous arrêter maintenant pour procéder à l'échange de selles.

Elle soupira mais ne protesta pas, et tira sur les rênes de sa jument.

Elrik s'arrêta à son tour et descendit de cheval, aussitôt imité par ses hommes.

Après avoir tendu ses rênes à Samuel, Elrik vint se placer à côté d'Avelyn et posa les mains sur ses hanches.

— Prête ?

Non, elle n'était pas prête. Mais rien ne changerait ce qui l'attendait, aussi hocha-t-elle la tête et laissa-t-elle Elrik l'aider à descendre de cheval.

Quand ce fut fait, Elrik ordonna à Fulke de changer les selles. Avelyn comprit que la selle à haut dosseret aurait l'air étrange sur sa petite jument. En outre, s'ils étaient attaqués, Elrik aurait davantage besoin qu'elle de sa selle de combat.

La pause fut de courte durée et, une heure plus tard, ils arrivaient aux abords du village. Avelyn était aussi épuisée que si elle avait passé toute une journée en selle. Lorsqu'elle se laissa glisser à terre, elle serait tombée si Elrik n'avait pas été là.

— Prenez un moment pour retrouver votre équilibre, dit-il, en la tenant par les bras.

— Merci, murmura-t-elle, surprise par la soudaine timidité qui l'envahissait.

Elle avait l'impression que tout le monde avait cessé de vaquer à ses occupations pour la regarder. Il est vrai que la vision d'une femme en compagnie de trois hommes avait de quoi surprendre.

Elrik la libéra et fit un pas en arrière.

— Restez ici avec Samuel et Fulke.

Les deux hommes se rapprochèrent, tandis qu'Elrik disparaissait à l'intérieur de l'auberge.

Lorsque Elrik rejoignit ses compagnons de voyage, une foule curieuse s'était amassée autour d'eux. Il s'attendait à attirer l'attention, dans la mesure où ses hommes et lui étaient connus au village. Mais, à la façon dont Avelyn se recroquevillait entre Samuel et Fulke, la situation la mettait mal à l'aise.

Observant les badauds, il reconnut un homme.

— Tu veux savoir quelque chose, Timothy ?

Le forgeron du village désigna Avelyn d'un signe de tête.

— C'est elle ?

Il ne servait à rien de faire mine de ne pas comprendre.

— Oui.

Elrik observa la foule qui hochait la tête, en échangeant des commentaires à voix basse.

Pour leur donner plus de grain à moudre, il ajouta :

— Nous avons besoin d'une tenue adaptée à la Cour.

Une femme âgée s'avança.

— J'ai ce qu'il vous faut. Ce n'est peut-être pas à la dernière mode, mais c'est joliment fait.

— Merci. Faites-la livrer ici au plus vite.

Il tendit galamment la main vers Avelyn.

— Milady, une chambre est à votre disposition.

Elle hésita un instant, son regard passant à plusieurs reprises de la foule à lui. Puis elle redressa les épaules et fit un pas en avant.

La démarche semblait assurée, mais son menton baissé lui donnait l'air d'un enfant obéissant.

Elrik intercepta son regard et leva sa propre tête. Comprenant son conseil muet, elle l'imita. Il abaissa alors son bras et s'effaça pour lui laisser le passage.

— Après vous, milady.

Une fois qu'ils furent arrivés à l'étage, il utilisa la clé que l'aubergiste lui avait confiée pour déverrouiller une porte au bout du couloir et entra le premier pour inspecter la pièce.

Certain qu'elle avait tout le nécessaire — eau, savon, serviettes et peigne —, il précisa :

— Vos vêtements ne vont pas tarder à arriver. Si vous avez besoin de quelque chose, nous serons dans le couloir.

Avelyn fit un pas vers lui.

— Elrik…

Son prénom, prononcé d'un ton doux, presque plaintif, et l'éclat de son regard le précipitèrent dans le couloir, où il s'empressa de fermer la solide porte entre eux.

Le dos calé contre le battant, il reprit lentement son souffle.

Fulke, à sa gauche, jura entre ses dents. Samuel, à sa droite, dit d'un ton compréhensif :

— Respire, Elrik. Il n'y a que cela à faire.

Il ne s'était pas senti en colère à ce point, ni aussi perdu, depuis le jour où il avait donné sa vie en échange de celle de son père. Ça avait été la première et dernière fois où il avait pleuré sur tout ce qu'il ne pourrait jamais avoir.

Il avait tout simplement fait le don de son âme ce jour-là.

Ces hommes étaient avec lui quand il s'était prosterné aux pieds du roi David, en compagnie de son frère, pour le supplier de faire preuve de clémence.

Depuis, il n'avait plus jamais supplié quiconque.

Il avala sa salive et faillit sourire en entendant deux lourds soupirs à côté de lui.

Si cette émotion qui l'assaillait était de l'amour, il n'en voulait pas. Il n'y avait pas de place dans sa vie pour cette incertitude ou cette faiblesse.

Si on devait les attaquer à l'instant même, non seulement sa vie serait en grand péril, mais aussi celle de ses hommes. Une seconde d'indécision pourrait tout lui coûter.

Un Loup du roi n'avait pas de temps pour ce genre de distraction. Peut-être un jour, quand il serait relevé de son devoir — si ce jour arrivait jamais — il prendrait femme. Il choisirait quelqu'un de malléable, quelqu'un qui ne sèmerait pas la confusion dans son esprit.

Mais pas maintenant, et surtout pas cette femme.

Des pas dans l'escalier attirèrent son attention. Aussitôt, il posa la main sur la crosse de l'épée suspendue sur son côté.

— Oh ! milord, je n'avais pas l'intention de vous surprendre.

La vieille villageoise était suivie de deux jeunes filles, les bras chargés de vêtements.

— J'espère que vous ne m'en voudrez pas, mais je n'ai pas pu décider quelle tunique irait le mieux à milady, je lui ai donc apporté plusieurs modèles pour qu'elle fasse son choix.

Il s'écarta et laissa la femme et ses aides entrer.

Le cri inquiet d'Avelyn lui apprit qu'elle n'était probablement pas assez vêtue pour qu'il la voie, aussi s'empressa-t-il de refermer la porte, après avoir annoncé que ses vêtements étaient arrivés.

Après ce qui sembla des heures à Elrik, la porte de la chambre se rouvrit, livrant le passage à la vieille femme et ses aides.

Elrik les suivit au rez-de-chaussée pour les payer.

Lorsqu'il revint à l'étage, la porte était toujours ouverte. Samuel et Fulke haussèrent les épaules, avant de faire un signe de tête vers la chambre.

Se demandant ce qui retenait Avelyn, Elrik entra et se figea, médusé.

Dire qu'elle était jolie aurait été une grave injustice

faite à la beauté. À ses yeux, elle était la plus belle femme du monde.

Sa tunique, d'un bleu foncé presque noir, était lacée sur les côtés, épousant la courbe de ses hanches, et laissant apercevoir en dessous le blanc immaculé d'une chemise. L'encolure et le bas des manches s'ornaient de broderies argentées. Ses cheveux d'un noir d'encre étaient nattés et retenus sur le front par un cercle d'argent.

Elle baissa les yeux, avant de demander d'un ton incertain :

— Suis-je présentable ?

— Très.

Même dans des vêtements de bure, elle serait plus éblouissante que toutes les femmes de la Cour.

Elle passa la main à plat sur son estomac.

— Ce n'est pas trop simple ?

— Chercheriez-vous les compliments, Avelyn ?

Elle hocha la tête, esquissant un sourire timide.

Elrik s'avança et lui prit les mains.

— Milady, votre beauté rendra toutes les autres femmes jalouses.

Il posa main dans le creux de son bras replié et, de l'autre main, ramassa son baluchon.

— Avez-vous besoin d'autre chose ?

— Non.

Elle balaya la chambre du regard.

— Tout ce que je possède est déjà empaqueté.

Elrik désigna la porte d'un signe de tête.

— Dans ce cas, mettons-nous en route.

Chapitre 7

Avelyn essayait de ne pas fixer la foule amassée dans l'atrium. Mais les courtisans étaient si nombreux que, partout où elle regardait, elle ne cessait de croiser des regards inquisiteurs.

Tout le monde s'était-il retourné pour voir ce qui allait lui arriver ?

Elle baissa la tête vers ses pieds. C'était le seul endroit où elle était sûre de ne pas rencontrer de visages curieux.

— Tenez bon, lui murmura Elrik. Ne leur montrez pas que vous avez peur.

Elle redressa le menton.

— Je n'ai pas peur.

À sa grande surprise, les abords de la double porte ouvrant sur le grand hall étaient moins encombrés.

Elle s'autorisa un soupir de soulagement.

— Rappelez-vous, lui dit Elrik, toujours à voix basse. Ayez l'air sûre de vous. Ne suppliez pas et ne criez pas. Le roi a un faible pour les jolies femmes, mais il n'a aucune patience pour les larmes.

Elle leva les yeux vers lui.

— Heureusement, personne ne peut voir que mes jambes tremblent déjà.

Le demi-sourire d'Elrik était si familier, si rassurant, qu'elle eut envie de se blottir contre son torse pour y puiser du réconfort.

— Parlez de façon simple et directe. Quand il vous demandera ce que vous voulez, dites exactement ce que vous souhaitez.

Avelyn retint un rire amer.

Si elle disait au roi ce qu'elle voulait, Elrik serait horrifié.

Car elle le voulait, lui.

Si elle devait épouser quelqu'un, elle souhaitait que ce soit lui.

Elle serra fort les paupières pour endiguer une soudaine envie de pleurer.

Ce n'était vraiment pas le moment. Plus tard dans la nuit, elle pourrait verser toutes les larmes de son cœur sans que personne n'en sache rien.

Donnant le change, elle hocha la tête.

— Je me souviendrai de tout ce que vous m'avez dit, Elrik.

Au moment de franchir la porte, elle enfonça les doigts dans son avant-bras.

— Vous serez là ?

— Aussi longtemps que j'y serai autorisé.

Elle ne pouvait pas exiger plus que cela.

Avant d'entrer, il lui adressa un dernier regard.

— Respirez.

N'ayant pas réalisé qu'elle retenait son souffle, Avelyn prit une bouffée d'air et rit silencieusement d'elle-même.

À la seconde où Elrik poussa le battant, le brouhaha qui filtrait à travers les épais panneaux de bois cessa.

Dans le grand hall, tous les yeux se tournèrent vers elle.

Avelyn sentit ses jambes flageoler et fit de son mieux pour garder son équilibre.

Il y avait tant de gens, et elle ne connaissait personne…

À mesure qu'ils avançaient, la foule semblait s'ouvrir devant eux pour leur livrer passage.

Les gens redoutaient-ils donc tellement Elrik ?

Si c'était le cas, ils étaient fous de craindre un homme aussi honorable.

Elle garda le regard porté au loin, concentré sur le dais érigé au bout du hall.

Ce faisant, elle ne pouvait ignorer l'évidence. Sa tenue n'était pas du tout à la hauteur de l'assemblée.

Si Elrik lui avait menti pour épargner son amour-propre, il ne lui avait pas fait une faveur. À côté de ces femmes qui portaient des tuniques chamarrées rehaussées de bijoux, elle ressemblait à une paysanne sortie de son élément.

Cependant, il lui était tout aussi impossible d'ignorer l'attention des hommes. Elle ressentait, plutôt qu'elle ne les voyait, les regards qui la jaugeaient.

Elrik crispa le bras sous ses doigts.

Que signifiait ce geste ?

Avait-il lui aussi vu les regards ? Maintenant qu'il pouvait la comparer aux autres femmes, la trouvait-il moins intéressante ?

Elle eut envie de le regarder pour juger de son humeur, mais elle aperçut son père assis à la table du roi.

Soudain, la seule chose qu'elle eut envie de faire fut de prendre la fuite.

Sans tourner la tête, Elrik murmura :

— Il ne peut s'opposer à la décision du roi. Concentrez-vous sur David.

En quoi serait-ce mieux ?

Le roi ferait la même chose que son père : il la donnerait à un homme qu'elle n'avait pas choisi.

Comme souvent, elle regretta que sa mère ne soit plus là. Au moins, elle n'aurait pas été contrainte de quitter son village et d'épouser un homme qu'elle ne connaissait pas.

Mais alors elle n'aurait pas rencontré Elrik.

Elle n'aurait jamais vu le sombre désir dans son regard, ni connu l'étourdissement de son baiser.

Ces journées passées avec lui resteraient toujours gravées dans sa mémoire, et sans doute pourrait-elle y puiser du réconfort lorsqu'elle serait obligée de partager la maison et le lit de Bolk.

Comme ils approchaient du dais, Elrik fit retomber son bras, la laissant se présenter seule.

Le roi se leva et fit signe à Brandr de le rejoindre.

Puis il s'adressa à Elrik.

— Roul, approchez-vous.

Ils se rendirent tous les quatre dans une pièce, dont l'entrée se situait derrière le dais.

Là, le roi s'assit à une table couverte de livres et de documents. Brandr prit place à la droite de la table, faisant face à Elrik et Avelyn.

Le roi saisit un rouleau de parchemin et le tapa contre sa main libre, tout en dardant sur Avelyn un regard d'aigle.

— Qu'avez-vous à dire pour tout le trouble que vous avez causé ?

Avelyn joignit les mains devant elle.

— Bien que je sois sincèrement désolée pour la gêne occasionnée à autrui, je ne regrette pas mon geste.

Le visage rouge de colère, son père hoqueta et fit un pas vers elle.

Aussitôt, Elrik vint se placer devant elle pour la protéger.

Avelyn retint son souffle tandis que les deux hommes se tenaient tête, aucun des deux ne voulant baisser les yeux.

À son grand soulagement, son père fut le premier à capituler et à regagner sa place.

Restant immobile quelques secondes de plus, Elrik recula à son tour.

Le roi avait suivi la scène d'un air surpris, mais il ne fit pas de commentaire.

— Vous comprenez sans doute que vous n'avez pas voix au chapitre concernant le choix de votre époux ?

— Oui, Monseigneur, mais…

David leva la main pour l'interrompre.

— Vous épouserez celui qui offrira le plus de bénéfices à votre père et à moi.

— Mais…

À nouveau, il l'empêcha de poursuivre.

— Bolk apporte à votre père quelques hommes, un peu de terre et d'or…

Avelyn hocha la tête. On le lui avait assez répété.

— Cependant…

Le roi marqua une pause, laissant entendre qu'il n'était peut-être pas aussi satisfait que cela à l'idée de ce mariage.

— J'ai quelques inquiétudes.

— Des inquiétudes ! tempêta Brandr.

Conscient sans doute qu'il allait trop loin, il baissa le ton et adressa un regard contrit au roi.

— Quelles inquiétudes pourrait donc avoir Sa Majesté ?

David toisa sévèrement Brandr.

— Il me paraît bien pratique d'unir une si jeune femme à un si vieil homme.

Il laissa passer un silence pour souligner son propos.

— Cela m'incite à me demander si le décès de Bolk ne serait pas déjà prévu. Après tout, si quelqu'un de son âge périssait peu après le mariage, personne ne s'en étonnerait. Et, dans ces tristes circonstances, qui prendrait possession de ses hommes et de sa fortune, si minime soit-elle ?

Brandr rougit et s'agita, comme si le roi avait vu juste.

Choquée de découvrir qu'elle n'était qu'un instrument destiné à enrichir indûment son père, Avelyn trouva le courage de demander :

— Que ferez-vous de moi ensuite, père ? Vous me trouverez un autre vieillard à épouser ?

— Tais-toi, petite péronnelle !

Il ne bougea pas, mais Avelyn le vit serrer les poings et devina qu'il l'aurait frappée si Elrik n'avait pas été là pour faire barrage.

— Quoi qu'il en soit, reprit le roi, il doit bien y avoir quelqu'un de plus adapté pour épouser votre fille.

Un sourire satisfait flottait sur les lèvres de David, comme s'il mijotait quelque mauvais coup.

— Un homme plus jeune, avec plus de terres et d'hommes..., dit-il d'un ton pensif. Peut-être quelqu'un qui posséderait un titre digne de l'arrière-petite-fille d'un roi ?

L'espoir qu'avait Avelyn retomba aussitôt.

Il était évident que le roi pensait à quelqu'un. L'homme serait peut-être moins répugnant que Bolk, mais il n'en demeurerait pas moins un total inconnu.

Et, pour finir, son père y trouverait quand même son compte.

La voix du roi l'arracha à ses sombres pensées.

— Y a-t-il quelqu'un que vous souhaiteriez épouser, mon enfant ?

Il n'y avait pas à hésiter. Elle ne connaissait qu'un homme qui pourrait correspondre à l'idée qu'elle se faisait d'un mari.

Elle tourna la tête vers Elrik, se rappelant qu'il lui avait conseillé de dire au roi exactement ce qu'elle voulait.

Alors que son examen silencieux se prolongeait, Elrik croisa son regard, les yeux écarquillés comme s'il redoutait quelque chose.

Avait-il deviné ses pensées ?

L'idée de l'épouser lui paraissait-elle aussi révoltante ?

Une profonde tristesse l'envahit.

En l'espace de quelques jours, elle s'était attachée à Elrik de Roul, et savoir qu'il ne ressentait pas la même chose lui infligeait une immense peine.

Elle baissa les yeux pour dissimuler les larmes qui y perlaient et répondit dans un souffle :

— Non, Monseigneur.

Un silence passa, que le roi brisa, d'une voix de stentor.

— Roul ! s'exclama-t-il, attirant l'attention d'Elrik. Pendant que j'y pense, ceci est pour vous.

Il lui tendit le rouleau de parchemin qu'il tenait à la main depuis le début de l'entretien.

Elrik s'en empara d'un geste méfiant.

— Qu'est-ce donc ?

— Votre oncle normand est décédé sans femme ni descendance. Le comté de Roul vous a donc été transmis, avec l'approbation de ma nièce. Lord Geoffrey et elle attendent votre arrivée.

Elrik semblait médusé.

— J'ai un oncle en Normandie ?

— Vous ne saviez pas que votre famille y possédait des terres ?

— Pas le moins du monde.

— Eh bien, sachez que, sur son lit de mort, votre grand-père a ordonné à votre père et à son frère de se battre pour la possession de Roul Keep. Votre père a perdu.

Brandr ricana.

— Ce n'est guère surprenant.

— Taisez-vous, mauvais homme ! s'exclama Elrik.

Si Avelyn fut surprise par le ton menaçant d'Elrik, ce fut la haine déformant son visage qui la prit de court.

Elle eut l'impression que la réaction d'Elrik n'était pas seulement due au commentaire narquois de son père, mais à un différend plus ancien.

Se connaissaient-ils ? Avaient-ils été en conflit par le passé ?

Si tel était le cas, quel pouvait bien être le sujet de leur discorde ?

— Il suffit ! ordonna le roi.

Les deux hommes adoptèrent aussitôt une posture plus détendue.

— Bref, reprit le roi, votre père a été banni de

Roul Keep et, à ma connaissance, n'a plus jamais eu de contact avec sa famille en Normandie.

— Comment s'est-il retrouvé en possession de Roul Isle ? demanda Elrik.

— Grâce à un service rendu au roi Henry.

— Et donc, vous me dites que mon oncle n'est plus de ce monde.

— En effet.

Elrik rompit le cachet de cire et déroula le parchemin. Un juron s'échappa de ses lèvres, avant qu'il ne lève les yeux vers le roi.

— Vous le saviez avant de m'envoyer en mission, dit-il, d'un ton accusateur.

David hocha la tête, une lueur narquoise dans les yeux.

Puis il se tourna vers Avelyn, et elle eut l'impression qu'il s'amusait énormément de la situation.

— J'ai un mari pour vous, mon enfant.

Elle vit Elrik se crisper.

— Lord Brandr, en tant qu'arrière-petite-fille du roi Óláfr, votre fille doit épouser un homme dûment titré. Et ce sera fait. Aux premières lueurs du jour demain.

— Non ! s'exclama Brandr.

Le roi haussa les sourcils.

— Comment cela, « non » ?

— Elle ne peut pas épouser un aristocrate. Un chef de guerre mineur, éventuellement un garde… Voilà ce qu'il lui faut.

Plissant les yeux, il écarta les bras, paumes levées, comme s'il suppliait qu'on le comprenne.

— Après tout, rien ne prouve qu'elle est réellement

ma fille. C'est pour cela que je l'ai promise à Bolk. C'était déjà bien beau qu'il accepte une bâtarde.

Avelyn en eut le souffle coupé.

Il allait à présent la renier ? Après l'avoir arrachée à son village et l'avoir obligée à vivre avec lui ?

Elrik se pencha pour lui murmurer à l'oreille :

— La bague.

Pendant ce temps, Brandr continuait à argumenter.

— Sa Majesté trouve peut-être que Bolk nous est inférieur, mais c'est le mieux qu'elle trouvera jamais.

Avelyn sortit de sous l'encolure de sa tunique le petit sachet qui ne la quittait jamais.

— Comment osez-vous ! dit-elle à son père.

Puis, d'une main tremblante, elle tendit la bague au roi.

— Ma mère me l'a donnée, en me disant d'en prendre soin car elle appartenait à ma grand-mère.

— Donc, tu l'avais !

Écarlate, Brandr se tourna vers le roi.

— Sa mère me l'a volée. C'est pour cela qu'elle a été renvoyée. J'exige qu'elle soit restituée à sa légitime propriétaire, c'est-à-dire ma famille.

— Vous mentez !

Avelyn devait serrer les dents pour s'empêcher de hurler de rage.

Elrik baissa les yeux vers elle, avant de tourner la tête vers le roi.

— Je suppose que la personne à qui vous pensez pour être son mari n'est autre que moi ?

— Effectivement.

— Et, naturellement, je n'ai pas le choix ?

— À moins que vous ne vouliez renoncer à votre titre, vos terres, Roul Isle, et la liberté de votre famille…

Elrik grimaça, mais il prit la main d'Avelyn.

— Lady Avelyn étant maintenant ma promise, je puis vous assurer qu'il n'est pas nécessaire d'étudier longuement cette bague pour comprendre qu'elle prouve son lien avec le roi Óláfr.

Le roi leva la bague à la lumière et la tourna entre ses doigts.

Puis il regarda Brandr.

— Vous avez raison, c'est bague doit revenir à sa légitime propriétaire.

Avelyn eut l'impression que le sol venait de s'ouvrir sous ses pieds.

Elle vacilla contre Elrik.

Tout ce qu'elle avait cru sur elle-même et sur sa famille était faux.

Certes, ce serait pour elle un immense soulagement que de ne pas être apparentée à Brandr. Mais il était peu probable dès lors qu'Elrik accepte d'épouser la fille bâtarde d'une servante.

— Avelyn, dit-il.

Surprise de l'entendre s'adresser à elle, elle leva les yeux vers lui.

D'un signe de tête, il lui désigna le roi.

Tournant lentement la tête, elle vit que David lui tendait la bague.

— Cette bague est à vous. Et votre mère avait raison. Vous devez en prendre soin.

Il se tourna ensuite vers Brandr.

— Pour apaiser votre esprit, je vais faire rédiger un document attestant de sa parenté.

— Mon grand-père va en entendre parler !

Le roi éclata de rire.

— Votre grand-père est déjà au courant, puisque

j'ai pris contact avec lui à l'instant où vous avez quitté mon domaine.

David se pencha et se saisit d'un parchemin sur la table devant lui.

— En fait, il a déjà répondu favorablement à ma suggestion d'unir Lady Avelyn à la maison Roul. Lord Somerled, votre oncle, m'a remis ce document hier.

— Je m'en fiche ! s'exclama Brandr, au mépris de tout protocole. Je ne veux pas du fils d'un traître dans ma famille.

Elrik lâcha la main d'Avelyn et s'avança vers Brandr.

— Un traître ? Si quelqu'un a trahi, ce n'était pas mon père. Vous avez intentionnellement rassemblé les lords les plus vieux, les plus faibles et les plus influençables, et vous les avez convaincus de se rebeller contre leur roi. Et qui en a payé le prix ? Pas vous, évidemment !

Avelyn eut un mouvement de recul.

Elle comprenait mieux maintenant pourquoi le regard d'Elrik exprimait tant de haine quand il se posait sur son père. Cependant, elle espérait que cette haine ne rejaillirait pas sur elle.

À son grand effroi, son père éclata d'un rire mauvais.

— Ce n'est pas ma faute si votre père faisait partie des faibles. Dites-moi, Roul, le fait de vous être sacrifié pour cet être inutile pèse-t-il sur votre âme ? À moins que les cicatrices que vous a values votre propre faiblesse ne vous brûlent encore ?

Elrik asséna un formidable coup de poing au visage de Brandr.

— Gardes ! cria le roi.

Avant qu'Elrik ait pu frapper Brandr une seconde

fois, quatre hommes firent irruption dans la pièce et les séparèrent.

À sa grande honte, Avelyn ressentit de la satisfaction à voir du sang couler de la lèvre de son père, tandis que le visage d'Elrik était intact.

Elrik repoussa les gardes.

— Laissez-moi. J'ai fini.

Son père fit de même.

Le roi renvoya les gardes.

— Si cela intéresse quelqu'un, le roi Óláfr est enchanté des arrangements que j'ai pris au nom de Roul.

Avelyn ne pouvait détacher les yeux du roi. Elle avait vu juste à propos de son sourire. Le souverain prenait un malin plaisir à jouer avec la vie de ses sujets.

La voix grave, Elrik demanda :

— Puis-je vous dire un mot, Monseigneur ?

Le roi hocha la tête.

— Brandr, escortez votre fille dans le hall.

Avelyn frissonna.

Une fois loin de la vue du roi, son père lui ferait durement payer d'avoir détruit ses projets.

Ses jambes se mirent à trembler. Elle ne connaissait pas ce château. Où pourrait-elle se réfugier pour fuir la rage de son père ?

— Non, dit Elrik. Je préfère la confier à mes hommes. Ils attendent juste derrière la porte.

Lorsque le roi fit un signe de la main, autorisant Elrik à parler avec Samuel et Fulke, Avelyn faillit s'évanouir de soulagement.

Elrik n'était probablement pas ravi de cet arrangement, mais ce n'était pas pour autant qu'il allait l'abandonner aux soins pas si bons que cela de son père.

Elle lui en était infiniment reconnaissante.

Quelques instants plus tard, Elrik revenait avec ses hommes, et Samuel lui offrit son bras.

— Lady Avelyn, voulez-vous nous accompagner ?

Hochant la tête, elle posa la main sur son avant-bras et le remercia dans un murmure.

Avant qu'elle ait eu le temps de faire un pas, son père la saisit par l'épaule.

— Tu es toujours sous ma tutelle.

Le sifflement d'une épée qu'on tirait de son fourreau attira l'attention de tout le monde.

— Ôtez votre main de ma promise, ou je me ferai une joie de l'ôter de votre bras.

Avelyn eut un petit cri de surprise devant la froideur de la voix d'Elrik. Un court instant, elle redouta même qu'il ne prenne la vie de son père ici et maintenant.

Prudemment, elle tourna la tête.

Croisant son regard, Elrik leva le menton, lui ordonnant une fois encore de demeurer impassible.

Redressant les épaules, elle s'adressa à Samuel.

— Y allons-nous ?

— De quoi voulez-vous parler, demanda le roi David, à la seconde où la porte se referma.

— Pourquoi moi ? Pourquoi la fille de Brandr ?

Il soupçonnait que cela avait quelque chose à voir avec la forfaiture perpétrée des années auparavant, mais il voulait savoir de quoi il retournait précisément.

— C'est simple. Il est temps pour Brandr de payer sa part de la félonie commise par votre père. Mais c'est aussi une façon de faire taire les nouvelles rumeurs de trahison.

— Quelles rumeurs ?

Elrik n'avait entendu parler de rien.

— Il semblerait qu'il y ait des mécontents à la cour de Somerled, et je souhaite tout autant que le roi Óláfr les étouffer dans l'œuf. Nous avons donc pensé qu'une union entre Avelyn et vous mettrait un terme aux remous.

— Je comprends votre raisonnement, mais vous saviez que je ne souhaitais pas me remarier.

— Ne me dites pas que vous ne la trouvez pas à votre goût.

Elrik s'interrogea sur l'attirance qu'il éprouvait pour cette jeune femme.

Il avait cherché à se convaincre qu'il l'oublierait très vite une fois que leurs chemins se seraient séparés. Mais il savait qu'il ne faisait que se mentir à lui-même. Il ne serait pas facile de l'oublier.

Et même s'il se répétait que, le temps venu, il choisirait pour épouse une femme humble et docile, il savait qu'il s'agissait là aussi d'un mensonge.

Que ferait-il d'une femme humble et docile ? Et que ferait-elle avec lui ? La première fois qu'il se mettrait en colère, et il savait qu'il pouvait avoir des accès de rage féroce, la pauvre femme s'évanouirait probablement de peur.

C'était quelque chose dont il n'avait pas à s'inquiéter avec Avelyn. Il était certain qu'elle avait assez de caractère pour lui répondre et lui tenir tête. Et, même si elle paraissait timide et peu sûre d'elle, il savait que cela cachait un caractère probablement aussi fort que le sien.

S'arrachant à ses pensées, il répondit au roi :

— Certes, je la trouve attirante… désirable…

— Avez-vous des sentiments pour elle ?

— Disons qu'il y a… quelque chose entre nous. Peut-être, avec le temps, pourrais-je la prendre en affection…

— Bien. C'est ce que j'espérais. Mais pourquoi teniez-vous à vous entretenir en privé avec moi ?

— Si le choix est acceptable, vous n'auriez pu opter pour un plus mauvais moment.

Elrik se passa la main dans les cheveux, essayant de s'exprimer d'un ton plus posé

— D'après ce qu'a écrit Lord Geoffrey, reprit-il, la bataille fait rage entre les divers lords avoisinants pour la possession des terres de Roul Keep. Il m'ordonne de partir dès demain pour la Normandie, afin de faire valoir mes droits sur la seigneurie.

— Oui, je le sais.

— Vous savez donc que je ne peux pas emmener Avelyn.

— C'est exact.

— Dans ce cas, pourquoi nous marier demain ? Pourquoi ne pas attendre que tout soit réglé en Normandie ?

— J'y ai pensé. Mais j'ai aussi songé au différend entre vous et Lord Brandr. Et j'ai décidé de ne pas lui laisser la moindre opportunité d'exiler Lady Avelyn et de la marier avec un autre.

Connaissant Brandr, Elrik savait qu'il en était capable.

— C'est précisément pour cela que je ne peux pas la laisser ici.

Le roi s'étonna.

— Mais elle sera pourtant mariée.

— Croyez-vous qu'il s'en souciera ? Une fois loin

d'ici, il ne sera plus sous votre autorité et il pourra faire tout ce qu'il veut.

— Que suggérez-vous ?

— Envoyez-la à Roul Isle. Rory et Edan veilleront à sa sécurité.

Le roi hocha la tête.

— Je vais les convoquer ici, afin qu'ils l'escortent jusqu'à l'île. Cependant, croyez-vous qu'elle s'y rendra de bonne grâce ?

— Non.

— Ne suivra-t-elle pas vos ordres ?

— Je n'en suis pas certain.

Quelque chose lui disait qu'Avelyn n'obéissait aux ordres qu'à la condition que ceux-ci lui conviennent. Dans le cas contraire, nul ne pouvait dire ce qui se passerait.

Étant donné qu'elle s'était déjà enfuie une fois à cause d'un ordre du roi, Elrik se demanda si elle ferait la même chose si elle était en désaccord avec lui.

Malheureusement, il n'avait pas le temps de découvrir de quelle façon elle réagirait.

— Peut-être faudrait-il avoir recours à un petit subterfuge, suggéra le roi.

Il désigna une chaise face à la table.

— Asseyez-vous, que nous discutions des mesures à prendre pour assurer sa sécurité.

Lorsque la porte du cabinet royal se referma derrière eux, un étrange silence tomba sur le grand hall et, à nouveau, Avelyn sentit tous les regards braqués sur elle.

Fulke, une main posée sur la crosse de son épée, vint se placer du côté opposé à Samuel.

Elle se demanda si l'un et l'autre avaient idée du réconfort que leur présence lui apportait.

Elle pressa brièvement le bras de Samuel et tourna la tête vers Fulke.

— Merci à vous deux.

Fulke fronça les sourcils pour effrayer un jeune homme qui faisait mine de s'approcher.

— Pour quelle raison ?

Elle ne put retenir un petit rire devant son visage effrayant.

— Pour m'avoir offert si gentiment votre protection.

— Pensiez-vous que nous vous laisserions affronter toute seule cette meute de chiens ?

— Je ne sais pas ce que je pensais, mais je suis heureuse d'avoir des loups à mes côtés.

— Vous êtes notre lady, affirma Samuel. Nous donnerions nos vies pour vous.

Ne sachant si elle devait rire ou pleurer, Avelyn fit les deux à la fois.

— Brute, protesta Fulke. Regarde ce que tu as fait.

L'inquiétude que le brave Fulke manifestait à son égard ne fit qu'augmenter l'émotion d'Avelyn. Toutefois, la façon que Samuel eut de siffler entre ses dents, étouffant probablement un juron, la fit rire.

— Tout va bien, affirma Avelyn. Cette journée a été un peu éprouvante, c'est tout.

Samuel les emmena sur le côté de la salle, où il y avait un peu moins de monde.

S'asseyant sur un banc, Avelyn demanda :

— Pensez-vous que nous pourrions avoir quelque chose à boire ?

Les deux hommes bondirent et ne tardèrent pas à

revenir avec des gobelets, du vin, et deux plateaux de bois chargés de nourriture.

— Si rien ne vous plaît, je peux trouver autre chose, proposa Fulke, tandis que Samuel versait le vin.

Elle regarda la nourriture, qui aurait pu sustenter une famille pendant plusieurs jours : de la viande et des navets nappés d'une sauce brune, du pain, trois sortes de fromages, des fruits, et une grande variété de desserts, s'amoncelaient sur les plateaux.

— Vous voulez m'engraisser, dirait-on.

— Les hivers sont rudes à Roul Isle, répondit Fulke, d'un air sérieux.

Samuel ajouta sur le même ton :

— Jeune comme vous êtes, la viande devrait être tendre et savoureuse.

Avelyn éclata de rire.

— Qu'y a-t-il de si drôle ?

La question d'Elrik la fit sursauter.

À en juger par son expression tendue, la discussion qu'il avait eue avec le roi ne l'avait pas ravi.

— Préparez-vous à partir, dit-il à ses hommes, d'un ton sans appel.

— Mais, Elrik, ils n'ont pas mangé, protesta Avelyn.

— Allez-y !

Il attendit que ses hommes se soient éloignés pour s'asseoir en face d'Avelyn.

Prenant une pomme sur le plateau, il se mit à l'éplucher méthodiquement.

Quand elle fut incapable de supporter le silence plus longuement, Avelyn tendit la main et lui saisit le poignet.

— Elrik, le roi David a-t-il dit quelque chose qui vous a offensé ?

— Offensé ?

Il libéra sa main.

— À part m'ordonner de me marier, non.

Elle avait compris que ça ne lui plaisait pas, mais il n'avait émis aucune objection. Pourquoi semblait-il si en colère soudain ?

— Et moi ? Ai-je fait quelque chose pour vous offenser ?

— À part faire comprendre au roi David que j'étais le seul homme que vous vouliez épouser, pas du tout.

— Vous m'aviez conseillé de lui dire ce que je voulais.

— Ne vous ai-je pas dit aussi qu'il ne pourrait rien y avoir entre nous ?

Avelyn sentit ses épaules s'affaisser et ne trouva pas la force de redresser l'échine.

— Si, dit-elle dans un souffle.

— Et cependant, tout en sachant ce que je pensais du mariage, vous avez jugé bon d'exprimer vos sentiments.

Était-il en train d'insinuer qu'elle avait en quelque sorte manigancé cela dans son dos ? C'était la décision du roi, pas la sienne.

— Je n'ai pas…

Il l'interrompit d'un regard glacial qui la fit frissonner.

— Vous avez obtenu ce que vous vouliez, Avelyn. Nous nous marierons demain à l'aube. Et ensuite je partirai. Vous resterez ici.

— Seule ?

Il balaya ostensiblement du regard le grand hall.

— Pas du tout.

Elle ne connaissait pas tous ces gens. Ils pouvaient

être des milliers à peupler le château, elle se sentirait toujours seule.

— Mais…

À nouveau, il la fit taire d'un regard.

— Vous n'avez pas à vous inquiéter au sujet de votre père. Le roi a déjà prévu une escorte pour le raccompagner à son domaine.

Avelyn croisa les mains pour les empêcher de trembler.

— Merci.

— Les seuls mots que je veux entendre franchir vos lèvres sont « Oui, je le veux », quand le prêtre vous demandera si vous m'acceptez pour époux. C'est bien compris ?

Elle hocha la tête.

— Ensuite, nous en aurons fini tous les deux. Mes frères viendront vous chercher dans quelques jours pour vous emmener à Roul Isle.

Il lui avait enjoint de se taire, mais elle ne put s'empêcher de lancer :

— Combien de temps serez-vous absent ?

— Le temps de reprendre possession de mes terres normandes. Cela pourra prendre des années… Ou toute une vie.

Ces mots plongèrent Avelyn dans un immense désarroi. Son rêve de partager une vie avec son mari venait d'être brisé par cette réponse.

Elle risquait fort de finir sa vie seule, sans mari, sans enfants.

— Mais…

— Quoi ? Vous pensiez qu'il y aurait une nuit de noces ? Ou que nous allions vivre des années de félicité conjugale ?

Oui, elle avait pensé cela, mais jamais elle ne lui avouerait ses espoirs puérils.

Au lieu de quoi, elle garda un silence obstiné.

— Vous auriez dû réfléchir un peu, avant de faire comprendre au roi que vous vouliez un loup pour mari. Mais c'est le loup qui choisit sa femelle, et j'ai décidé de rester seul. Je n'ai aucun besoin d'une autre épouse.

Il avait déjà été marié ? Qu'était-il arrivé à sa première femme ?

— Et maintenant écoutez bien ce que je vais vous dire, car je ne le répéterai pas. Si vous me donnez une raison de penser que vous m'avez trahi, je vous ferai regretter de m'avoir rencontré. C'est bien compris ?

Elle hocha la tête, ne comprenant pas pourquoi il la menaçait ainsi.

— Pour le moment, tout ce que vous avez gagné, c'est la protection que mon nom et mon titre peuvent offrir, un foyer auprès de mes frères, et l'assurance que nul ne vous dérangera.

S'il avait dit cela pour la réconforter, il s'était fourvoyé. Elle ne trouvait aucun réconfort dans l'idée d'être livrée à elle-même pour toujours.

Incapable de contenir plus longtemps ses larmes, elle les laissa rouler sur ses joues.

Jurant entre ses dents, Elrik se leva d'un bond et tourna précipitamment les talons.

Tétanisée, Avelyn ferma les paupières.

Elle ne savait plus ce qu'elle devait penser ni ce qu'elle devait faire. Si Elrik l'abandonnait vraiment, qu'allait-elle faire du temps qu'il lui restait à vivre ?

— Lady Avelyn ?

Elle ouvrit les yeux et découvrit une vieille femme qui se tenait près de la table.

— Sa Majesté m'envoie vous chercher pour vous mener à votre chambre.

Avelyn suivit la femme à travers le hall, ignorant les regards apitoyés des courtisans.

Elle ignorait s'ils se désolaient de son futur mariage avec un des Loups du roi, ou s'ils étaient choqués par le départ abrupt d'Elrik.

Mais, une chose était sûre, elle ne voulait pas de leur pitié.

Chapitre 8

Assise au bord du large lit à baldaquin, Avelyn observait d'un œil morose la tapisserie représentant une scène de chasse qui ornait le mur d'en face.

Perdue et effrayée, elle s'imaginait que c'était à peu près ce que devait ressentir le gibier.

Cette journée était un cauchemar.

Non seulement elle avait une fois de plus provoqué la colère de son père, mais son futur mari lui en voulait également.

Allait-elle passer d'une maison où elle n'était pas la bienvenue, à une autre où elle subirait le même sort ?

Comment se faisait-il qu'il lui arrivait tout ce qu'elle redoutait et ne voulait pas ?

S'il y avait bien une chose dont elle avait terriblement peur, c'était la solitude. Et c'était précisément ce qui la guettait.

Elle allait finir ses jours seule et rejetée de tous.

Elle avait tellement souhaité épouser un homme qu'elle pourrait un jour considérer comme un ami, un confident, un partenaire.

Au lieu de quoi, elle allait se retrouver mariée à un homme qui la méprisait ouvertement.

Avelyn soupira, sachant que ses pensées s'égaraient parce qu'elle s'apitoyait sur elle-même. Et cependant elle ne parvenait pas à trouver la moindre bonne chose pour l'aider à traverser un peu plus sereinement les jours à venir.

Un coup frappé à sa porte interrompit ses sombres réflexions.

— Entrez.

La femme qui lui avait précédemment montré sa chambre passa la porte.

— Veuillez m'excuser, milady, mais Sa Majesté requiert votre présence au dîner dans le grand hall.

Oh ! décidément, c'était de pire en pire.

Ne pouvait-on la laisser ressasser en paix son infortune ?

Elle n'avait nulle envie d'être à nouveau regardée comme une bête curieuse, par des gens qu'elle ne connaissait pas et qui n'avaient pas la moindre idée de ce qu'elle pouvait ressentir.

— Pourriez-vous, s'il vous plaît, dire au roi que je ne me sens pas bien et que je souhaiterais dormir ?

Ce n'était pas un mensonge. Elle avait mal à la tête, et son estomac était si noué qu'elle ne pourrait de toute façon rien manger.

— Non, elle ne peut pas.

La voix d'Elrik la fit sursauter.

Il entra dans la chambre et renvoya la servante. Puis il vint se poster devant le lit.

— Levez-vous et habillez-vous.

— Je suis habillée.

Elle savait qu'il avait vu la tunique déployée sur le lit. À en juger par les gemmes cousues sur les manches et l'encolure, le vêtement avait dû être fourni par le roi.

Si elle appréciait la délicatesse du geste, elle n'avait pas l'intention de porter autre chose que sa propre tunique. Celle-ci pouvait sembler ordinaire comparées aux tenues des autres femmes, mais elle l'avait payée.

Malheureusement, le coût de ce baiser avait été beaucoup plus élevé que tout ce qu'elle avait pu imaginer.

— Vous allez porter ça ?

— J'ai chèrement payé cette tunique, et c'est le seul vêtement que je possède. Alors, oui, je vais la porter.

À sa grande surprise, il ne protesta pas.

— Donc, vous êtes prête ?

— Non.

— Comment cela ?

La ride qui barrait le front d'Elrik se creusa un peu plus.

— Vous ne pouvez pas dire non au roi.

— Je ne me sens pas bien.

— Moi non plus.

Elle savait ce qu'il voulait dire. Il était malade à l'idée de l'épouser.

— Ne cherchez pas à me mettre plus mal à l'aise que je ne le suis déjà, Elrik. Laissez-moi. Allez-vous-en.

Il se passa une main sur les yeux.

— Vous m'avez mal compris.

— Au contraire.

Elle se leva et marcha jusqu'à la fenêtre.

— La journée a été longue pour tout le monde, dit Elrik, d'un ton étonnamment compréhensif. Laissez-moi vous escorter au dîner. Cela fera taire les mauvaises langues.

— Vous songez maintenant à faire preuve de

gentillesse ? Pourquoi ? Qu'est-ce que cela peut vous faire ? Vous allez partir.

— Pas vous. Et, bien que ce mariage ne m'enchante pas…

— Dites plutôt qu'il vous répugne !

Elrik ignora l'interruption et continua sa phrase :

— Je ne veux pas vous priver de la protection que mon nom peut vous offrir.

— Donc, vous voulez parader avec moi, afin que tout le monde sache que j'appartiens au Loup du roi ?

— Oui.

Elle le dévisagea avec stupeur.

— Vous n'êtes pas sérieux ?

— Très.

— Et, quand vous serez parti, en quoi cela m'aidera-t-il ?

— Les langues s'agiteront toujours, mais dans votre dos. Personne n'osera rien vous dire en face.

— Je ne supporte pas leur pitié. Pourquoi ne le comprenez-vous pas ?

Elrik la rejoignit à la fenêtre.

— Ils ne vous prennent en pitié que parce que vous le leur permettez. Au lieu de montrer votre tristesse et votre désarroi, faites comme si tout allait bien.

— Je ne suis pas douée pour cacher ce que je pense ou ce que je ressens.

— C'est pourtant très simple.

Il tourna quelques instants la tête et, lorsqu'il la regarda à nouveau, l'intensité de son regard lui coupa le souffle.

Soudain, il l'attira à lui et s'empara de ses lèvres.

L'espace de quelques secondes, elle crut qu'il la désirait, qu'il la voulait vraiment.

Mais la vérité revint en force, et elle le repoussa.

— Je ne pense pas que je puisse faire ça.

Il lui prit la main et la posa dans le creux de son bras.

— Dans ce cas, vous allez devoir apprendre très vite.

La guidant vers la porte, il ajouta :

— Faites-leur croire que tout va bien entre nous.

Il ne lui laissait pas le choix. Qu'elle le veuille ou non, elle allait devoir s'efforcer de faire de son mieux.

Elle prit une profonde inspiration, avant de répondre :

— Je peux essayer.

Approchant le haut de l'escalier, Elrik dit, d'une voix radoucie :

— Levez le menton, souriez, et n'oubliez pas de respirer.

Elle leva les yeux vers lui et fut surprise de le voir afficher un pitoyable petit sourire.

— C'est affreux, dit-elle. Vous devriez faire les gros yeux comme d'habitude, et moi je sourirai.

— Ça dépend. Faites-moi voir votre faux sourire.

Elle loucha, plissa le nez et ouvrit grand la bouche.

Elrik éclata de rire, attirant l'attention sur leur entrée.

Se calmant aussitôt, il baissa la tête et murmura :

— Parfait. Ça les empêchera de vous prendre en pitié.

— Au lieu de quoi, ils plaindront le pauvre loup qui s'est fait piéger.

— Et ils auront bien raison.

C'était tout ce qu'elle voulait.

Il n'était pas nécessaire qu'Elrik tombe éperdument amoureux d'elle. Elle n'avait pas confiance en l'amour, ni dans les grandes déclarations à propos de tendres émotions.

Tout ce qu'elle voulait, c'était quelqu'un avec qui parler et rire, et en qui elle pourrait avoir toute confiance.

Elrik posa une main au creux de sa taille pour la guider à travers la foule.

La chaleur de sa paume, même à travers l'épaisseur des vêtements, provoqua une brusque accélération de son cœur. Elle remarqua à peine les gens à qui elle souriait, ou ceux qui leur adressaient un signe de tête.

Elle avait en revanche conscience que Samuel et Fulke suivaient leurs moindres gestes. Même si les deux hommes se tenaient près du mur, ils ne les lâchaient pas d'une semelle tandis qu'ils traversaient le grand hall.

Les hommes d'Elrik étaient loyaux et extrêmement attentifs, ne parlant à personne et ignorant les femmes assez audacieuses pour approcher les Loups du roi.

Samuel lui adressa un clin d'œil, et elle rougit d'avoir été surprise à les regarder. Fulke dit quelque chose, et les deux hommes éclatèrent de rire.

— Cessez de distraire mes hommes, protesta Elrik. Ils sont là pour votre protection, pas pour votre divertissement.

Elle baissa la tête et murmura :

— Je suis désolée.

Elrik l'attira plus étroitement contre lui.

— Levez la tête.

Tandis qu'elle s'obligeait à détacher son regard du sol, il ajouta :

— Ils vous font des clins d'œil, vous rougissez, ils rient… Que pensez-vous que les gens qui voient cela vont s'imaginer ?

— Que je suis trop familière avec vos hommes ?

— Ils auront du mal à prendre notre mariage au sérieux si vous minaudez avec d'autres hommes la veille de la cérémonie.

— Je n'ai jamais…

Elle baissa la voix.

— Ce n'était pas mon intention.

— Je le sais, mais les autres s'attendent à ce que vous paraissiez amoureuse de votre futur mari.

Elle leva les yeux vers lui pour voir s'il était sérieux, mais son expression impassible ne laissait filtrer aucune indication.

— Et comment suis-je supposée donner cette impression ? Dois-je battre des cils et rougir à chaque mot que vous prononcez ? Déposer de petits baisers sur votre joue à la moindre occasion ?

— Ce serait un bon début.

— Vous perdez la raison, milord. Ceux qui ont assisté à notre précédente conversation ne croiront jamais que je suis follement entichée de vous.

Il la guida vers la table d'honneur, d'où le roi leur faisait signe de le rejoindre.

L'aidant à prendre place, il en profita pour lui murmurer à l'oreille :

— À vous de faire en sorte que ce soit crédible.

Elle tendit le bras au-dessus de la table pour se saisir d'un gobelet empli de vin et but une longue gorgée.

N'ayant pas l'habitude de boire du vin qui ne soit pas largement coupé d'eau, elle toussota.

Après la troisième gorgée, elle reposa le gobelet.

Le regard sévère d'Elrik semblait la transpercer mais, pour une fois, elle s'en moquait éperdument.

Elle lui rendit son regard, le mettant au défi de lui

dire quelque chose. Il ne dit rien, mais haussa les sourcils, avant de se tourner vers le roi.

Elle finit son gobelet et observa l'assortiment de victuailles, mais rien ne la tentait.

Lorsqu'une servante vint lui remplir à nouveau son gobelet, elle se cala dans son fauteuil et observa les courtisans.

Au bout d'un moment, un inconnu vint s'asseoir à côté d'elle.

— Milady, je voulais venir vous souhaiter bonne chance pour votre mariage.

— Quelle étrange formule.

Elle l'observa, essayant de faire bonne figure. Il était jeune, plus proche de son âge que de celui d'Elrik.

— Ce n'est pas du tout étrange.

Il prit un pichet au passage d'une servante et se versa un gobelet de vin, avant de lui en proposer.

Elle secoua la tête.

— Non, merci. Je n'ai pas encore terminé

— Comme je disais, cela n'a rien d'étrange. N'est-il pas de coutume de présenter ses vœux de bonheur à un nouveau couple ?

Il se pencha pour ajouter :

— Surtout à la future mariée.

Avelyn se recula vers Elrik, comme si elle cherchait instinctivement sa protection. Le jeune homme ne la menaçait pas, mais il la mettait mal à l'aise, et elle espérait qu'Elrik le remarquerait.

Sans interrompre sa conversation avec le roi, Elrik posa le bras sur le dossier de son siège, sa main pendant près de son oreille, le bout de ses doigts lui effleurant le cou.

Elle savait que c'était une façon silencieuse de

déclarer qu'elle lui appartenait, et qu'il était là pour la protéger.

En d'autres circonstances, elle aurait trouvé une excuse pour échapper à ce jeune homme. Mais la conviction qu'elle n'était pas en danger lui donna le courage de lui demander :

— Pourquoi spécialement la mariée ?

Il haussa les épaules, avant de boire une gorgée de vin.

— Dans votre cas, c'est pourtant évident.

Qu'insinuait-il ?

— Ça ne l'est pas pour moi ?

— Même s'il est courant de vendre les jeunes femmes de bonne naissance à l'aristocrate le plus titré, vous êtes quelque peu différente, n'est-ce pas ?

Ce fou ne comprenait pas qu'il mettait sa vie en danger ?

Croyait-il qu'Elrik était sourd ? Ou peut-être qu'il n'écoutait pas ? Elle savait très bien qu'il était attentif, car ses doigts lui effleuraient le cou à chaque fois que le jeune homme ouvrait la bouche.

— Expliquez-moi en quoi je suis différente ?

— Ne trouvez-vous pas étrange que quelqu'un qui vient seulement d'attirer l'attention de la Cour soit jetée en pâture aux loups ?

Il la provoquait. Délibérément.

Avelyn ne put s'empêcher de rire.

Lorsqu'elle reprit le contrôle d'elle-même, elle essuya les larmes qui jaillissaient de ses yeux et observa le jeune homme.

— Qui êtes-vous ? Personne doté d'un tant soit peu de jugeote ne me parlerait ainsi, alors que je suis sous la protection des Loups du roi, à moins qu'il ne les connaisse.

Fulke s'approcha.

— Je vous présente le fils aîné de ma sœur, Richard.

Le jeune homme finit son vin et posa son gobelet avec un soupir, avant de se lever.

— Mon oncle.

Fulke lui donna une tape sur l'épaule.

Richard tourna la tête et salua Samuel, qui grommela en retour. Puis il s'adressa à Avelyn.

— Milady, je vous souhaite le meilleur.

Pour finir, il eut un signe de tête respectueux à l'égard d'Elrik.

— Que fais-tu si loin de Roul Isle ? demanda ce dernier.

— Le roi David a requis la présence d'Edan ou de Rory, mais ils étaient occupés ailleurs et m'ont envoyé. D'après ce qu'on m'a dit, ce serait pour être témoin à votre mariage.

Elrik jeta un coup d'œil au roi, avant de répondre.

— Eh oui, je vais convoler en justes noces. À la grande surprise de beaucoup d'entre nous.

Richard reporta son attention sur Avelyn.

— Veuillez m'excuser, milady, je n'ai pu résister à la tentation de plaisanter. Mais je ne m'attendais pas à ce que vous répondiez du tac au tac.

— Il m'a semblé curieux que mon futur mari ne réagisse pas à vos insultes. Dès lors, j'ai compris qu'il se tramait quelque chose.

Elrik rit et lui tapota l'épaule, avant de retirer son bras. Elle en éprouva un étrange sentiment d'abandon et de déception.

Après que Richard se fut éloigné avec son oncle et

Samuel, pour une conversation plus privée, Avelyn souleva son gobelet et finit son vin.

— Vous n'allez pas manger ? s'étonna Elrik.

— Non. Je n'ai pas faim.

— Je pourrais demander à Fulke et Samuel de trouver quelque chose qui vous tenterait davantage.

Elle secoua la tête.

— Je doute que le roi apprécie qu'ils vident le château pour me trouver la bonne pomme ou le bon morceau de pain.

— Avelyn, vous n'avez rien mangé depuis ce matin.

— Je ne vais pas en mourir si je reste une journée sans manger.

— Bien. Mais si vous changez d'avis faites-le-moi savoir.

— C'est promis.

Elle se pencha à son oreille et baissa la voix.

— Pourquoi tout le monde nous regarde-t-il ?

— Ils ne font que cela depuis que nous sommes arrivés.

— Je sais, mais je n'ai pourtant rien fait pour attirer l'attention sur moi.

Le roi David se joignit à la conversation.

— Je ne dirais pas cela. Pour commencer, vous avez instinctivement cherché protection auprès d'un homme que tout le monde craint. Comme une louve dans la nature, vous êtes allée directement vers le chef de meute, et il vous a offert son soutien sans hésiter.

Fier de sa métaphore, le roi eut un petit rire satisfait.

— Vous avez bien dû voir que tous les yeux étaient sur vous quand il a mis son bras autour de vos épaules.

Avelyn secoua la tête. En réalité, elle était trop concentrée sur Richard pour prêter attention aux autres.

— En outre, reprit le roi, vous avez éclaté de rire de façon peu conforme à votre rang, et Elrik a trouvé cela amusant, alors qu'il aurait dû être choqué par votre indécence.

Elle ouvrit de grands yeux.

— Mon indécence ?

— Lady Avelyn, vous êtes à la Cour. N'avez-vous pas remarqué qu'il s'agissait d'un événement solennel ?

Elle baissa les yeux.

Elrik se pencha pour lui murmurer :

— Il plaisante.

— Oh.

Le roi tourna les yeux vers sa main, qu'elle avait posée sur l'avant-bras d'Elrik.

— Et voilà que vous cajolez négligemment un loup, comme si c'était chose courante.

Avelyn regarda sa main et vit qu'il avait raison. D'un geste absent, elle dessinait du bout des doigts des cercles sur l'avant-bras d'Elrik.

Elle abaissa son bras et croisa sagement les mains sur ses genoux.

— Si je reste assise sans rien faire, sans rien dire, se distrairont-ils en observant quelqu'un d'autre ?

— Il ne s'agit pas d'une distraction.

Le roi David secoua doctement la tête.

— C'est de la curiosité, et vous y serez confrontée chaque jour, partout, et pour très longtemps. Quoi que vous fassiez, ou ne fassiez pas, ma chère Lady Avelyn, les gens se demanderont qui est cette femme assez courageuse pour devenir l'épouse d'un Loup du roi. Ils vous étudieront, vous surveilleront et chercheront à comprendre comment une aussi frêle jeune femme s'est retrouvée dans une situation si peu enviable.

Ce que personne ne comprenait, c'était qu'elle ne trouvait pas si épouvantable que cela l'idée d'épouser Elrik. Il ne lui semblait pas que ce geste requérait un très haut degré de bravoure.

Ce qui allait lui demander une force de caractère qu'elle n'était pas certaine de posséder, ce serait de vivre sans lui. De se retrouver livrée à elle-même.

— Si Sa Majesté le permet, je souhaiterais à présent regagner ma chambre, dit-elle.

Le roi hocha la tête, tandis qu'Elrik se levait pour l'escorter.

Devant la porte de sa chambre, Avelyn marqua une pause pour observer Elrik. Ne sachant pas très bien ce qu'elle devait dire, elle demanda :

— Vous verrai-je demain matin ?

— Oui.

Elle hocha la tête, se reprochant sa stupidité. Évidemment qu'ils se verraient, puisqu'ils devaient se marier au lever du soleil.

Il lui caressa la joue.

— Avelyn, ne vous rendez pas les choses plus difficiles qu'elles ne sont.

— Mais c'est vous qui me rendez les choses difficiles. Non seulement j'apprends que je vais devoir vivre sans mon mari. Mais en plus je découvre qu'il s'attend à ce que je le trahisse, d'une manière ou d'une autre. Et je n'en comprends pas la raison.

Elle détourna un instant les yeux, serrant les mains le long de son corps.

— C'est difficile uniquement à cause de vous.

— Avelyn…

Il ne termina pas sa phrase et l'observa en silence.

Ne souhaitant pas poursuivre cette conversation à sens unique, elle rassembla ce qu'il lui restait de dignité et ouvrit la porte de sa chambre.

— Bonne nuit, Elrik.

Une fois la porte refermée derrière elle, Avelyn reprit son souffle.

La seule chose qu'elle avait toujours redoutée, c'était de se retrouver seule.

Submergée par une vague de tristesse, elle se jeta en travers du lit et pleura toutes les larmes qu'elle avait retenues jusqu'alors.

Sa gentillesse, son entrain ne suffiraient jamais à conquérir un cœur qui ne battait pas pour elle.

Pourquoi fallait-il que la vie se montre aussi cruelle avec elle ? N'avait-elle pas droit, elle aussi, au bonheur ?

Chapitre 9

Le matin arriva beaucoup trop vite.

Avelyn avait passé la nuit assise dans un fauteuil près de la fenêtre, à observer le ciel.

Elle avait prié pour que le jour ne se lève jamais. Elle avait espéré qu'un miracle empêche le soleil d'apparaître.

Mais, tandis que le ciel s'éclaircissait peu à peu, elle comprit que ses espoirs ne seraient pas exaucés.

Les événements avaient pris un tour étrange.

Contrairement à de nombreuses femmes, elle allait épouser un homme à sa convenance.

Cependant, combien d'autres femmes se rendaient à leur cérémonie de mariage, en sachant qu'il n'y aurait pas de nuit de noces, pas de mari pour faire d'elle une vraie femme ?

Elle se leva lentement, essayant de détendre son corps courbaturé, avant d'enfiler à nouveau la tunique bleu nuit qu'elle avait portée la veille. Elle passa ensuite un peigne dans ses cheveux et les laissa pendre sur ses épaules.

Machinalement, elle posa les yeux sur la tunique toujours déployée sur le lit.

Si les circonstances avaient été différentes, elle aurait porté avec plaisir cette magnifique tenue. Mais elle n'avait nulle envie de célébrer cette cérémonie.

Elle serra les mâchoires, s'interdisant de pleurer, mais les larmes roulèrent toutes seules sur ses joues.

Perdue dans son propre monde d'abandon et de désespoir, elle fut surprise par les coups frappés à sa porte. Passant les mains sur ses joues, elle rajusta sa tunique, avant de crier :

— Entrez.

Elrik apparut sur le seuil.

Il s'était changé et avait revêtu un manteau du même bleu nuit que la tunique qu'elle portait.

Surprise, elle leva les yeux vers son visage. Quelque chose s'était modifié dans son regard. Il ne s'y trouvait plus la froideur si présente la veille.

Il ne dit rien, jetant simplement un coup d'œil vers la tunique déployée sur le lit, avant d'esquisser un sourire et de lui offrir son bras.

Avelyn plissa le front, regrettant de ne pas le connaître mieux et de ne pas être capable de déchiffrer ses pensées comme lui semblait si bien savoir le faire.

Elle posa une main sur son avant-bras, acceptant de se laisser guider vers la cérémonie qui les unirait en tant que mari et femme.

D'une certaine façon, elle allait devoir trouver un moyen d'accepter ce qui lui était donné.

Une fois passée la douleur d'avoir été rejetée, elle saurait profiter pleinement des bonnes surprises que lui réserverait l'avenir.

Rassérénée par cette pensée, elle sentit s'alléger le

poids qui pesait sur sa poitrine, tandis que la tension de ses épaules s'apaisait.

Traversant le grand hall, Avelyn et Elrik s'engagèrent dans un étroit passage qui les mena à la chapelle privée du roi.

Samuel et Fulke étaient présents, et Avelyn apprécia cette impression de sécurité qui aurait manqué s'ils n'avaient pas été là.

Outre Richard, et la femme de chambre qui lui avait été octroyée, le roi David et le prêtre étaient les seules autres personnes présentes.

La cérémonie fut réduite à sa plus simple expression. Elrik la prit pour femme, et elle l'accepta pour époux.

Lorsque vint le temps pour le prêtre de bénir les alliances, elle songea avec une pointe de regret à la bague de sa grand-mère, qu'elle avait à tort prise pour un anneau de mariage, et dont elle espérait que son mari la lui passerait au doigt.

Tandis qu'Elrik tendait la main et déposait deux anneaux d'or dans la paume du prêtre, Avelyn ne put s'empêcher de se demander s'ils avaient appartenu à sa précédente femme et à lui.

Mais, quand il lui passa l'alliance au doigt, il murmura :

— Elles étaient à mes parents.

Elle observa le simple anneau d'or à son doigt. Il aurait dû représenter un lien entre eux, mais il ressemblait plus à un signe de possession qu'autre chose.

Un triste rappel de ce qu'elle n'aurait jamais.

Prenant sur elle, Avelyn refoula ces tristes pensées,

refusant de se lamenter à propos de ce qu'elle ne pouvait pas changer.

À l'issue de la cérémonie, Elrik déposa un chaste baiser sur son front, puis il signa des documents qu'il tendit ensuite au roi.

En échange, David lui donna deux parchemins roulés. Elrik les parcourut rapidement, avant de les enrouler derechef. Puis il en confia un à Richard, et l'autre à Avelyn, en précisant :

— Ceci est pour mes frères. Veillez à le leur remettre à leur arrivée.

Elle fut surprise d'entendre que ses frères allaient quand même venir.

— Je pensais que Richard les représentait.

— Pour la cérémonie uniquement. Rory et Edan ne vont pas tarder à arriver pour vous escorter à Roul Isle.

— Oh…

Elle ne prit même pas la peine de masquer sa tristesse.

À quoi bon ? Qui s'en souciait, de toute façon ?

Elrik lui prit la main, et ils sortirent de la chapelle, empruntant à nouveau l'étroit corridor par lequel ils étaient venus. Il marchait si vite qu'elle devait presque courir pour suivre son rythme.

Lorsqu'ils arrivèrent au bout du couloir, il la fit pivoter et la plaqua au fond d'une petite alcôve.

— Avelyn, j'ai peu de temps. Aussi, je veux que vous m'écoutiez.

Le dos pressé contre la pierre froide, elle leva les yeux pour le regarder, mais il n'y avait pas assez de lumière pour qu'elle puisse voir nettement son visage.

La paume de sa main, posée sur le côté de son cou, était chaude. Les doigts qui lui effleuraient la peau étaient doux. Mais elle savait que son toucher pouvait contredire son humeur, et elle avait envie de voir si ses yeux étincelaient de colère, ou si ses lèvres étaient pincées de contrariété.

Il l'attira plus étroitement contre lui, écrasant entre eux le document qu'il venait juste de lui donner.

Son souffle effleura sa joue quand il reprit la parole.

— Avelyn, je ne suis pas en colère contre vous. Et je ne suis pas non plus contrarié de vous épouser.

Elle eut un petit sursaut d'étonnement.

— Mais…

Il la fit taire d'un baiser, jusqu'à ce qu'elle se détende contre sa poitrine.

— Je suis simplement déçu de ne pas avoir de temps pour nous. Nous aurions dû nous marier plus tard, une fois que tout aurait été réglé. Ainsi, nous aurions eu tout loisir d'apprendre à nous connaître.

— Je comprends, dit Avelyn, d'un ton où se percevait un peu de dépit.

— C'est uniquement de cela dont j'ai parlé avec le roi. Je lui ai demandé d'attendre. Mais il m'a convaincu que c'était mieux ainsi pour votre sécurité. Malheureusement, je dois partir immédiatement. Je ne peux pas faire attendre Mathilde l'Emperesse et son époux. Même pour ma femme.

Les jambes d'Avelyn faillirent céder tant elle était soulagée par cette nouvelle.

Il lui restait cependant encore un point à éclaircir.

— Mais alors, pourquoi vous êtes-vous montré aussi dur avec moi ?

— Nous avons pensé que, si je vous mettais en colère, vous seriez moins peinée de rester seule. Que vous seriez au contraire soulagée de mon absence, aussi longue soit-elle.

— Eh bien, vous étiez dans l'erreur.

— Je le comprends à présent. Le roi David et moi nous sommes lourdement trompés. J'ai essayé, mais j'ai très vite vu que je semais la confusion dans votre esprit, au lieu de provoquer votre colère. Sachez que ce n'était pas du tout mon intention. Je regrette sincèrement d'avoir joué à ce jeu, alors que je ne vous connaissais pas assez pour prévoir vos réactions.

— Votre façon de me toucher…

Elle sentit les lèvres d'Elrik bouger contre son front, tandis qu'il demandait :

— Eh bien, quoi ?

— Même s'il y avait de la colère dans vos yeux, si vos lèvres étaient pincées, si votre voix était froide et cassante… Lorsque vous posiez votre main sur la mienne, votre geste était doux.

Il rit doucement.

— Il va falloir que je travaille ce point faible.

Elle s'accrocha à ses épaules.

— Non, surtout pas !

— Embrassez-moi, Avelyn. Promettez-moi que vous m'attendrez.

— Toujours.

Juste avant qu'Elrik ne pose ses lèvres sur les siennes, elle ajouta dans un murmure :

— Je vous jure, Elrik, que je vous serai toujours fidèle.

Son baiser fut doux, empli non pas de désir, mais plutôt d'un espoir, d'une promesse de lendemain.

Lorsqu'il mit fin à leur étreinte, elle avait les larmes aux yeux.

— Je dois y aller, dit-il, d'une voix que l'émotion rendait plus rauque.

— Je sais.

— Le plus important à mes yeux, c'est que vous soyez en sécurité. Comprenez-vous ? C'est pourquoi, je ne peux vous emmener à la bataille avec moi et préfère vous installer à Roul Isle. Je ne peux me laisser distraire par l'inquiétude que j'éprouverais pour vous si vous étiez à mes côtés.

— Je suis la femme du chef des Loups. Je ne risque rien.

Après un chaste baiser sur le front, il s'en alla, la laissant seul avec son chagrin.

— Venez, Lady Avelyn.

La voix du roi David arracha Avelyn à l'infinie tristesse qui menaçait de la submerger.

Lorsqu'elle sortit de l'alcôve pour s'avancer dans le corridor, il ajouta :

— Je me suis peut-être trompé sur la capacité d'Elrik à jouer la comédie, mais j'avais vu juste à propos de ce mariage.

Elle n'osa pas protester car, même si elle était contrariée qu'ils aient gâché cette dernière journée pour de mauvaises raisons, elle restait reconnaissante au roi de lui avoir donné Elrik pour mari.

La servante la raccompagna à sa chambre et la laissa seule. Avelyn traversa la pièce pour aller à la fenêtre.

De là, elle avait une vue sur la cour et put regarder Elrik, Samuel et Fulke enfourcher leur monture.

Au moment de franchir les portes d'enceinte, Elrik

se tourna sur sa selle, leva les yeux et agita le bras en signe d'adieu.

Avelyn sentit ses yeux s'emplir de larmes et prit une profonde inspiration pour endiguer la douleur qui montait dans sa poitrine.

Regardant à nouveau par la fenêtre, elle fut surprise de voir six individus se rassembler dans la cour, enfourcher leurs chevaux et suivre son mari et ses hommes.

L'un des cavaliers se tourna sur sa selle pour lancer un coup d'œil furtif au château.

Avelyn sentit son sang se glacer.

Non !

Osbert était en train de suivre Elrik jusqu'à son bateau.

Quelle diablerie manigançait son demi-frère ? Rien de ce qu'il faisait n'était jamais animé d'une bonne intention.

Son inquiétude grandit. Elrik se souciait de sa sécurité, mais il n'avait aucune idée du danger qu'il courait dès lors qu'Osbert était dans les parages.

Même enfant, c'était déjà un tyran, tourmentant tous ceux qui étaient plus petits et plus faibles.

Avant que son père ne vienne la chercher pour l'installer au domaine, elle connaissait Osbert comme étant le fils du lord. Avec sa bande de ruffians, il venait souvent au village et s'y livrait à toutes les exactions, avec une cruauté sans limites.

En menteur accompli qu'il était, Osbert l'avait accusée d'avoir volé des bijoux à la femme de son père, quelques jours après son arrivée au domaine de Brandr.

Sa belle-mère avait ordonné qu'elle soit fouettée, et Osbert avait assisté à sa punition en riant aux éclats.

Elle avait vite appris que, pour éviter d'être punie pour des faits qu'elle n'avait pas commis, il fallait qu'elle soit en permanence accompagnée par des personnes en qui son père avait confiance.

C'était pour cette raison qu'elle était devenue amie avec les employés de cuisine. En qui donc son père pourrait-il avoir confiance, si ce n'était en ceux qui le nourrissaient ?

Cela ne voulait pas dire pour autant qu'Osbert avait cessé de la tourmenter. Loin de là. Ses vêtements avaient été trempés d'urine de cheval. Un peigne que son père lui avait donné avait été cassé en plusieurs morceaux. Une poupée de chiffon que sa mère lui avait confectionnée avait été sauvagement découpée…

En grandissant il n'avait pas changé. Il était simplement devenu plus cruel, plus rusé, plus diabolique que jamais.

Aujourd'hui encore, elle était persuadée que le garçon d'écurie qui avait été retrouvé pendu ne s'était pas lui-même donné la mort. Un peu plus tôt dans la journée, le garçon avait commis l'erreur de faire attendre Osbert, alors que celui-ci lui avait demandé de seller son cheval. Elle savait que son demi-frère le lui ferait payer, mais elle était loin d'imaginer qu'il irait jusqu'à le tuer.

Il fallait se méfier d'Osbert comme de la peste.

Et voilà qu'il suivait son mari.

Avelyn quitta précipitamment sa chambre et courut vers le grand hall.

Elle arrêta la première domestique qu'elle rencontra et demanda où était le roi. La servante lui indiqua qu'il se trouvait dans son cabinet privé, avec certains de ses lords.

Sans se soucier du protocole, Avelyn entra sans frapper et se jeta à genoux aux pieds du roi.

— Monseigneur, je vous en supplie, j'ai besoin d'aide. Il en va de la vie d'Elrik.

À son grand soulagement, le roi la releva et fit sortir tout le monde.

— De quoi s'agit-il, Lady Avelyn ?

— Mon demi-frère, Osbert, et ses compagnons viennent de quitter le château et ont pris la même direction qu'Elrik.

Le roi grommela.

— Cela ne me dit rien qui vaille.

— Osbert va le tuer.

— Ne vous inquiétez pas pour ça.

Il se dirigea vers la porte et lui fit signe de venir, tandis qu'il expliquait :

— Elrik est persuadé que Brandr a poussé son père à la trahison.

Avelyn faillit trébucher, tandis qu'elle essayait tout à la fois de suivre le pas rapide du roi et de digérer l'information.

— C'est pour cela qu'il déteste mon père ?

— Entre autres.

— Et pourtant il m'a épousée.

— Oui. Il sait que vous n'êtes pas responsable des actions de votre père.

Songeant à tout ce qu'Elrik lui avait dit la veille, et notamment à sa mise en garde contre une éventuelle trahison, elle se rembrunit.

— Mais il pourrait croire que je l'ai trahi en envoyant mon frère sur ses traces…

Elle laissa passer un silence, réfléchissant à ce qu'elle pouvait faire.

— Il faut que j'aille à son bateau.

Le roi s'arrêta si brusquement qu'elle le percuta. Il la saisit par les épaules pour l'aider à retrouver son équilibre.

— C'est une excellente idée. Je pourrais le faire prévenir, mais si vous le faites vous-même il comprendra que vous n'avez rien à voir avec les manigances de votre demi-frère.

Le roi héla une servante et lui donna des instructions.

Quelques minutes plus tard, le roi David et Avelyn quittaient le château et gagnaient la cour, où trois garçons d'écurie attendaient avec des chevaux.

Avelyn grommela, s'attirant un regard inquiet du roi.

— Ne me dites pas que vous ne savez pas monter à cheval.

Elle grimaça.

— Pas très bien.

Deux gardes arrivèrent en courant, suivis de la servante. Le roi lui prit le manteau qu'elle portait, et le drapa sur les épaules d'Avelyn.

— Vous allez en avoir besoin.

Il lui donna ensuite deux parchemins roulés.

— Si le bateau d'Elrik a déjà levé l'ancre, embarquez sur le tout dernier. C'est celui des femmes. Les précédents seront remplis d'hommes.

Il répéta, comme s'il craignait de ne pas s'être bien fait comprendre :

— Le dernier bateau, Avelyn. Montrez ces documents au capitaine, en expliquant qui vous êtes. Il reconnaîtra mon sceau et vous croira. Soyez assurée qu'il trouvera un moyen d'entrer en contact avec Elrik.

Pour finir, le roi lui tendit un petit sachet.

— C'est du gingembre confit. Vous pourrez en avoir besoin pour votre estomac quand vous serez en mer.

— Je ne sais pas comment vous remercier.

— Trouvez votre mari avant que votre frère ne le fasse.

Il l'aida à se mettre en selle.

— Je tiens vraiment à ce que cette union soit une réussite pour tous les deux.

Personne ne pouvait le souhaiter plus qu'elle-même.

— Prenez soin de vous, Lady Avelyn.

Elle se cramponna aux rênes et suivit les gardes.

Elrik se tenait sur le gaillard d'avant et regardait les autres bateaux suivre le sien. Un par un, ils empruntaient le chenal vers la mer.

Les cinq premiers, y compris le sien, transportaient des armes, de la nourriture, des fournitures de maison, des chevaux et des gardes. Le dernier accueillait les femmes : servantes, aides de cuisine, lavandières… Il avait confié ce bateau à l'équipage le plus âgé et le plus expérimenté. D'une part parce que le capitaine ne se laisserait pas facilement détourner de son devoir par une soubrette un peu trop délurée, mais surtout parce qu'il savait que l'équipage ne pourrait obtenir aucune aide des femmes.

Le voyage prendrait un peu plus d'une semaine, peut-être quinze jours si les vents étaient défavorables, et il ne savait pas combien de temps il pourrait endurer le silence buté et les regards réprobateurs de Samuel et Fulke.

Ces derniers étaient tous les deux contrariés de

la façon dont il avait traité Avelyn la veille. Et plus contrariés encore qu'il ne l'ait pas emmenée.

Pourquoi refusaient-ils de comprendre que c'était pour son bien ?

À Roul Isle, elle serait en sécurité avec ses frères, et il n'aurait pas à s'inquiéter pour elle.

Ses deux compagnons le connaissaient depuis l'enfance. Ne comprenaient-ils pas combien il avait été malheureux de briser les rêves et le cœur d'Avelyn comme il l'avait fait ?

Il avait essayé de faire amende honorable ce matin, après la cérémonie, mais il avait eu peu de temps pour cela.

En dépit de ce qu'Avelyn lui avait dit, il n'avait aucun moyen de savoir si elle avait compris son raisonnement, ni même si elle lui avait pardonné de s'être comporté comme un idiot.

Jamais il n'avait intentionnellement fait du mal à une personne innocente. Ses compagnons le connaissaient-ils donc si mal pour croire qu'il s'était comporté ainsi avec Avelyn ?

Il avait agi sur ordre du roi, et c'était la mission la plus difficile qu'il ait jamais menée.

La tristesse dans la voix d'Avelyn, après leur mariage, lui avait fait beaucoup de peine, et il s'était rendu compte qu'il ne pouvait pas partir comme ça. Il avait tenté de s'expliquer, mais il ignorait si cela avait suffi.

Fulke escalada l'échelle du gaillard d'avant et s'approcha.

— J'aurais préféré embarquer sur un autre navire. Je changerai à la prochaine escale.

Elrik commençait à perdre patience. Il était leur

commandant, leur suzerain, et l'amitié qui les liait n'excusait pas tout.

— Tu resteras sur celui-ci.

— Ça ne me plaît pas, Elrik.

— Lord Elrik.

Il en avait plus qu'assez du jugement de ses hommes. Certes, il avait ressenti le besoin de s'expliquer avec Avelyn, mais il n'avait pas de comptes à rendre à ses compagnons.

— Comme vous voudrez, Lord Elrik, grommela Fulke entre ses dents. Mais sachez que vous êtes un idiot.

Cette fois, Fulke était allé trop loin.

Sans réfléchir, Elrik lui asséna un coup de poing qui le jeta à terre.

— Sors de ma vue ! s'exclama Elrik, tandis que Fulke se relevait. Mais reste sur ce bateau.

Resté seul, Elrik se tourna à nouveau pour observer le cinquième bateau quitter l'appontement, tandis que le sixième et dernier recevait encore des femmes à bord.

Quelques-unes d'entre elles étaient mariées à des gardes sous son commandement et avaient refusé d'attendre à plus tard pour rejoindre leurs maris.

Il aurait préféré qu'aucune femme n'entreprenne ce voyage, mais le roi David ne l'avait pas laissé décider.

D'après les missives que Lord Geoffrey avait adressées au roi, la reconquête pourrait fort bien être sanglante. À ce qu'il semblait, deux lords voisins avaient des vues sur les terres qui lui revenaient.

Contrairement à Roul Isle, le domaine normand n'appartenait pas en pleine propriété à la famille Roul.

Il ne leur était concédé que par la grâce de Mathilde l'Emperesse, et son mari, Lord Geoffrey, actuel duc de Normandie.

Comme c'était son droit, Mathilde avait décidé que l'aîné des Roul devait prendre possession du titre, des terres et de la seigneurie, mais qu'il lui faudrait également construire des docks, des entrepôts, et pour finir un port.

Donc, Elrik avait d'abord pour tâche de sécuriser la zone pour Mathilde et ceux qui étaient sous son commandement, puis d'entamer un vaste chantier de construction.

Pour le moment, il devait se concentrer sur deux choses : mener à destination ce convoi et veiller à la sécurité de tous ceux qui étaient placés sous sa responsabilité.

Son attention fut soudain attirée par trois chevaux qui galopaient à bride abattue sur le ponton.

D'après leur uniforme, deux des cavaliers étaient des gardes du roi David. Le troisième tanguait dangereusement sur sa monture, comme s'il ne la maîtrisait pas totalement. Sautant à terre, il courut pour embarquer sur le dernier bateau, alors que l'équipage remontait la planche d'accès.

La capuche du grand manteau de voyage glissa en arrière, révélant une longue chevelure brune de femme.

Non.

Elrik secoua la tête.

Il devait faire erreur.

Chapitre 10

Samuel venait de se hisser sur le gaillard d'avant et s'approchait d'Elrik, quand il entendit ce dernier lancer une bordée d'injures qui aurait fait rougir le plus aguerri des marins.

Tournant la tête pour suivre la direction du regard d'Elrik, il éclata de rire.

— T'attendais-tu à autre chose de la part de la lady du chef des Loups ?

— Mon intention était d'assurer sa sécurité, de l'empêcher de faire cela.

— C'est pour cette raison que tu as agi ainsi ? Tu aurais pu nous l'expliquer.

— C'était déjà assez difficile, sans que vous essayiez de m'en dissuader.

— Eh bien, je dirais que ton intention est tombée à plat.

— Elle a promis d'attendre. Elle savait combien sa sécurité était importante pour moi.

— Elle a peut-être pensé qu'elle serait plus en sécurité avec toi.

Rien ne se passait à Carlisle sans que David ne soit au courant. Comment dans ce cas Avelyn avait-elle pu quitter le château sans que le roi ne s'en rende compte ? Et si ce dernier avait donné sa permission, comment avait-il pu prendre une telle décision, en sachant qu'elle allait se retrouver sur un champ de bataille ?

L'inquiétude lui glaçait les sangs. Quelque chose avait mal tourné. Elle n'était pas là sans raison.

Le dernier bateau hissa un drapeau rouge, signalant un problème. Elrik ordonna à son équipage de réduire la voilure pour laisser le temps à l'autre navire de les rattraper.

Avelyn accepta le secours du capitaine pour l'aider à monter sur le pont supérieur. La froideur de l'homme ne s'était pas encore totalement évanouie.

Le moins que l'on puisse dire, c'est qu'il n'avait pas été ravi de la voir embarquer à la dernière seconde et d'interrompre ses ordres.

Le temps qu'elle explique qui elle était, et lui montre les documents portant le sceau du roi David, le visage de l'homme avait pris une effrayante couleur rouge.

À présent qu'il avait donné de nouveaux ordres à son équipage et l'avait guidée vers le pont supérieur, il s'effaça, la laissant affronter seule son mari.

Elle resserra plus étroitement autour d'elle son manteau, pour se protéger du vent froid qui balayait la surface de la mer. Son estomac protestait, mais elle ne savait si c'était dû au tangage du navire, à l'incertitude qu'elle éprouvait quant à la réaction de d'Elrik, ou à la crainte que son demi-frère ait déjà mis en œuvre les plans qu'il avait fomentés.

Lorsqu'elle surprit le regard de son mari, elle

serra les mains sur le bastingage. Les yeux d'Elrik lançaient des éclairs et, même à cette distance, elle voyait qu'il avait la mâchoire serrée.

Samuel, posté à côté de lui, avait l'air amusé. Le sourire qui relevait un coin de la bouche de l'homme lui laissait espérer que, peut-être, Osbert ne s'était pas encore manifesté. Peut-être s'était-il mépris, et il n'avait pas suivi l'équipage d'Elrik.

Tandis que le navire sur lequel Avelyn se trouvait se rangeait à côté de celui de son mari, il haussa un sourcil, attendant qu'elle dise quelque chose.

Observant les hommes qui se tenaient sur le pont de son bateau, elle constata avec soulagement qu'Osbert n'en faisait pas partie. Mais cela ne signifiait pas pour autant qu'il n'avait pas embarqué sur l'un des autres bateaux.

Elle reporta son attention sur Elrik, ne sachant pas par où commencer.

Finalement, il rompit le silence.

— Avez-vous besoin de quelque chose, Lady Avelyn ?

Oh oui, comme elle s'y attendait, il était en colère. Cela se voyait à ses sourcils froncés, la ligne sévère de sa mâchoire, et l'intonation glaciale de sa voix.

Elle chercha son souffle, luttant contre la peur qui menaçait de lui faire perdre ses moyens.

— Nous devons accoster.

— Pourquoi ?

— Milord, je dois absolument vous parler en privé.

Elrik s'accorda quelques instants de réflexion et s'adressa au capitaine.

— Restez derrière moi. Nous accosterons demain matin.

Demain ? Avelyn secoua la tête.

— Non, milord. C'est important.

— Ce serait trop dangereux de nager. Donc, à moins qu'il ne vous soit poussé des ailes et que vous puissiez voler d'un pont à l'autre, vous allez devoir attendre.

Elle se pencha pour évaluer la distance entre les deux bateaux.

Ça ne lui semblait pas très loin. Elle avait appris à nager quand elle était petite. Cependant, c'était dans une mare, où ses pieds pouvaient toucher le fond, pas dans un océan aux profondeurs infinies. Et son lourd manteau risquait de peser encore plus lourd une fois mouillé.

— Avelyn !

Le rugissement d'Elrik fit vaciller l'homme qui se tenait à côté d'elle.

Elle cessa d'essayer de juger de la distance et leva les yeux vers son mari.

Il avait les mains crispées sur la rambarde devant lui. Même l'amusement de Samuel avait cédé la place à un regard choqué.

— Avez-vous perdu la tête ? marmonna le capitaine à côté d'elle.

Elrik point le doigt dans sa direction.

Avelyn n'en était pas certaine, mais elle avait l'impression que sa main tremblait. Avant qu'elle ait pu en juger, il cria :

— Madame ! Vous allez rester sur ce bateau jusqu'à ce que nous accostions. Avez-vous compris ?

Sa déception s'était métamorphosée en colère. Il était si contrarié que, s'il avait pu la toucher à cet instant, elle n'était pas certaine qu'il y aurait eu beaucoup de douceur et de gentillesse dans son geste.

— Répondez-moi !

— Oui ! cria-t-elle, avant d'ajouter d'un ton boudeur « milord. »

Elrik s'adressa au capitaine, qui n'en menait pas large à côté d'elle.

— Elle est sous votre responsabilité. Veillez à ce qu'elle ne fasse pas de sottises. Utilisez une corde, au besoin.

Il leur tourna le dos, descendit l'échelle et disparut derrière le gaillard d'avant, laissant Samuel médusé par l'échange qui venait de se dérouler sous ses yeux.

Le capitaine du bateau des femmes prit Avelyn par le bras.

— Milady, vais-je être obligé de vous ligoter au mât, comme l'a suggéré Sa Seigneurie ? Ou bien vous abstiendrez-vous de vous jeter à l'eau ?

Elle se libéra d'un geste brusque.

— Je sais nager.

— Cela ne répond pas à ma question.

— J'essayais simplement d'évaluer la distance. Je n'allais pas sauter par-dessus bord.

— Votre réponse ?

Avelyn lui lança un regard noir.

— Non, vous n'avez nul besoin de me ligoter au mât. Et, oui, je m'abstiendrai de sauter à l'eau.

Tremblant encore, Elrik se passa la main sur le visage.

Voilà précisément pourquoi il ne voulait pas d'elle à bord. Il s'inquiétait pour elle plus qu'il ne le souhaitait.

S'il arrivait quoi que ce soit à Avelyn, le roi Óláfr et Lord Brandr n'auraient de cesse qu'il repose six pieds sous terre.

Il se laissa tomber sur un tabouret, remarquant à peine Samuel quand il entra dans la cabine.

— Tu ne vas pas la laisser sur ce bateau, n'est-ce pas ? demanda son compagnon.

Elrik hocha la tête.

— À moins que tu ne connaisses un moyen de la transférer sans risques sur celui-ci, alors que nous sommes en mer, j'ai bien peur que nous n'ayons pas le choix.

La colère commençait à prendre le pas sur l'inquiétude, et Elrik ne pouvait plus cacher sa contrariété.

— Elle avait l'ordre de rester à attendre mes frères au château. Elle a voulu embarquer clandestinement sur l'un de mes bateaux, très bien ! Elle n'en mourra pas de passer une nuit avec les femmes.

— Mais, Elrik…

— Non !

Il avait interrompu Samuel d'un geste saccadé de la main.

— Il n'y a aucun moyen de la faire monter à bord pour le moment. Je ne vais certainement pas l'autoriser à nager. Et je ne veux pas prendre le risque de mettre une planche entre les deux navires, alors que la mer est agitée. Donc, elle reste où elle est. Et c'est dans ton intérêt de ne pas me dire ce que je dois faire avec ma femme.

Samuel tourna les talons sans un mot de plus.

C'était encore une des raisons pour lesquelles Elrik n'avait pas voulu d'Avelyn à bord. Ses hommes avaient beaucoup trop d'affection pour elle. Ce n'était pas une question de jalousie. Il ne s'inquiétait pas qu'elle les trouve plus à son goût que lui, ou que l'un d'eux se montre déloyal.

Non, la difficulté résidait plutôt dans le fait que Samuel et Fulke se considéraient comme ses frères aînés, et ressentaient le besoin de prendre soin d'elle.

Tout cela était parfait… tant qu'ils ne se croyaient pas autorisés, comme en la circonstance présente, à s'opposer à ses décisions, parce qu'ils estimaient qu'ils savaient mieux que lui ce qui était bon pour Avelyn.

S'il avait su ce que le roi David avait en tête, jamais il n'aurait permis qu'Avelyn fraternise autant avec ses hommes tandis qu'ils chevauchaient vers Carlisle.

Quoi qu'il en soit, le mal était fait.

Avelyn resserra plus étroitement le manteau autour d'elle et se cala contre un baril empli d'eau, cherchant désespérément un support stable.

Son estomac protestait, lui faisant réaliser que le roi avait eu une bonne idée de lui fournir du gingembre confit. Il avait dû deviner qu'elle supporterait mal les mouvements du bateau.

Elle en mit un petit morceau dans sa bouche et le suça lentement, tout en regardant le soleil commencer à se lever.

À cet instant, elle était vraiment soulagée d'être seule. Elle s'attendait à ce qu'Elrik soit outragé, et elle savait qu'il serait compliqué de composer avec sa mauvaise humeur dans l'espace relativement confiné d'un bateau.

Or, pour le moment, malade comme elle était, elle ne s'en sentait pas capable.

Quatre femmes approchèrent, attirant son attention.

— Vous êtes la femme de Lord Roul ? demanda la plus petite du groupe

— Oui.

— Pourquoi voyagez-vous sur ce bateau, et pas sur le sien ?

Avelyn haussa les épaules et improvisa une réponse.

— C'était une décision de dernière minute. J'avais envie d'aventure, et ce voyage m'a paru une bonne idée.

— Non. Il n'y a pas un seul lord qui permettrait à sa femme de faire quelque chose d'aussi impulsif. Tu es sa maîtresse, pas vrai ?

Les autres femmes éclatèrent de rire et elles s'assirent par terre autour d'elle.

La plus âgée lui tapota le genou.

— Ce n'est pas grave, ma belle. T'embête pas à mentir pour nous. On comprend. Ça fait partie du métier.

Le métier ? Avelyn comprit qu'elle se trouvait une fois encore avec des femmes qui faisaient commerce de leurs charmes.

Au fond, peu lui importait qu'elles la croient ou non. Elle ne resterait pas assez longtemps sur ce bateau pour que ça compte.

C'est pourquoi, au lieu de perdre son temps à essayer de les convaincre qu'elle était bel et bien Lady Roul, elle hocha la tête, avant de se perdre dans la contemplation du pont.

Les femmes rirent à nouveau. L'une dit :

— Elle est trop timide pour faire ça depuis longtemps.

Une autre prit la parole.

— Ne crains rien. Nous ne sommes que six, sept en te comptant, pour cinq bateaux remplis d'hommes. Tu vas vite apprendre.

L'une d'elles soupira avec exagération.

— Penser à tous ces corps virils me donne le frisson.

— J'ai entendu dire que leur commandant était très bel homme.

— Tu veux dire, le Loup du roi ?

— Je ne pourrais jamais partager son lit. J'aurais bien trop peur.

— Oh ! pas moi. Je les aime un peu brutaux.

Avelyn avait la tête tournée à force d'essayer de suivre la conversation. Son attention passait de l'une à l'autre avec une telle rapidité qu'elle redoutait de ne pas avoir suffisamment de gingembre à disposition pour endiguer sa nausée persistante.

— Chut, dit la plus vieille. Vous oubliez que c'est elle, la bonne amie du commandant. Elle peut nous dire comment il sait faire plaisir à une dame.

Une des plus jeunes gémit d'une façon qui fit écarquiller les yeux d'Avelyn.

Qu'allait-elle leur dire ? Que son baiser lui avait dérobé sa capacité de penser ? Ou bien qu'elle se sentait en sécurité quand il posait la main sur la sienne, tout en désirant quelque chose qu'elle ne comprenait pas vraiment ?

D'une certaine façon, elle ne croyait pas que cela suffirait à satisfaire leur curiosité.

Une femme se pencha pour demander :

— Est-ce qu'il utilise sa bouche ?

Avelyn plissa le front, ne comprenant pas bien.

— Oui, bien sûr, quand il m'embrasse.

Les femmes rirent, puis elles expliquèrent ce qu'elles voulaient dire.

Avelyn rougit violemment, s'attirant de nouveaux rires.

— Elle n'a pas encore passé suffisamment de temps avec lui.

— Oh ! ma belle, on va avoir tout le temps de t'apprendre tout ce que tu as besoin de savoir.

Avelyn sourit timidement, tout en hochant la tête.

— Je serais heureuse d'apprendre.

Une des femmes s'inquiéta soudain.

— Mais je croyais avoir entendu dire que le chef des Loups s'était récemment marié.

La plus âgée balaya cette question d'un geste.

— Qu'est-ce que le mariage a à voir là-dedans ? Les hommes se moquent de savoir avec qui ils sont, du moment qu'ils y trouvent du plaisir.

Non.

Avelyn ne pouvait croire que son mari était comme son père.

Elrik se réveilla en sursaut et passa la main sur son front couvert de sueur.

C'était la quatrième fois cette nuit qu'il était réveillé par le genre de rêves qu'il n'avait plus eu depuis qu'il était jeune homme. Des rêves érotiques, qui ne concernaient pas une femme sans visage, ou la fille de sa cuisinière, mais sa femme.

Il frappa du poing sur son matelas, la maudissant d'envahir son esprit à chaque minute de sa journée et de sa nuit.

Il se leva, enfila une tunique et marcha pieds nus sur le pont, pour aller s'accouder au bastingage.

Observant l'eau sombre qui scintillait sous la lune, il inspira à pleins poumons l'air frais de la nuit, en espérant que cela suffirait à rafraîchir son corps en feu.

— Du mal à dormir ? demanda Samuel, en le rejoignant.

— Non, pas du tout. Je suis en train de dormir à poings fermés. Et toi, tu es en train de rêver.

— Pourquoi n'accostes-tu pas pour aller chercher ta femme ?

Comme s'il n'y avait pas pensé des dizaines de fois.

— Et où suggères-tu que nous fassions cela ?

Les bateaux étaient pleins. La ligne de flottaison était déjà dangereusement basse et, selon les conditions de navigation, ils pouvaient percer la coque ou s'ensabler.

Non. Ils attendraient jusqu'à ce qu'ils puissent entrer à quai.

— Ce n'est pas en passant ta rage sur l'équipage que ça arrangera les choses. Alors qu'accomplir ton devoir conjugal aurait peut-être un effet souverain sur ta mauvaise humeur.

— Merci pour ton conseil, mais je m'en passerai.

Samuel soupira.

— Elrik, ça ne fait même pas une journée, et les hommes commencent déjà à raconter n'importe quoi.

Même s'il n'avait pas réellement envie de savoir, il ne put s'empêcher de demander :

— Que disent-ils ?

— Que tu l'as répudiée. Que le mariage n'a pas été consommé. Qu'elle voyage sur le bateau des femmes parce que c'est une catin.

Voyant Elrik tiquer, Samuel demanda :

— Est-ce assez, ou tu veux en entendre davantage ?

— Cela me suffit amplement. Tu peux t'en tenir là.

— Tu réalises que Fulke et moi avons le plus grand mal à contenir leurs ragots ?

Bien sûr, il le savait. Mais il ne voulait pas pour autant amener sa femme à bord et se donner en spectacle avec elle.

Ce n'était pas la bonne façon pour que ses hommes respectent le couple qu'ils formaient.

Et cependant, maintenant qu'elle était sienne, et qu'elle était proche de lui, il la voulait à ses côtés.

— Elrik, elle t'a peut-être désobéi, mais ce n'est pas une mauvaise femme. Et tu dois reconnaître qu'elle est courageuse. Même si elle se montre un peu téméraire.

Elrik ricana.

— Elle est totalement écervelée.

— À ta place, je serais fier qu'une femme aussi jolie que Lady Avelyn veuille tellement être avec toi, qu'elle brave tous les dangers pour te suivre, au mépris de tes ordres.

— Je n'y avais pas pensé. Si j'ai décidé de ne pas l'emmener, c'était d'abord pour qu'elle soit en sécurité, et ensuite pour ne pas qu'elle représente une distraction. D'un autre côté, je me dis que le roi ne lui aurait pas permis de quitter Carlisle sans une bonne raison.

— C'est possible.

Samuel y réfléchit un instant, puis il haussa les épaules.

— De toute façon, elle est là maintenant. Et, à part

la jeter par-dessus bord, je ne vois pas comment tu pourrais changer cela.

Elrik se redressa.

Cela suffisait, maintenant.

— J'ai déjà donné des ordres pour que nous nous arrêtions au premier appontement disponible. Demain matin, renouvelle cet ordre au capitaine. Et maintenant je vais me coucher.

— Ce sera fait. Tu peux compter sur moi.

Chapitre 11

Un long cri aigu arracha Avelyn du sommeil.

Elle ouvrit les yeux et cilla, aveuglée par la luminosité du soleil levant.

Surprise d'avoir finalement si bien dormi, elle se leva et chercha la source du cri.

Elle découvrit bientôt une dizaine de femmes rassemblées autour d'une autre, qui était couchée sur le pont et semblait à l'agonie.

Avelyn s'adressa à une femme qui se trouvait en dehors du cercle.

— Que se passe-t-il ?

— Brigit est en train d'accoucher, et ça ne se passe pas bien.

Pourquoi une femme aussi avancée dans sa grossesse avait-elle pris le risque d'entreprendre ce voyage ?

Qu'avait-elle en tête ?

Pourquoi son mari avait-il autorisé une telle folie ?

L'attroupement prenait de l'ampleur. Avelyn s'y fraya un chemin.

— N'y a-t-il pas d'accoucheuse sur le bateau ?

— La cuisinière a déjà fait ça, dit une jeune fille. Mais elle est trop malade pour quitter sa paillasse.

Avelyn plongea la main dans le sachet contenant le gingembre et en donna quelques morceaux à la jeune fille.

— Allez lui porter ça et dites-lui que nous avons besoin de son aide, malade ou pas.

La future mère cria à nouveau, et Avelyn eut toutes les peines du monde à ne pas se couvrir les oreilles, tant sa souffrance était poignante.

Elle repéra le capitaine et marcha d'un pas décidé vers lui, sachant ce qu'elle avait à faire.

— Il faut prévenir immédiatement Elrik, dit-elle d'un ton assuré. Cette femme a besoin d'aide.

Il la regarda de haut.

— Si cette femme décède, nous jetterons son corps à la mer, voilà tout. Pour le reste, nous mouillerons l'ancre quand Sa Seigneurie en donnera l'ordre.

Avelyn redressa les épaules et regarda l'homme droit dans les yeux.

— Vous savez très bien qui je suis. En l'absence de mon mari, je vous donne un ordre que vous allez suivre.

Elle laissa passer un silence, soutenant toujours fièrement le regard de l'homme.

— Sinon, je saute à la mer. Je pense que cela devrait suffire à attirer son attention.

Le capitaine jura entre ses dents, mais il se retourna pour ordonner à l'équipage de dresser le pavillon rouge et de positionner le navire le long de celui d'Elrik.

Avelyn retourna près de la future mère et s'agenouilla pour lui prendre la main.

— Tenez bon. Nous allons avoir de l'aide. Où est votre mari ?

— Sur… le… premier… bateau.

Elle était à bout de souffle et peinait à parler, mais Avelyn fut quelque peu rassérénée par sa réponse.

Elrik n'était pas un homme dénué de cœur. Il permettrait sûrement au mari de cette pauvre femme de rejoindre leur bateau.

Il s'était écoulé étonnamment peu de temps avant que le capitaine ne vienne chercher Avelyn pour la conduire au gaillard d'avant.

Par-delà les vagues, elle observa son mari, comme si elle le découvrait pour la première fois.

Le vent rabattait sur son visage sa chevelure parsemée de fils d'argent. Sa posture, jambes écartées, mains sur les hanches, et cette sombre expression désormais familière, ne faisait qu'ajouter à son charme, et elle songea qu'elle avait beaucoup de chance d'être mariée à un homme aussi séduisant.

— Quoi encore ? cria-t-il.

— Nous avons besoin d'une accoucheuse.

Un des hommes sur le pont laissa tomber la caisse qu'il portait et s'approcha du bastingage.

— C'est Brigit ?

— Oui.

Elrik jura.

— Il y a une femme enceinte à bord ?

Un cri l'interrompit, mais lui fournit la réponse qu'il attendait.

— Milord…

Avelyn marqua une hésitation avant de reprendre.

— Pouvez-vous vous passer des services de son mari ?

Il eut un sourire mauvais qui la poussa à s'agripper

à la rambarde, de crainte que l'émotion ne la fasse basculer par-dessus bord.

— Non, milady, je ne puis me passer de lui. Mais je l'échangerai contre vous lorsque nous ferons halte.

Après avoir proféré ce qui ressemblait fortement à une mise en garde, il descendit l'échelle et se rua vers le futur père, qu'il prit par le cou et entraîna à l'écart.

Avelyn ne pouvait pas entendre la conversation, mais elle se doutait qu'elle ne devait pas être plaisante. Comme ne le serait pas non plus celle qu'ils auraient très prochainement.

Au grand soulagement d'Avelyn, les navires se déroutèrent presque aussitôt et, bien plus vite qu'elle ne l'aurait cru, la terre apparut.

Plongeant la main dans le sachet qui ne la quittait pas, elle prit un nouveau morceau de gingembre, dont les réserves diminuaient à vue d'œil.

Ce n'était pas tant pour calmer son estomac, que pour tenter d'apaiser l'inquiétude qu'elle éprouvait à l'idée de devoir affronter son mari, non plus à distance, mais face à face.

Elrik, Samuel et Fulke se tenaient déjà sur l'embarcadère, tandis qu'on attachait à un pilier son bateau. Les quatre autres navires avaient continué à faire route.

Avelyn ignorait où ils étaient, mais il semblait s'agir d'une ville de bonne taille, et tout permettait de croire qu'ils n'auraient pas de mal à y trouver une accoucheuse.

Samuel et Fulke lui adressèrent un signe de tête courtois, tandis qu'ils montaient à bord. Le mari de

Brigit se précipita vers sa femme. Derrière lui, deux gardes portaient un brancard et des couvertures.

Elrik sauta de la planche qui menait au pont et se posta devant Avelyn, l'observant en silence.

Elle sentit un frisson glacé courir le long de sa colonne vertébrale, qui n'était pas dû au vent mais à la froideur de son mari.

Déterminée à ne pas se laisser intimider aussi facilement, elle redressa les épaules, prit une profonde inspiration et lui rendit son regard.

C'était lui qui l'avait abandonnée. Même s'il lui avait expliqué pourquoi, même s'il avait présenté ses excuses, si quelqu'un devait être en colère, c'était elle.

Sa seule réaction fut de hausser un sourcil, puis de lui adresser un signe de tête cérémonieux, avant d'aller parler au capitaine.

S'attendait-il à ce qu'elle accepte sa colère comme un juste retour de sa rébellion ?

Elle se mordit la langue pour ne pas dire quelque chose qu'elle ne pourrait plus reprendre ensuite.

Les hommes déposèrent la femme en détresse sur le brancard et l'évacuèrent. Au passage, Fulke pressa gentiment la main d'Avelyn, avant de suivre les autres.

Elrik termina sa conversation avec le capitaine et, sans un mot pour elle, monta sur la planche qui faisait la liaison entre le pont et le quai.

Avelyn connut un instant de panique.

Allait-il à nouveau la laisser derrière lui ? Mais elle devait le mettre en garde contre Osbert. Comment faire s'ils se trouvaient sur deux bateaux différents ?

Ses yeux s'emplirent de larmes, qu'elle chassa d'un revers de main nerveux. Il n'était pas question qu'elle pleure pour un homme qui ne voulait pas d'elle. Elle ne serait pas comme sa mère, qui avait passé toute sa vie à pleurer pour un homme qui ne se souciait aucunement d'elle.

Elle pivota sur ses talons, prête à rejoindre le groupe de femmes avec qui elle avait sympathisé la veille. C'étaient peut-être des catins, impétueuses et manquant de raffinement, mais elles n'avaient pas honte de lui tenir compagnie.

— Lady Avelyn !

Tournant la tête pour voir ce que lui voulait Elrik, elle fut surprise de voir qu'il tendait le bras vers elle pour l'inviter à la rejoindre.

Comme elle hésitait, il s'impatienta.

— Venez, dit-il.

Son ton n'était pas le moins du monde amical, mais il n'était pas non plus exagérément belliqueux.

Consciente que tous les regards étaient rivés sur elle, et que ce n'était pas le moment de faire un scandale, elle monta sur la planche, et il lui prit la main.

Les doigts qui se refermèrent sur les siens étaient chauds, lui procurant une sensation de sécurité, dont elle comprit à cet instant qu'elle lui avait manqué.

Les femmes avec qui Avelyn avait sympathisé se précipitèrent pour lui dire au revoir.

L'une cria :

— N'oublie pas ce que nous t'avons appris.

Bien qu'elle doutât de pouvoir mettre un jour ces leçons à profit, elle promit :

— Je n'oublierai pas.

Elrik la regarda curieusement, avant de jeter un regard par-dessus son épaule aux autres femmes

Elle ne dit rien. Il n'était pas question qu'elle lui explique ce que ces femmes lui avaient décrit.

Ce serait terriblement embarrassant. Bien plus encore que d'avoir écouté les leçons incroyablement indécentes qu'elles lui avaient prodiguées.

Après l'avoir aidée à monter à bord de son navire, Elrik la fit entrer dans une cabine.

La semi-obscurité, sa présence envahissante, l'air chaud, la soudaine sensation d'intimité ne firent qu'ajouter à sa nervosité.

Regardant autour d'elle, elle découvrit un tabouret, une petite table, une malle et un lit, qui semblait occuper toute la place.

Elle croisa les mains pour les empêcher de trembler, se demandant ce qui l'attendait.

En proie à des picotements nerveux dans les bras et les jambes, le cœur battant trop vite, elle était comme un chat au poil dressé face à un danger imminent.

De ses discussions avec les catins, elle avait appris en quoi consistait le devoir conjugal. Elle se souvenait que certaines avaient affirmé que l'on pouvait éprouver un immense plaisir dans les bras d'un homme.

Mais ces leçons ne parvenaient pas à la calmer.

Obéissant à une soudaine impulsion, elle se précipita hors de la cabine.

Elle percuta de plein fouet un corps massif qui bloquait l'entrée.

Elrik la saisit par les épaules, et elle se débattit pour se libérer.

— Arrêtez cela.

Comme elle persistait à vouloir lui échapper, il l'attira étroitement contre lui et lui caressa les cheveux.

— Avelyn, arrêtez. Personne ne va vous faire de mal, et surtout pas moi.

Elle se détendit suffisamment pour être capable de réfléchir.

Depuis qu'elle le connaissait, il ne l'avait jamais brutalisée. Il n'avait jamais cherché à abuser d'elle pendant le voyage, alors qu'elle était à sa merci. Au fond de son cœur, elle savait bien qu'elle n'avait rien à craindre de lui.

Et pourtant elle ne parvenait pas à contrôler le tremblement de ses jambes. Elle continuait à avoir peur, mais pas de lui.

En fait, elle redoutait ce qui allait se passer, pas tant le rapprochement physique, quoique cela la mît un peu mal à l'aise, mais plutôt l'inévitable conversation qui allait s'ensuivre.

Comment réagirait-il quand elle allait lui parler d'Osbert ?

Penserait-il qu'elle était impliquée d'une façon ou d'une autre dans les manigances de son frère ?

Ou bien serait-il persuadé de son innocence ?

— Je dois prendre des arrangements pour mes hommes et la femme de Matthew, déclara Elrik. Restez là. Reposez-vous. Je serai de retour aussi vite que possible.

Il sortit aussitôt, et elle l'entendit donner des ordres pour que la cabine soit gardée.

Peu après, alors que la curiosité la poussait à jeter un œil dehors, elle découvrit que Samuel et Fulke avaient pris place de part et d'autre de l'entrée de la cabine.

Son soupir de soulagement attira leur attention.

— Vous vous attendiez à quelqu'un d'autre ? demanda Samuel.

— Je n'étais pas sûre, mais je suis heureuse que ce soit vous.

Fulke grommela.

— Comme si nous n'avions pas mieux à faire que de vous surveiller.

Son expression était trop menaçante pour être vraie. Elle ne put s'empêcher de se moquer de lui.

— Quoi, par exemple ?

Il haussa les épaules.

— Sur ce bateau, pas grand-chose.

— Vous comprenez que vous avez désobéi à un ordre ? demanda Samuel.

— Pour la bonne cause.

— En mer, la punition pour désobéissance est plutôt rude, dit Fulke. Si vous étiez un homme d'équipage, vous seriez attachée au mât et fouettée.

— Quelle horreur !

— Ce n'est arrivé qu'une fois sur un bateau appartenant aux Roul, et Elrik n'en était pas le commandant, expliqua Simon. C'était son père. Et celui qui a reçu le fouet, c'était votre mari.

Avelyn n'en croyait pas ses oreilles.

— Son père a été assez cruel pour faire cela ?

— Elrik était en désaccord avec le vieux lord et ses compagnons, et n'avait nul désir de trahir le roi David.

Avelyn savait que son père avait joué un rôle dans cette trahison, mais elle ne savait pas précisément ce qu'il avait fait.

— Que s'est-il passé ?

Les deux hommes échangèrent un regard, hésitant visiblement à en dire plus.

— Le roi David m'a dit que mon père était impliqué, dit-elle, pour les encourager.

À son grand soulagement, ce fut suffisant pour que les deux hommes acceptent de répondre à sa question.

— Avez-vous déjà vu votre père haranguer un groupe d'hommes ? demanda Fulke.

— Non.

Elle ne l'avait entendu que crier et menacer. Mais il est vrai qu'elle n'était pas là quand il parlait aux autres. Elle n'était probablement pas assez importante pour assister aux discussions de ce genre.

— Dans ce cas, reprit Fulke, vous ignorez que votre père possède le don de convaincre les gens que ce qu'il leur dit reflète exactement leur pensée. Après avoir fait croire au vieux lord et ses amis que le roi allait leur prendre leurs propriétés et leurs titres pour les donner aux Normands, il lui a ensuite été facile d'attiser leur envie de vengeance.

— Il fallait voir cela, ajouta Samuel. Tous ces vieux barbons criant et gesticulant comme s'ils avaient vingt ans de moins et qu'ils avaient la capacité d'anéantir les forces du roi sans la moindre difficulté.

Fulke poursuivit le récit.

— Nous étions inquiets non seulement pour leurs vies, mais au sujet de leur santé mentale. Il était évident qu'ils avaient perdu la capacité à former des pensées rationnelles.

Samuel prit le relais.

— Elrik n'avait aucune envie d'embarquer. Une fois à bord, il n'a cessé de répéter que cette expédition était une folie. Au bout de deux jours, le vieux lord a commencé à perdre patience. Votre père lui a rappelé comment on traitait les désobéissants sur un bateau. Lord Roul n'a pas manqué de suivre ses conseils.

— Mon père a suggéré qu'il fasse fouetter son propre fils ?

Les deux hommes hochèrent la tête.

Avelyn avait envie de crier et de pleurer à la seule pensée d'un geste aussi dénué de cœur.

Quelles pensées avaient pu agiter l'esprit d'Elrik ?

— J'imagine qu'Elrik n'a pas facilité la tâche des hommes chargés d'exécuter la sentence ?

— Non.

Samuel eut un petit sourire.

— L'un est passé par-dessus bord en armure complète et a failli se noyer. Un autre a eu la jambe brisée et il claudique toujours.

Fulke poursuivit :

— Et s'il fut difficile d'être les témoins de la bagarre, ce fut un calvaire d'assister à la punition.

Entre ses dents, Samuel ajouta :

— J'aurais hurlé comme un animal blessé, mais Elrik n'a laissé échapper aucun son.

— Pas une fois il n'a vacillé, ajouta Fulke. Tout le temps qu'il recevait le fouet, il regardait son père droit dans les yeux.

Avelyn frissonna. Comment Elrik avait-il pu endurer sans broncher une telle douleur ? Pas uniquement la souffrance physique, mais la torture mentale de savoir que son père avait ordonné la punition à l'instigation d'un autre.

Sachant à présent que Brandr était responsable de tout cela, elle comprenait mieux pourquoi Elrik le haïssait.

Ce qui échappait en revanche à son entendement,

c'était pourquoi il avait accepté de la prendre pour femme.

Comment pouvait-il la regarder sans penser à son bourreau ?

— Quelques jours plus tard, Elrik se jetait aux pieds du roi pour le supplier de laisser la vie sauve à son père, lui révéla Fulke.

— Pourquoi Elrik a-t-il agi ainsi pour un homme qui l'avait traité si cruellement ?

— Parce qu'il a la loyauté chevillée au corps, Lady Avelyn. Quoi que vous fassiez, il vous défendra jusqu'à son dernier souffle.

Le commentaire de Samuel ressemblait à une mise en garde.

— Moi ? Je ne lui ai rien fait, et ce n'est pas mon intention.

— Nous avons déjà entendu cela d'une autre femme avant, et pourtant la peine infligée a été plus cruelle qu'une blessure physique.

Avelyn dévisagea Samuel.

— Vous parlez de sa première femme ?

Il hocha la tête.

— C'est à cause d'elle qu'il est devenu l'homme que vous voyez aujourd'hui.

— Qu'a-t-elle fait ? Où est-elle maintenant ?

Fulke posa une main sur l'épaule de Samuel.

— C'est à Elrik de vous le dire, pas à nous. Sachez seulement, Lady Avelyn, que même s'il grogne et bougonne, vous êtes sous sa responsabilité, et il prend cela au sérieux. Tout ce que nous vous demandons, c'est de ne pas abuser de sa loyauté. Nous vous protégerons au péril de notre vie, tant que vous agirez décemment avec Elrik.

Une goutte de pluie s'écrasa sur le nez d'Avelyn.

Elle leva la tête et vit que le ciel s'était assombri.

— N'ayez crainte, dit Samuel. Ce n'est qu'un nuage passager. Avez-vous faim ?

— Non.

Elle n'avait rien mangé depuis qu'elle avait quitté Carlisle, mais la simple mention de nourriture l'écœurait.

Fulke l'enveloppa d'un regard inquiet.

— Vous avez l'air fatiguée. Vous devriez retourner à l'intérieur et vous reposer.

Elle bâilla, prouvant qu'il avait vu juste, et hocha la tête.

— C'est sans doute une bonne idée.

De retour dans la cabine, Avelyn ôta ses bottes et ses bas, et se demanda si elle devait garder sa tunique.

Écartant la couverture doublée de fourrure, elle découvrit des draps propres.

Sa tunique était humide et sale, aussi elle décida de l'ôter. Puis elle se glissa entre les draps, seulement vêtue de sa chemise.

Un soupir lui échappa tandis qu'elle s'étendait de tout son long et remontait la couverture jusque sous son menton.

Elle devait réfléchir à des quantités de choses, avant de parler avec son mari.

Mais une courte sieste ne lui ferait pas de mal. Ça l'aiderait au contraire à éclaircir son esprit.

***

Elrik se glissa dans la cabine et déposa une pile de vêtements féminins sur la table. Cette fois, Avelyn ne pourrait contester ses achats. Elle était sa femme, et il avait le droit de lui acheter tout ce qu'il voulait.

Samuel passa un bras dans l'embrasure de la porte et lui tendit une lanterne.

Elrik était resté à terre plus longtemps que prévu, et le soleil s'était couché depuis un moment. Mais il avait fallu du temps pour s'occuper de Matthew et de sa femme, qui avait donné naissance à un garçon en bonne santé. Elrik leur avait laissé suffisamment d'argent pour couvrir tous les frais et leur permettre d'entreprendre le voyage vers les terres normandes de Roul Keep, dès que la mère et l'enfant seraient en état de voyager.

Il posa la lanterne sur la table et observa sa femme endormie.

Ses cheveux étaient emmêlés, ses joues rosies d'avoir passé plusieurs heures au soleil, ses traits adoucis par le sommeil. Elle avait repoussé sa couverture, exposant ses jambes.

Une vibrante convoitise s'empara de lui.

Il avait envie de caresser cette peau pâle et soyeuse.

Il avait envie d'embrasser ces lèvres semblables à un bouton de rose, jusqu'à ce qu'elles soient gonflées de désir.

Il avait envie de voir ces yeux s'enflammer de sensualité

Et il ferait tout cela.

Mais pas maintenant.

Pour le moment, ils devaient parler. N'était-ce pas pour cela qu'elle était venue ? C'était elle qui avait réclamé de discuter avec lui en privé.

Il se dévêtit rapidement et se glissa dans le lit, en se demandant si elle se réveillerait, et comment elle réagirait.

Elle lui fit de la place et, quand il roula sur le côté pour la regarder, elle se blottit instinctivement contre lui, comme s'ils avaient dormi ensemble comme cela depuis des années.

Un bras replié sous sa tête, il passa l'autre en travers de la taille d'Avelyn. Il avait presque oublié ce que cela faisait de partager un lit avec une femme : la chaleur d'un corps aux tendres courbes, un doux soupir, le soyeux d'une longue tresse effleurant son visage, un parfum enivrant…

Elrik avait fermé les yeux et commençait à se détendre, savourant des sensations oubliées. Une partie de son esprit avait envie que ce moment perdure, tandis qu'une autre le réprimandait d'une telle sottise.

Une fois il s'était laissé abuser par la gentillesse d'une femme.

Cela ne se reproduirait plus jamais.

Avelyn se blottit plus étroitement contre lui, sa peau douce et tiède pressant contre son entrejambe. Son cœur s'emballa, et il jura entre ses dents.

Avelyn se mit à s'agiter contre lui, lui indiquant qu'elle était réveillée.

— Elrik ?

— Oui.

Elle se tortilla contre lui, en un effort pour abaisser sa chemise entre eux. Hélas, ses mouvements innocents ne faisaient qu'exacerber l'envie qu'il avait de la faire sienne à l'instant même.

— Vous devez arrêter, grommela-t-il.

— Mais…

Il resserra le bras qu'il avait passé autour de sa taille et pressa son sexe contre elle.

Elle s'immobilisa, réalisant seulement qu'il était nu et prêt à tout autre chose qu'à parler ou à dormir.

— Oh ! dit-elle, dans un souffle.

— Tenez-vous tranquille.

Elle hocha vigoureusement la tête en guise de réponse.

Elrik déplia le bras qu'il avait passé derrière sa tête et attrapa une mèche de cheveux d'Avelyn.

— Que faites-vous là ?

— Je suis là parce que mon mari s'y trouve et que j'ai besoin d'avoir une discussion avec lui.

— Mais votre mari vous a dit de rester à Carlisle, jusqu'à ce que vos beaux-frères viennent vous chercher.

— Je ne pouvais pas attendre.

— Qu'y a-t-il de si important pour que vous ayez jugé bon de désobéir à un ordre ?

Comme elle ne répondait pas, il l'attira plus étroitement contre son torse.

La main sur son front, il lui renversa la tête en arrière et lui murmura à l'oreille :

— Il y a un prix à payer pour avoir désobéi à un ordre.

Il lui mordilla légèrement le cou.

— Surtout si cet ordre était destiné à assurer votre sécurité.

Elle trembla contre lui.

— Ma sécurité ? Mais comment pourrais-je ne pas être en sécurité avec le chef des Loups et ses hommes ?

Frustré de ne pas pouvoir contempler son visage, il la libéra le temps d'empiler les oreillers le long de la paroi du bateau, afin de s'en servir comme dosseret.

Quand elle se tourna pour voir ce qu'il faisait, il dit :

— Venez ici.

Avelyn hésita un peu trop longtemps à son goût. Aussi, Elrik l'attira à califourchon sur ses cuisses.

La lumière de la lanterne jetait un halo léger sur eux, offrant assez de clarté pour qu'il puisse voir ses yeux écarquillés de surprise.

— Vous êtes nu.

Il passa le pouce le long de sa mâchoire, avant de glisser les doigts dans la soie de ses cheveux pour attirer son visage vers le sien.

Contre ses lèvres, il murmura :

— Il va falloir vous y habituer. Avant que la nuit ne soit terminée, vous serez nue aussi.

Son petit cri de surprise résonna dans la cabine. Son souffle lui caressa le visage. Elle entrouvrit les lèvres.

Pour l'empêcher de commenter, il l'embrassa. Elle gémit doucement et posa les paumes sur son torse.

Lorsqu'il mit fin à leur baiser, elle le regarda d'un air de réprobation.

— Vous essayez de me détourner de mon but ?

— Oui.

Troublé par la lumière qui dansait dans ses yeux, la ligne de sa bouche adoucie par son baiser, il ne put résister à l'envie de lui caresser la joue.

— Comment vous êtes-vous échappée de Carlisle ?

— Je ne me suis pas échappée.

— Il vous a laissée partir ?

— Il m'a suggéré de le faire, estimant que c'était la meilleure solution.

— La solution à quoi ?

Elle tourna la tête et se mordilla la lèvre inférieure. À l'évidence, quelque chose la troublait grandement.

— Avelyn ?

Ses sourcils s'agitaient. Elle le fixa de son regard bleu glacier.

— Parlez-moi, Avelyn. Je suis tout disposé à vous aider, mais j'ai besoin de savoir ce qui vous met dans cet état.

— M'en voulez-vous pour ce que mon père vous a fait ? Serai-je celle qui paiera le prix de ses actes ? Comment avez-vous pu m'épouser ?

Elle avait prononcé ces mots dans un murmure, et dans une grande hâte.

— Avelyn, que se passe-t-il ? Pourquoi me demandez-vous cela ?

Elle baissa la tête, son menton touchant presque sa poitrine.

— Mon demi-frère, Osbert, vous a suivi, et je n'ai aucune confiance en lui.

Maintenant, il comprenait pourquoi elle était aussi perturbée et hésitante.

— Ce n'est pas vous qui l'avez envoyé sur mes traces ?

— Non !

Elle secoua vigoureusement la tête.

— Jamais de la vie.

Il n'était pas certain qu'elle ne le trahirait jamais, mais il était certain qu'elle ne l'avait pas fait cette fois-ci.

— Dans ce cas pourquoi vous inquiétez-vous ainsi ?

— Parce que vous m'avez dit que je regretterais de vous avoir connu si je vous trahissais.

— Et je le pense. Mais je sais sans l'ombre d'un doute que vous ne l'avez pas fait.

— Comment ? Comment pouvez-vous en être certain ?

— Depuis le jour où je vous ai trouvée, les rares moments où vous étiez hors de ma vue, Samuel et Fulke vous ont observée. Quand auriez-vous eu l'occasion de conspirer avec votre famille ? Pas après mon départ de Carlisle. Vous étiez dans votre chambre quand j'ai quitté la cour. Peu après, vous galopiez à bride abattue sur le ponton. Je suppose que vous avez parlé au roi David avant de partir.

— Oui. Il se méfie également d'Osbert et il a pensé que c'était une bonne idée que j'aille vous prévenir.

— Naturellement.

David avait dû y voir une opportunité de s'assurer que ce mariage qu'il avait arrangé soit rapidement consommé.

— Donc, vous n'avez pas eu le temps de fomenter quoi que ce soit avec votre frère, de parler au roi, et d'arriver à l'embarcadère avant le départ du dernier bateau.

Avelyn laissa échapper un soupir de soulagement.

— J'étais tellement inquiète de savoir comment vous réagiriez.

— Votre inquiétude n'avait pas de raison d'être.

Il resserra les bras autour d'elle.

— Que pensiez-vous que j'allais faire ?

— Vous mettre en colère ? Crier sur moi ? Me repousser ?

— J'étais en colère, c'est vrai. Mais c'est passé. Quant à crier sur vous, je sais que c'est inutile car cela vous bloque et vous n'écoutez plus rien.

Il déposa un baiser dans ses cheveux.

— Et vous repousser n'est pas ce que j'ai en tête pour vous cette nuit, ou n'importe quelle autre nuit. Mais d'abord nous devons découvrir si votre demi-frère se trouve sur l'un des bateaux.

— Il n'est pas sur celui des femmes.

— Je sais. J'ai veillé à ce que tous les membres de l'équipage viennent de Roul Isle.

— Et il ne semble pas être sur celui-ci non plus.

— Ah, c'est donc cela que vous regardiez hier, quand vous avez observé les hommes sur le bateau, avant de me dire ce que vous vouliez ?

— Oui.

— Il peut donc être sur l'un des quatre autres.

Un frisson courut le long de la colonne vertébrale d'Avelyn. Il passa la main dans son dos pour le chasser.

— Il ne peut pas vous atteindre.

— Je ne m'inquiétais pas pour moi.

Elrik éclata de rire.

— Vous vous faites du souci pour moi ?

— Vous ne le connaissez pas.

Elle se redressa pour le regarder.

— C'est le diable.

— Comme son père.

— C'est vrai, mais Osbert est encore pire. Rusé, cruel, et sans aucun honneur.

— Parce que vous croyez que Brandr a de l'honneur ?

Elle ne répondit pas, et il préféra ne pas insister, au risque de la choquer par des mots trop durs.

Au lieu de quoi, il demanda :

— Il voyage seul ?

— Non. Il y avait cinq hommes avec lui dans la cour.

— Donc, il est sur le troisième et le quatrième navire.

— Comment savez-vous cela ?

— Parce que six hommes se réclamant du roi David sont arrivés à la dernière minute. Comme personne ne les connaissait, je les ai séparés, en affectant la moitié à chacun de ces deux bateaux.

— Vous ne croyez pas qu'ils vont essayer de provoquer un soulèvement parmi vos équipages, comme l'a fait mon père ?

— Ah, je vois que vous avez récolté des informations.

— Oui.

— Non, je doute qu'ils aient la capacité de votre père à haranguer des hommes et à les rallier à leur cause. En outre, les capitaines de ces navires sont des hommes du roi David, et ils les remettront en place.

Avelyn croisa les mains devant elle et les observa.

— Donc, s'ils désobéissent à un ordre, ils seront punis ?

Elrik s'étonna de la nervosité à nouveau présente dans sa voix tremblante.

— Oui.

— Vais-je moi aussi être punie pour vous avoir désobéi en quittant Carlisle ?

La punir ?

Le croyait-elle cruel à ce point ?

Il lui saisit le menton et redressa son visage, afin de pouvoir croiser son regard.

— D'où vous vient cette idée ?

Les yeux d'Avelyn se remplirent de larmes.

— Elrik, je suis désolée pour ce que mon père vous a fait.

Ce que son père lui avait fait…

Cela faisait bien longtemps que plus personne ne parlait de la trahison de Brandr.

Quelque chose lui dit que certains avaient été trop bavards, et que leur récit avait terriblement effrayé sa femme.

Chapitre 12

— Avelyn, nous devons éclaircir certaines choses.

Il tapota la place à côté de lui.

— Venez ici.

Elle se rapprocha, et il passa un bras autour de ses épaules pour l'attirer contre lui.

— Il n'y a rien que vous ne puissiez me dire ou me demander.

Son étrange petit bruit d'incrédulité, entre soupir et ricanement, le fit rire, mais il attendit qu'elle réponde.

— Et si cela vous mettait en colère ?

— Eh bien, je me mettrai en colère. Je ne suis pas un saint, mais je n'ai jamais fait de mal à une femme et je ne vais pas commencer à le faire avec ma propre femme. Que craigniez-vous que je fasse ?

— Mon père…

— Je n'ai rien à voir avec votre père.

Si elle craignait de déclencher sa colère, parler de son père était une bonne façon d'y arriver.

Cette conversation n'allait pas être facile. Il avait attaqué des seigneuries fortifiées avec moins de crainte qu'aujourd'hui.

Il prit une profonde inspiration pour calmer son tempérament.

— Non, je ne suis pas comme votre père. Depuis le temps que vous me connaissez, qu'ai-je fait pour vous inciter à penser une telle chose ?

Elle rejeta la tête en arrière pour l'observer, un sourcil levé en accent circonflexe.

Elrik comprit ce qu'elle sous-entendait. Il avait perdu son calme et menacé de tuer son père, quand ils se trouvaient dans le cabinet du roi. Mais c'était différent. C'était d'homme à homme.

— Je parlais de vous, Avelyn. Que vous ai-je fait à vous ?

— Rien.

— Que croyez-vous que je ferai ?

Elle haussa les épaules.

Elrik ferma un instant les paupières, puis il la regarda dans les yeux.

— Si vous voulez que nous fassions la paix, vous devez me parler. Je ne peux pas deviner vos pensées.

Comme elle gardait le silence, il ajouta :

— Je vous jure que rien de ce que vous me direz ne changera le fait que nous sommes mariés. Aucune de vos paroles ne provoquera une réaction belliqueuse de ma part.

Son intonation se fit plus douce, plus persuasive.

— Parlez-moi. Dites-moi ce que vous avez sur le cœur.

— Mon père a-t-il convaincu le vôtre de se rebeller contre le roi David ?

— Oui. Brandr a réussi à convaincre de nombreux vieux lords de se rassembler pour commettre une forfaiture qui n'avait aucune chance de succès.

— Et vous vous êtes trouvé pris au milieu ?

— J'espérais pouvoir faire entendre raison à mon père, mais j'ai lamentablement échoué.

— Et vous en avez chèrement payé le prix.

Il lui en avait déjà parlé. Si elle évoquait à nouveau ce sujet, c'était qu'il devait y avoir une raison.

— Gregor et moi avons offert de prendre la place de notre père. Le roi a exigé que nous le servions tous les quatre, en échange de la vie de notre père.

— Comment avez-vous pu accepter de vous sacrifier, alors que votre père s'était montré aussi cruel avec vous ?

Elrik connaissait deux hommes qui allaient se faire taper sur les doigts pour lui avoir raconté cela.

— Croyez-vous que c'est ce que je vais vous faire pour ne pas être restée à Carlisle ?

Il baissa les yeux vers elle, mais elle regardait ailleurs.

Elrik se demanda si ce qu'il allait faire aiderait Avelyn, ou bien au contraire la choquerait davantage. Jamais auparavant il n'avait fait étalage de ses cicatrices, surtout devant une femme. Mais, à cet instant, il fallait la faire réagir. Puisque les mots n'avaient aucun effet sur elle, il fallait tenter autre chose.

Il se tourna sur le côté pour qu'elle puisse voir son dos.

— Avelyn, regardez-moi.

Son petit cri de surprise et d'horreur mêlées résonna dans l'étroite cabine.

Jetant un coup d'œil par-dessus son épaule, il vit l'effroi et la tristesse qui assombrissaient son visage.

Elle eut un geste vers son dos, mais ses doigts s'arrêtèrent à quelques centimètres de sa peau.

— Ce ne sont que des cicatrices.

Un frisson courut le long de son échine, tandis qu'elle effleurait timidement son dos.

— Je suis désolée.

Son intonation choquée pesa sur le cœur d'Elrik.

Sa caresse, légère comme le frôlement d'une plume, lui donna l'envie de l'attirer dans ses bras et de chasser la culpabilité qu'elle portait pour quelque chose dont elle n'était pas responsable.

— Vous n'avez pas à être désolée.

— Si. Je regrette très sincèrement le rôle que mon père a joué dans ce cruel traitement.

Elrik se retourna et se cala contre les oreillers.

— Cela remonte à loin, maintenant. Et puis, très honnêtement, cela devait bien finir par arriver un jour ou l'autre.

— Comment avez-vous pu…

Sa voix se brisa, mais elle fit une nouvelle tentative.

— Comment avez-vous pu supporter cela ?

— Ma petite colombe, mon père et moi étions à couteaux tirés depuis fort longtemps. Plus je gagnais en âge, plus je testais sa patience. J'ai pu le supporter, parce que je savais que ça l'irriterait encore plus. Je ne voulais pas lui donner le plaisir de me briser. Pas plus que je ne voulais donner à Brandr la satisfaction de croire qu'il avait réussi son mauvais coup.

— Oh ! Elrik, je suis tellement triste pour vous. Jamais je ne vous ferai de tort d'aussi effroyable façon. Je vous jure de ne jamais vous trahir. Jamais je ne chercherai à vous faire du mal, physiquement ou sentimentalement. Jamais.

Que diable Samuel et Fulke étaient-ils allés lui raconter ?

Il était évident qu'elle ne causerait aucun tort. Il savait très bien qu'elle n'était pas comme son diable de père.

Ses pensées dévièrent soudain.

Pourquoi avait-elle parlé de sentiments ?

Samuel et Fulke n'auraient tout de même pas osé lui parler de…

Non. Il avait soudain l'impression d'avoir reçu un coup de poing dans l'estomac.

Qu'il le veuille ou non, il avait besoin de mettre un terme à tout cela, avant que ça n'aille trop loin.

— Rapportez-moi précisément ce que Samuel et Fulke vous ont dit.

Avelyn se redressa lentement pour s'asseoir et regarda Elrik dans les yeux.

Il ne semblait pas en colère. Du moins n'en avait-elle pas l'impression.

Impatient ? Non.

Il s'agissait d'autre chose. Quelque chose qu'elle n'avait encore jamais vu auparavant et qu'elle ne parvenait pas à déterminer.

Elrik mit une main sur sa joue, avec une douceur surprenante.

— Posez-moi toutes les questions que vous voulez, Avelyn, mais je ne mentirai pas. Soyez donc certaine d'avoir réellement envie de savoir.

Demander tout ce qu'elle voulait était une perspective tentante.

Mais souhaitait-elle réellement tout apprendre au sujet de sa première femme ? Elle avait l'impression que cette dernière avait beaucoup compté à ses yeux.

Et, si cette femme l'avait blessé au point qu'il soit incapable d'éprouver des sentiments pour elle, serait-elle capable d'accepter sa réponse ? Ou bien serait-il plus difficile de ne pas savoir ?

Elle prit une profonde inspiration, avant de parler.

— Je sais que vous avez déjà été marié auparavant. Et, même si je suis curieuse, je suis beaucoup plus concernée par notre mariage et par notre avenir que par votre passé. J'ai peur que la réponse me soit trop difficile à supporter.

Elle laissa passer une pause infime.

— Donc, je n'ai qu'une question, une chose que je veux savoir par-dessus tout ?

Elle se pencha, les mains à plat sur son torse, pour demander :

— Lord Elrik, sommes-nous légitimement mariés ?

La flamme de la lanterne dansait dans ses yeux. Un sourire étirait le coin de sa bouche.

Avant qu'elle ait eu le temps de deviner ce qu'il avait en tête, il l'entraîna dans une étreinte qui lui coupa le souffle.

Et, par la simple magie de son baiser, toutes ses craintes s'envolèrent.

Il la fit rouler sur le dos et, se hissant sur les coudes, interrompit leur baiser.

— Oui, Avelyn, nous sommes légitimement mariés. Le roi David a signé des documents. Un jeu ira à mes frères, sur Roul Isle, tandis que l'autre restera en sa possession. Vous ne vous débarrasserez pas aussi aisément de votre vieux et laid guerrier.

Son commentaire prit Avelyn par surprise. Elle le toisa, essayant d'imiter son air sévère, mais doutant d'être aussi intimidante que lui.

— Vous n'êtes pas vieux et vous êtes loin d'être laid. J'ai trouvé Richard, avec son visage de jouvenceau, beaucoup moins attirant que mon loup de mari.

— Ah, mais il a pourtant de plus beaux traits.

Elle secoua la tête.

— Vous connaissez mal les femmes. Sa joliesse trahit son inexpérience. Il n'est visiblement pas assez viril pour assurer ma protection. En outre, qui a dit que je voulais me débarrasser du chef des Loups ?

Elle lui caressa le bras du bout des ongles.

— Tout au moins, pas avant de m'être rassasiée de ses baisers.

Il écarquilla les yeux, avant de la prévenir.

— Faites attention à ce que vous demandez, petite colombe. Vos griffes ne font pas le poids contre mes crocs.

Elle rit de sa gaminerie. C'était ce qu'elle avait toujours voulu chez un homme. Quelqu'un qui rirait avec elle, et non pas à ses dépens.

— Avelyn, vous n'avez pas posé de questions, mais je consens tout à fait à apaiser votre esprit.

Lorsqu'elle ouvrit les lèvres pour lui dire qu'une explication n'était pas nécessaire, il glissa la langue le long de sa lèvre inférieure, puis il fit disparaître ses mots dans un baiser.

Le moment vint trop vite où il s'arrêta.

— En ce qui concerne ma première femme…

Il se rembrunit et son regard se perdit dans le vide quelques instants, avant qu'il ne pose à nouveau les yeux sur elle.

— Muriel et moi nous sommes rencontrés une seule fois avant notre mariage. Elle était plus âgée que moi, plus expérimentée, et elle m'a très facilement fait croire que nous étions profondément amoureux.

Il marqua une pause, songeur.

— Je me suis très vite rendu compte combien je me trompais, et avec quelle facilité elle m'avait berné. Mais nous étions mariés, et il n'y avait plus rien à faire.

Avelyn essaya de ne pas se laisser submerger par la crainte qui lui nouait soudain l'estomac.

— Comment savez-vous que notre mariage n'est pas lui aussi une erreur ?

— Il n'y a aucun moyen d'être certain. Mais, la différence, c'est que nous n'avons ni l'un ni l'autre conclu cette union sur une base sentimentale.

— C'est exact.

Elle n'était pas amoureuse de lui. En tout cas, elle ne pensait pas que les émotions dont elle était la proie étaient de l'amour. Quant à lui, elle savait très bien qu'il n'éprouvait pas d'amour pour elle.

— Que lui est-il arrivé ?

— Nous étions mariés depuis quelques mois, quand je suis revenu d'une mission pour le roi. Je l'ai trouvée folle de rage parce qu'elle venait de découvrir qu'elle portait un enfant.

— De rage ? Pourquoi une femme se mettrait-elle dans cet état en découvrant qu'elle allait être mère ?

— Parce qu'elle ne voulait pas accoucher d'un loup. Elle disait que mon enfant naîtrait avec des crocs et qu'il la tuerait.

Avelyn songea que cette femme avait l'esprit dérangé, mais garda ce commentaire pour elle.

— Je pensais avoir calmé ses inquiétudes et je croyais que tout allait bien. Lorsque je suis rentré de ma mission suivante, elle était en train de mourir. Elle avait pris une concoction de racines pour se débarrasser du bébé et s'était empoisonnée.

— Oh ! Elrik, ça a dû être terrible pour vous.

— Non. Ce qui fut terrible, ce fut sa confession sur son lit de mort. Elle me craignait. Elle me détestait car j'étais un monstre.

— Elle avait perdu l'esprit.

— Oui, c'est la peur qui l'a rendue ainsi.

— J'en doute. Elle devait déjà souffrir de troubles mentaux avant que vous ne l'épousiez.

— Mais elle avait raison sur un point : je suis un monstre.

— Absolument pas. Il n'y a aucune raison d'avoir peur de vous.

— Vous êtes la première femme à penser cela.

— Alors, les autres femmes étaient aveugles.

Elle soupira.

— C'est triste que votre premier mariage se soit si mal terminé, alors que vous y aviez mis autant d'espoir. Et il est facile de comprendre pourquoi vous ne vouliez pas d'une autre femme.

Il caressa la ligne de sa mâchoire, en terminant par une pichenette sur son nez.

— Ce n'est pas tout à fait exact. Je vous voulais comme épouse, mais plus tard, quand j'aurais retrouvé la pleine et entière possession de Roul Keep.

Avelyn ne comprenait toujours pas pourquoi il la voulait, elle, la fille de Brandr, pour épouse.

Mais ce n'était pas le moment de tenter de résoudre cette énigme.

Ses émotions étaient brouillées du simple fait de la proximité entre eux. Toute pensée raisonnable était rendue impossible alors que la chaleur du corps d'Elrik se propageait au sien.

Il frotta son menton contre le sien.

— Mais, petite colombe, je me rends compte que je pourrais aisément m'habituer à vous avoir à mes côtés.

Elle s'obligea à sourire, espérant ne laisser paraître aucun signe résiduel d'inquiétude.

— Et je n'ai pas à redouter que vous me mentiez, car vous n'êtes pas du tout douée pour cacher quoi que ce soit.

Il effleura ses lèvres d'un rapide baiser.

— De toute façon, il ne sert à rien de se demander si ce mariage est une erreur ou non. Ce qui est fait est fait.

Sa logique n'empêchait pas Avelyn de s'inquiéter.

— Vous pourriez m'exiler.

— C'est vrai.

Il effaça du bout de son pouce le pli soucieux qui lui barrait le front.

— Mais, si je faisais cela, comment saurais-je ce qui vous fait frissonner ?

Comme un fait exprès, elle frissonna tandis qu'il lui caressait le cou du bout des doigts.

— Et comment saurais-je ce qui apporte un soupir à vos lèvres ?

Les lèvres d'Elrik se posèrent sur les siennes, chaudes et conquérantes.

Vibrant de tout son corps, elle s'agrippa aux épaules puissantes de son mari et s'abandonna aux mains expertes qui caressaient son dos, la plaquant contre ce corps viril.

— Jamais je ne vous entendrais soupirer d'étonnement tandis que le désir monte en vous.

D'un geste impatient, il dénoua le lacet de sa chemise, écarta l'encolure et libéra un sein. La sensation de froid fut vite remplacée par la chaleur de sa paume.

Mais le plus étonnant restait à venir.

Avec un grognement qui ressemblait à celui d'un prédateur impatient de dévorer sa proie, il plongea la tête et prit dans sa bouche la pointe dressée.

Elle gémit de surprise sous la chaleur de sa langue.

Relevant à peine la tête, il murmura :

— Et comment vous entendrais-je gémir et crier tandis que le plaisir vous submerge ?

Elle se concentra sur l'intense chaleur qui envahissait son ventre, tandis qu'il glissait la main sous le bas de sa chemise et lui caressait la cuisse.

Fermant les yeux, elle retint son souffle, à l'écoute des sensations délicieuses qu'il éveillait en elle.

Au bout d'un moment, elle remarqua qu'il avait interrompu sa troublante ascension.

— Vous vous cachez, ou vous êtes toujours là ? susurra-t-il contre son oreille.

Avelyn tourna son visage vers la chaleur de son souffle, pour le regarder.

Son cœur s'accéléra un peu plus quand elle découvrit l'intense flamme qui dansait dans ses prunelles assombries.

Elle eut du mal à avaler sa salive, surprise par la sécheresse de sa bouche, et répondit avec sincérité :

— Je ne sais pas à quoi m'attendre.

Il lui caressa doucement la joue.

— Je l'espère bien, Avelyn. Je ne veux pas vous sentir effrayée sous mes caresses. Aussi, dois-je vous demander si vous souhaitez devenir pleinement ma femme dans ce lit ?

Elle écarquilla les yeux.

— Vous me laissez le choix ?

Il éclata de rire.

— Ce n'est pas quelque chose que je veux vous faire. Je préfère que nous le fassions ensemble, car c'est plus agréable ainsi.

La réponse d'Elrik la fit trembler d'un besoin qu'elle ne comprenait pas totalement.

— Et si je disais non ? poursuivit-elle, d'un ton hésitant.

— Nous en resterions là.

Comme il se redressait pour s'asseoir, elle lui prit le bras.

— Non, Elrik. Ne me laissez pas. Je ne sais pas ce que vous avez éveillé, mais je ne trouverai pas le repos si vous partez.

Il baissa les yeux vers elle.

— Avez-vous confiance en moi ?

— Pourquoi n'aurais-je pas confiance ? Vous m'avez demandé mon avis, alors qu'il vous suffisait de prendre ce à quoi vous avez droit.

— Mais j'ai besoin de savoir que vous êtes consentante. Je veux entendre les mots de votre bouche.

— Oui. Je suis consentante.

Il passa un doigt dans l'encolure de sa chemise.

— Vous comprenez qu'il faut enlever ceci ?

Elle hocha lentement la tête, en essayant d'oublier la chaleur qui l'envahissait.

Quand il eut fait passer la chemise par-dessus sa tête, elle croisa spontanément les bras sur ses seins.

— Ne faites pas ça, protesta Elrik.

Prenant ses seins en coupe dans ses paumes, il se

pencha pour déposer un baiser sur le haut des rondeurs ainsi mises en valeur.

— Et puis, ce mariage m'a coûté cinq bateaux. J'ai envie de voir ce que j'ai obtenu en échange.

Les fines rides qui se creusaient au coin de ses yeux, la lueur malicieuse qui animait son regard, et le sourire narquois qui retroussait ses lèvres, lui apprirent qu'il plaisantait.

Rieuse, elle demanda :

— N'est-ce pas ainsi que vous achetez un cheval ?

— En fait…

Il s'interrompit pour picorer son cou de baisers.

— Pour acheter un cheval, il y a plusieurs étapes à observer.

Ses lèvres suivirent le contour de son oreille.

— Voulez-vous savoir lesquelles ?

Avelyn avait du mal à respirer et plus encore à répondre à des questions sans aucun sens.

Entre les battements saccadés de son cœur et la chaleur qui se déversait dans ses veines, elle parvint seulement à marmonner :

— Hum ?

Elrik se redressa et lui écarta doucement les paupières.

— D'abord, il faut vérifier s'il n'est pas aveugle.

Il entrouvrit ensuite ses lèvres.

— Puis il faut regarder ses dents pour estimer son âge. Je dirais… Entre dix-neuf et vingt-cinq.

— Vingt-cinq !

Elle lui mordilla les doigts.

— Oh ! un mordeur. Il va falloir le surveiller, celui-là.

Il pressa les mains de part et d'autre de son visage et de son cou.

— Pas de raideurs ou de signes de douleur.

Passant à ses bras, il vérifia ses épaules et ses coudes, avant de palper son torse et ses flancs.

— Un peu fin, mais pas trop maigre.

Il descendit le long de ses jambes.

— Pas de malformations…

Soulevant ses chevilles, il inspecta la plante de ses pieds.

— Les sabots sont bien…

Avelyn savait qu'il plaisantait pour la distraire et l'apaiser. Mais, quand ses doigts chauds et habiles remontèrent à l'intérieur de ses cuisses, effleurant bientôt le plus secret de sa féminité, elle cessa de rire et comprit que l'instant était crucial.

Le sombre et séduisant regard d'Elrik la maintenant immobile.

— Êtes-vous vraiment certaine que c'est ce que vous voulez, Avelyn ?

— Oh ! oui !

Au lieu de venir au-dessus d'elle, comme elle s'y attendait, il reporta son attention sur ses jambes. Mais, cette fois, les lèvres d'Elrik remplacèrent ses doigts.

Rien ne fut oublié, de sa cheville à la zone sensible derrière son genou. De l'arrière de sa cuisse à la rondeur de son postérieur.

Il ne touchait que sa jambe, mais son corps tout entier avait succombé à la magie qu'il déployait autour d'elle.

Son cœur battait follement dans sa poitrine. Ses seins semblaient plus lourds et pointaient comme s'ils appelaient la friction de ses paumes calleuses, la chaleur de sa bouche.

Les joues d'Avelyn s'enflammèrent à cette pensée, et elle ferma les yeux.

Une nouvelle fois, Elrik la rappela gentiment à l'ordre.

— Avelyn, ne vous cachez pas de ce qui vous trouble, que ce soit en mal ou en bien. Je suis là, partagez-le avec moi.

— Je ne sais pas quel sort vous m'avez jeté. Je ne trouve pas de mots pour exprimer ce que je ressens.

— Je n'ai pas besoin d'entendre vos paroles, alors que je lis dans vos yeux ou dans vos réactions ce qui se passe en vous. Il n'y a pas de magie, Avelyn. Je découvre simplement le corps de ma femme, et j'apprends ce qu'elle aime et ce qu'elle n'aime pas.

— Et moi ? Quand découvrirai-je le corps de mon mari ?

Il écarquilla les yeux.

— C'est ce que vous voulez ?

Elle hocha la tête.

— Même si j'apprécie infiniment votre exploration, moi aussi je suis curieuse d'en savoir plus sur mon mari.

Elle hésita et elle craignit de lui avoir déplu.

— Elrik, je suis désolée, si…

— Non. Ne vous excusez jamais pour quelque chose que vous voulez faire dans notre lit. J'étais simplement en train de me demander si j'allais pouvoir supporter vos caresses sans mourir.

Elle rit.

— Je jure de ne pas utiliser mes griffes sur votre peau si délicate.

Il soupira.

— Tant que vous promettez d'être douce. Après tout, c'est ma première fois.

Elle rit à nouveau.

— Milord, je ne vous crois pas.

Il lui adressa un clin d'œil.

— Cela demande du courage de caresser un loup, et vous êtes la première femme que je rencontre à vouloir prendre ce risque.

— J'ai du mal à croire qu'aucune femme n'ait eu envie de toucher un loup aussi magnifique.

— Magnifiquement couvert de cicatrices de bataille, vous voulez dire.

Avelyn le contempla, ne comprenant pas pourquoi il avait une si piètre opinion de lui-même.

Il était superbement bâti, avec un torse large et musculeux, ombré d'un duvet presque noir qu'elle avait très envie de caresser, un ventre plat, des hanches étroites…

Elle resta en arrêt devant la découverte de la virilité.

Les catins sur le bateau lui avaient expliqué comment un homme était fait, mais elle ne s'attendait pas à cela.

Il rit.

— Quand vous regardez un homme comme si vous aviez envie de le dévorer, cette partie de son corps réagira toujours ainsi. C'est incontrôlable.

Elle s'efforça de ne pas s'inquiéter. Il ne lui aurait pas demandé de lui faire confiance en sachant qu'il risquait de lui faire mal.

Elle se mit à genoux à côté de lui, et il ferma les yeux tandis qu'elle commençait à lui caresser le front, écartant une soyeuse mèche de cheveux de son visage. Même les mèches blanches qui la striaient étaient douces.

Elle dessina l'arête de son nez, passant et repassant sur la petite bosse.

Il haussa les épaules.

— Gregor a pris offense de quelque chose que j'ai dit.

Continuant son exploration, elle fut surprise par la douceur de ses lèvres, et plus encore par la façon dont il frissonna quand elle les toucha du bout de la langue.

La barbe qui couvrait ses joues et son menton n'était en revanche pas douce. En dessous, la ligne de sa mâchoire était solide et affirmée.

Lorsqu'elle caressa le contour de son oreille, il recula, mais il ne se plaignit pas quand elle l'embrassa dans le cou, goûtant sa peau du bout de la langue.

Ses larges épaules donnaient l'impression qu'elles pouvaient supporter tout le poids du monde. Que ce soit celui d'une armure, ou celui des pires difficultés.

Elle passa les mains le long de ses bras et rit de le voir bander ses muscles. Puis elle redessina du bout des doigts les reliefs de son torse et de son estomac, découvrant ici et là des cicatrices plus ou moins impressionnantes, qui témoignaient des batailles livrées.

Soudain, il lui saisit les poignets et dit d'une voix rauque :

— Pardonnez-moi, mais votre exploration doit s'arrêter là. J'ai trop envie de vous pour supporter cela plus longtemps.

La renversant sous lui, il glissa une main entre ses

jambes et commença à la caresser d'une façon terriblement indécente, mais aussi… totalement délicieuse.

Lorsqu'il glissa le long de son corps et remplaça ses doigts par sa bouche et sa langue, elle crut mourir d'embarras.

Puis, tandis qu'il la maintenait en place d'une main fermement posée sur son ventre, elle ressentit sa caresse dans tout son corps.

— Elrik, s'il vous plaît, gémit-elle.

Elle n'avait qu'une vague idée de ce qu'elle demandait, mais elle savait qu'il pouvait apaiser cette pulsation frénétique au creux de son ventre.

Il glissa un doigt en elle, exerçant un lent mouvement de va-et-vient, qui lui arracha force gémissements et soupirs.

Elle ferma les yeux et se mordit les lèvres pour retenir le cri qu'elle avait envie de pousser.

Aussitôt, il fut au-dessus d'elle. Et, quand il entra dans sa moiteur, elle gémit et enroula les jambes autour de ses hanches pour trouver un soutien.

Où était la douleur dont elle avait entendu parler à mots couverts ? Ou le dégoût et la honte qu'avait évoqués sa mère ? Qu'en était-il de l'ennui, du souhait que ça se termine ?

Contre toute attente, elle n'éprouvait qu'un léger inconfort, bien vite oublié alors qu'elle s'émerveillait de la capacité de son corps à s'ouvrir pour l'accueillir tout entier.

C'était loin d'être ennuyeux. Son cœur battait si fort, si vite, qu'elle avait presque du mal à respirer. Et cependant elle avait envie que cela ne s'arrête jamais.

Personne ne lui avait parlé de cette sensation de vertige, de ce sentiment d'être pleinement vivante.

C'était si beau, que les larmes lui montèrent aux yeux.

— Laissez la vague vous emporter, dit Elrik, d'une voix étrangement rauque. Vous êtes en sécurité.

Comme elle atteignait une hauteur, dont elle croyait ne jamais pouvoir redescendre, elle se sentit tout à coup entraînée dans une chute vertigineuse et mordit l'épaule d'Elrik pour ne pas crier.

Il se raidit et grogna à son oreille, lui faisant se demander s'il avait éprouvé les mêmes sensations, les mêmes émotions qu'elle.

Lorsqu'il eut repris son souffle, il roula sur le dos, en la ramenant au-dessus de lui.

— Je ne veux pas vous écraser de tout mon poids.

Elle soupira.

— Je ne l'aurais pas remarqué, ni ne m'en serais soucié.

Lorsque Avelyn ouvrit les yeux un peu plus tard, la cabine était plongée dans l'obscurité.

Elle était couchée sur le dos. Elrik était à côté d'elle, sur le ventre, un bras passé en travers de sa taille.

Même si cette intimité était agréable, elle avait froid aux jambes et elle aurait voulu remonter la couverture sur elles. Mais, lorsqu'elle voulut bouger, il roula sur le côté, resserrant son étreinte autour d'elle et l'attirant avec force contre lui.

Ne voulant pas le réveiller, elle replia le bras sur le sien et, blottie contre lui, ne tarda pas à se rendormir.

Chapitre 13

Elrik sortit de sa cabine et cilla, aveuglé par la vive lumière du soleil.

— Eh bien, tu es toujours vivant.

Il ignora le commentaire de Samuel et grimpa à l'échelle qui menait au deck du gaillard d'avant, faisant signe par-dessus son épaule à l'homme de le suivre. Fulke resta en place, gardant la porte de la cabine.

— On ne t'a pas beaucoup vu depuis trois jours, constata Samuel.

Elrik posa les avant-bras sur le bastingage et observa la mer.

— Il y a eu des problèmes en mon absence ?

— Non. Par contre, tu as l'air bien morose, pour un jeune marié.

Elrik tourna lentement la tête pour observer Samuel.

— Tu peux m'expliquer pourquoi vous avez trouvé nécessaire de parler de mon passé à ma femme ?

Samuel recula de quelques pas pour se tenir hors de distance.

— Ça semblait une bonne chose à ce moment-là.

— Ça vous semblait une bonne chose d'effrayer Avelyn ?

— Notre intention n'était pas de l'effrayer. Nous voulions lui expliquer pourquoi tu agis comme tu le fais.

— Dans quel but ? La prévenir de ne pas heurter mes délicats sentiments ?

Samuel écarquilla les yeux.

— Elle t'a dit ça ?

— Absolument pas. C'est toi qui l'as dit.

Elrik se rapprocha, l'air menaçant.

— Je n'ai nulle envie d'être câliné par qui que ce soit, et surtout pas ma femme. Quel droit aviez-vous tous les deux de lui raconter quoi que ce soit ?

— Presque trente ans d'amitié. Et sept ans à te regarder refuser tout engagement avec une femme. Si quelqu'un avait besoin de se marier, c'est bien toi.

— Moi ?

Elrik secoua la tête.

— Sottises !

— De nous trois, tu es le seul qui a besoin de protéger quelqu'un de plus petit et de plus faible.

— C'est mon devoir.

— Non, c'est ton désir. Tu en as autant besoin que l'air que tu respires.

Comme Elrik lui tournait le dos, Samuel insista.

— Dis-moi que tu n'es pas plus heureux maintenant que tu ne l'as été depuis des années.

— Heureux ?

Elrik pivota sur ses talons.

— Après trois jours au lit avec ma femme, je dirais que je suis épuisé.

— C'est une bonne façon de détourner la conversation.

— Il n'y a rien à détourner.

Samuel changea brutalement de sujet.

— Tu as réfléchi à ce que tu allais faire de son demi-frère et de ses compagnons ?

— Tu as fait remettre les bateaux dans leur ordre initial ?

— Hier.

— Bien. Maintenant, il ne nous reste plus qu'à identifier les six personnes.

— Lady Avelyn pourrait t'aider ?

— À part désigner Osbert, je ne suis pas certain qu'elle connaisse les autres. Mais je ne veux pas l'impliquer si ce n'est pas absolument nécessaire.

— Crois-tu qu'elle sache ce qu'il prépare ?

— Non. Pas du tout.

Il n'avait jamais pensé cela.

— Je ne veux simplement pas la mettre dans la position de choisir entre sa famille et son mari.

Samuel le dévisagea avec surprise.

— Ce ne serait pas un choix pour elle. Elle est de ton côté.

— Je sais. Mais je dois penser à l'avenir. Imagine qu'il m'arrive quelque chose et qu'elle ait besoin du soutien de sa famille.

— En parlant d'avenir, comment vas-tu la protéger quand nous accosterons ?

— Je dois encore y réfléchir. Contrôler dans le même temps son frère et prendre possession de Roul Keep ne va pas être chose facile. À part la remettre sur le bateau des femmes et renvoyer celui-ci, je ne sais pas quoi faire.

— C'est peut-être la meilleure solution.

— De toute façon, je ne peux pas renvoyer un

bateau unique à Carlisle, et je n'ai pas d'alliés en Normandie. Où veux-tu que je l'envoie ?

Samuel haussa les épaules.

— Ça ne te ressemble pas de t'inquiéter comme ça.

Il soupira.

— Voilà ce que cela fait d'avoir une épouse et un bateau empli de femmes à protéger.

— Eh bien, je ne voudrais pas être à ta place.

— Quand est prévu le prochain accostage ?

— Vu le manque de vent ces derniers jours, pas avant demain matin.

— Bien. Puisqu'il n'y a rien d'autre à faire, je vais prendre un bain. Essaie d'organiser quelque chose pour que Lady Avelyn puisse se baigner aussi. Je doute que notre méthode lui convienne.

Sur ces mots, il descendit l'échelle et se dirigea vers l'autre bout du bateau, où il se déshabilla entièrement.

Un de ses hommes versa un seau d'eau froide sur sa tête, tandis qu'un autre lui tendait un pot de savon. Il se savonna copieusement.

On le rinça à l'aide de deux autres seaux d'eau. Puis on lui tendit un grand bout d'étoffe pour se sécher.

Une agaçante sensation d'être espionné fit monter des picotements le long de sa colonne vertébrale.

Les rires de ses hommes et leurs signes de tête vers la cabine lui apprirent qui le regardait.

Il les toisa, mettant un terme à leur amusement.

— Vous n'avez rien d'autre à faire ?

Tandis que le groupe se dispersait, il enfila seulement ses braies et ramassa à la hâte le reste de ses vêtements.

À peine eut-il franchi la porte de la cabine qu'Avelyn l'attira à elle.

Il rit et jeta ses vêtements à terre.

— Vous voulez quelque chose, milady ?

— Oui. Vous.

Le temps qu'ils avaient passé ensemble dans la cabine avait fait disparaître chez Avelyn tout embarras à son égard.

Il soupira avec exagération.

— Où est passée ma timide et craintive femme ?

Avec un sourire, elle posa la main sur son érection.

— Je crains que le fait d'avoir connu mille petites morts dans vos bras ne l'ait tuée.

Il rit, avant de l'attirer contre lui.

— Vous réalisez que les hommes vont jaser.

Elle déposa de petits baisers sur son torse.

— Je suis certaine qu'ils jasaient déjà avant.

— Elrik ?

La voix de Fulke derrière la porte attira son attention.

Il relâcha doucement Avelyn, caressant au passage son bras et s'approcha de la porte.

— Quoi ?

— Tu voulais un bain pour la lady ?

Avelyn se précipita à l'extérieur.

— Oh ! formidable !

Fulke et Samuel tirèrent au milieu de la pièce une grande barrique de bois doublé de voiles de marine.

— C'est tout ce que nous avons trouvé, expliqua Samuel. Si vous voulez davantage d'eau chaude, il va falloir attendre.

Avelyn ôtait déjà ses bottes souples.

— C'est très bien comme ça.

Sachant qu'elle n'avait pas envie d'attendre pour prendre son bain, Elrik chassa les deux hommes.

— Allez-y. Merci. Laissez quelques seaux d'eau devant la cabine. Je les prendrai.

Le temps qu'il se retourne, Avelyn était déjà en chemise.

Il testa l'eau de la barrique et ajouta deux seaux d'eau froide.

Il alla déposer les seaux à la porte et en prit un autre.

Lorsqu'il revint, elle était nue.

— Ma femme, vous me privez de tout mon plaisir.

Elle rejeta en arrière ses cheveux dénoués.

— Ce n'est pas ma faute si vous êtes trop lent, mon mari.

Il rit et se pencha pour ramasser sa chemise, qu'il suspendit sur un crochet, à côté de sa propre tunique.

— Elrik, aidez-moi, s'il vous plaît.

Elle se tenait sur le côté de la barrique, attendant qu'il l'aide à se hisser à l'intérieur.

Il la regarda, se demanda pourquoi il avait autant de chance. Non seulement elle ne manquait pas de tempérament, mais elle était la plus jolie femme qu'il ait jamais vue.

— Elrik !

Impatiente, elle criait et agitait la main pour l'inviter à se rapprocher.

Il se saisit du petit tabouret de bois et prit tout son temps pour la rejoindre.

Plissant les yeux, elle se rapprocha de façon à ce que ses seins lui effleurent le torse.

Comme il se contentait de la regarder, elle pressa son ventre contre son entrejambe.

Elrik haussa un sourcil, puis il la contourna pour déposer le tabouret dans l'eau, avant de lui donner une petite tape sur les fesses.

Elle sursauta en poussant un petit cri.

— Vous m'avez frappée !

Il passa un bras sous ses genoux et l'autre autour de son dos pour la soulever.

— Pas du tout.

Elle noua les bras autour de son cou.

— Qu'était-ce donc ?

— J'attirais votre attention.

Il lui embrassa le bout du nez et la déposa avec douceur dans la barrique.

Elle appuya sa tête contre le rebord, ferma les yeux et soupira.

— C'est fantastique. Merci.

Se tenant derrière elle, Elrik traça la ligne de sa gorge.

— Levez la tête.

Il plongea un pichet dans le seau d'eau et le versa sur ses cheveux.

Avelyn sursauta.

— Un avertissement aurait été appréciable.

Il se pencha pour remplir à nouveau le gobelet et le tint en suspens le temps de dire :

— Attention !

Avelyn repoussa ses cheveux trempés de ses yeux.

— Vous n'avez rien d'autre à faire ?

— Si.

— Eh bien, sentez-vous libre de le faire.

— J'ai oublié le savon.

Il en prit un morceau et commença à lui savonner les cheveux.

— Elrik, arrêtez ! protesta-t-elle, en levant les bras pour tâter sa tête. Vous n'avez pas idée du temps que cela va prendre de rincer tout cela.

Au contraire, il le savait très bien, et c'était précisément son idée.

Il ne leur restait que cette journée, et il avait l'intention d'en tirer le meilleur parti.

Il lui massa le cuir chevelu du bout des doigts, avant de lui rincer longuement les cheveux.

Lui massant ensuite les épaules, il fit courir ses mains savonneuses le long de son dos. Puis il se déplaça sur le côté de la barrique et lui souleva un bras.

— Vous savez que je peux le faire moi-même ? protesta Avelyn.

— Et en quoi serait-ce drôle ? répliqua-t-il, en savonnant chacun de ses doigts.

Elle se cala à nouveau contre la barrique, la tête rejetée contre le rebord.

— Comment pourrais-je vous refuser cet amusement ?

— Vous pouvez toujours essayer, mais vous n'y arriverez pas.

Longtemps, il continua son manège, n'oubliant pas un centimètre de peau.

Personne ne pouvait dire quand ils auraient à nouveau l'occasion de se montrer aussi insouciants, et il avait l'intention de faire durer le plus longtemps possible ce délicieux intermède.

Mais la perspective de leur prochaine séparation l'emplit soudain de tristesse

Avelyn ouvrit les yeux. Elle étudia son regard un moment, avant de se rembrunir.

Lui saisissant les poignets, elle demanda :

— Que se passe-t-il ?

— C'est évident, non ? Je donne un bain à ma femme.

— Il n'y a pas de flamme dans votre regard. Vous êtes triste.

Elle se redressa en position assise et lui caressa la joue.

— Vous me regardez comme si vous n'alliez plus jamais me revoir.

— Ne soyez pas aussi dramatique.

Il détourna les yeux.

— Vous voyez des choses qui n'existent pas.

— Elrik, s'il vous plaît. Si vous avez l'intention de m'écarter, dites-le-moi. Je veux pouvoir savourer le temps qu'il me reste avec vous.

Il jura entre ses dents et glissa les mains sous ses aisselles pour la soulever hors de l'eau.

La tenant serrée contre son torse, il ne fit pas attention à l'eau qui se déversait sur le sol.

— Avelyn, cessez de vous inquiéter pour ça. Je ne vous écarterai jamais. Je vous le jure. Tant qu'il y aura un souffle de vie dans mon corps, je ne vous abandonnerai pas.

Elle s'accrocha à ses épaules.

— Dites-moi ce qui ne va pas.

Le tremblement de la voix d'Avelyn lui noua l'estomac. Comment avait-elle fait pour apprendre si vite à discerner son humeur ?

— Nous allons accoster demain. Je ne sais pas quand nous pourrons à nouveau profiter de quelques jours d'insouciance ensemble.

Elle soupira.

— Mais, il nous reste encore aujourd'hui et cette nuit.

— Oui.

— Dans ce cas, pourquoi gâchons-nous un temps précieux avec un bain ?

Chapitre 14

Dans un demi-sommeil, Avelyn tendit le bras et ne rencontra que le vide, là où aurait dû se trouver son mari.

Elle se réveilla complètement, terrifiée à l'idée qu'il était parti pendant qu'elle dormait.

Elle s'assit et appela :

— Elrik ?

Elle entendit des bruits de bottes et le cliquètement caractéristique d'une cotte de mailles.

— Ici.

La cabine était plongée dans une semi-obscurité, la seule lumière provenant d'une petite bougie dans une lanterne posée sur le coffre à vêtements d'Elrik.

— Le soleil est-il levé ?

— À peine.

Elle grimaça en entendant la dureté de son intonation, consciente que Lord Elrik de Roul avait pris la place de son mari insouciant et rieur.

Il devait être levé depuis un moment, car il était presque entièrement équipé pour la bataille.

Elle se demanda qui l'avait aidé pendant qu'elle dormait.

— Vous avez dormi s'inquiéta-t-elle ?

— Suffisamment.

Il prit dans le coffre sa longue épée et le fourreau de celle-ci, et attacha la ceinture autour de sa taille.

— Avons-nous accosté ?

— Bientôt.

Avelyn savait qu'il était préoccupé, mais ses courtes réponses ne servaient qu'à l'inquiéter davantage.

Samuel entra dans la cabine avec une épée courte, qu'il tendit à Elrik.

— Aussi aiguisée que possible.

Avelyn remonta la couverture sous son menton, avec un petit cri de surprise et de réprobation mêlées.

— Je vous demande pardon, milady. Je ne savais pas que vous étiez réveillée, s'excusa Samuel.

Puis il sortit de l'arrière de sa ceinture deux dagues, qu'il tendit à Elrik. Ce dernier en glissa une dans un petit fourreau accroché à sa ceinture, et l'autre dans une de ses bottes.

Samuel prit deux sangles de cuir dans le coffre, les croisa sur le torse d'Elrik et les fit passer dans son dos. Puis il glissa deux épées courtes dans les fourreaux fixés à l'arrière.

Elrik passa la main par-dessus son épaule.

— Plus haut.

Samuel raccourcit les sangles et s'assura que les boucles étaient bien serrées. Puis il recula.

Cette fois, Elrik put accéder facilement à ses armes.

Avelyn, qui avait pourtant passé quatre ans au domaine de son père, et qui avait souvent vu des hommes s'équiper pour la bataille, n'avait cependant jamais été confrontée à si effrayante vision.

Samuel prit dans le coffre les gants en mailles d'Elrik, son camail et son casque en métal.

— J'emporte cela et vous laisse seuls tous les deux.

Elrik ne dit rien. Il se contenta d'écarter les bras.

Sans hésitation, Avelyn repoussa la couverture et courut à travers la cabine pour se jeter contre lui.

Il essaya de la repousser, mais elle s'accrocha à lui.

— Avelyn, vous allez vous blesser.

— Cela m'est égal. Embrassez-moi.

Il l'attira contre son torse.

— Cela faisait partie de mes projets.

Heureusement, sa poigne était solide, car Avelyn était certaine qu'elle se serait effondrée sous le poids de la myriade d'émotions qui la submergeaient.

L'un après l'autre, le désir, l'envie, le besoin montèrent en elle, tandis qu'Elrik l'embrassait éperdument.

Puis virent le sentiment de perte, le chagrin et la peur.

Un cri se coinça dans sa gorge.

Il risquait d'être tué. C'était peut-être la dernière fois qu'elle goûtait sa présence et ses baisers.

Elrik grommela et écarta ses lèvres un instant pour murmurer :

— Arrêtez, Avelyn. Ne faites pas ça.

Puis il l'embrassa à nouveau, la laissant éblouie.

— Les hommes vont bientôt arriver, dit-il, en mettant un terme à leur étreinte. Vous devez vous habiller.

Saisie par le besoin urgent de lui dire ce qu'elle ressentait pour lui, elle commença :

— Elrik, je…

— Non.

Il posa un doigt sur ses lèvres pour l'empêcher de parler.

— Je ne veux rien entendre. Je sais ce que vous croyez ressentir. Mais c'est uniquement parce que vous avez peur. Gardez vos déclarations pour plus tard, quand tout sera réglé et que vous ne serez plus troublée par des inquiétudes qui n'ont pas de raison d'être.

Il passa le pouce sous ses yeux pour effacer ses larmes.

— Et maintenant habillez-vous.

À regret, elle s'écarta pour décrocher ses vêtements de la patère, et enfiler sa chemise et sa tunique.

Elrik repoussa ses mains tremblantes et noua ses lacets, avant de fixer sa ceinture bas sur les hanches. Il lui tendit ses bas et ses bottes souples, la fit s'asseoir pour les lui enfiler, avant de passer un peigne dans ses cheveux.

Avelyn resta patiemment assise, appréciant le frôlement de ses doigts dans son cou tandis qu'il façonnait une longue natte tombant jusqu'au creux de sa taille.

Quand ce fut fini, il déposa un baiser sur le dessus de son crâne, avant d'avertir Samuel et Fulke qu'ils pouvaient entrer.

Les compagnons d'Elrik entrèrent dans la cabine. Ni l'un ni l'autre n'était en tenue de bataille. Tous deux affichaient des expressions solennelles.

Avelyn se leva, et son regard passa des nouveaux arrivants à son mari.

— Elrik ?

Il sortit un parchemin roulé du coffre et le tendit à Samuel.

— S'il m'arrive quoi que ce soit, ceci stipule que tout ce que je possède doit revenir à Avelyn. Dans son intégralité et sans restriction.

Avelyn laissa échapper un petit cri de surprise.

Au signal d'Elrik, les deux hommes mirent un genou en terre devant elle.

— Veillez à sa sécurité comme vous le feriez pour moi. Soyez aussi loyaux envers elle que vous l'avez toujours été avec moi.

Ils le jurèrent tous deux.

Elrik se tourna alors vers Avelyn.

— Traitez-les bien, milady.

L'esprit brouillé par la peur, Avelyn ne parvenait pas à comprendre ce qui venait de se passer.

Les deux hommes se levèrent et attendirent à côté d'elle. Cependant, elle n'avait aucune idée de ce qu'ils attendaient.

Elle fixa son mari.

— Vous ne pouvez pas les laisser avec moi, Elrik. Qui vous protégera ? Qui vous préviendra du danger ?

— Je serai entouré de dizaines d'hommes et j'ai ce qu'il faut pour me défendre.

— Mais…

— C'est fait, Avelyn. Ces hommes sont maintenant à vous.

— Et que faites-vous d'Osbert ?

Il ne réalisait visiblement pas combien son demi-frère était dangereux et imprévisible.

— Ne vous inquiétez pas pour Osbert. Pourquoi croyez-vous que je vous aie choisi ces gardes ?

— Je ne pensais pas à moi, Elrik, mais à vous. S'il

projette de s'en prendre à quelqu'un, ce sera à vous. Si c'était moi qui l'intéressais, il aurait pu aisément m'attaquer lorsque j'étais à Carlisle.

— Je suis tout à fait capable de l'affronter.

Avelyn se mit à trembler de peur. Mais le regard buté de son mari lui fit comprendre qu'il n'y avait aucun moyen de le faire changer d'avis.

Elle se tourna vers Samuel et Fulke.

— Essayez de le raisonner.

Fulke haussa les épaules.

— Croyez-vous que nous n'ayons pas déjà essayé ?

— Ne voyez-vous pas que votre sécurité est plus importante que la sienne ? ajouta Samuel. Il n'y a rien que nous pouvons faire pour le convaincre de changer d'avis. Ne rendez pas les choses plus difficiles qu'elles ne le sont déjà, milady.

— Cela suffit ! trancha Elrik.

Il attira une dernière fois Avelyn dans ses bras, la tint serrée un moment contre lui et déposa un baiser sur son front, avant de la libérer.

— Vous n'avez rien à craindre, Avelyn. Edan et Rory vous accueilleront sur Roul Isle, en cas de besoin.

— C'est vous que je veux.

— Vous parlez comme si ma mort était déjà une chose certaine. Vous feriez mieux de commencer à faire des projets d'avenir. Nous avons un domaine qui aura besoin de personnes pour le faire fonctionner. Et des chambres qu'il faudra remplir d'enfants.

Il tendit la main et lui caressa la joue.

— Au lieu de penser à ma mort, pensez aux efforts que cela nous demandera de créer ces enfants.

Elle rit malgré elle, appréciant qu'il prenne le temps de plaisanter avec elle.

— Vous aurez de quoi vous occuper, tous les trois. Lord Geoffrey, ou l'un de ses hommes, viendra m'accueillir quand nous accosterons. Une zone sera prévue à part pour vous, afin que vous puissiez y installer un campement avec l'ensemble des femmes, et quelques hommes que je laisserai pour vous protéger.

Il inclina la tête afin de pouvoir croiser son regard.

— Vous êtes responsable, Avelyn.

Responsable ? Avait-il perdu tout bon sens ?

Elle secoua la tête.

— Non. Je ne peux pas être responsable.

Il haussa un sourcil.

— Vous n'avez pas le choix. Nos gens sont sous notre responsabilité. Si je ne suis pas là, c'est à vous qu'il incombe de prendre des décisions.

L'estomac d'Avelyn se noua.

Elle n'avait jamais pris de décisions, à part celle de fuir, et cela n'avait pas si bien tourné que ça.

— Elrik, mettez quelqu'un d'autre à ma place.

— Écoutez-moi.

Il commençait à montrer des signes d'impatience.

— Je sais que tout arrive très vite. Rappelez-vous que vous êtes l'arrière-petite-fille d'un roi. Vous êtes la femme d'un baron. Vous devez commencer à vous comporter comme telle sans délai.

— Mais…

Elle n'en avait pas envie, mais elle ne savait pas comment exprimer ce qu'elle ressentait.

— Si vous avez besoin de quelque chose, faites-moi passer un mot. Je ferai en sorte qu'une réponse vous parvienne rapidement.

Elle baissa la voix.

— Je ne sais ni lire ni écrire, souvenez-vous.

Il l'étudia un moment, avant de dire :

— Nous pourrons remédier plus tard aux manquements de votre père au regard de votre éducation. Vos deux hommes savent lire et écrire. Samuel mieux que Fulke.

Il sembla injuste à Avelyn que des hommes qui étaient à son service en sachent plus qu'elle.

— Avelyn, ne vous inquiétez pas autant. Tout comme vous l'avez fait à la cour de David, ne montrez aucune peur. Votre façon d'apparaître et d'agir compte plus que ce que vous savez ou ce que vous ignorez.

Devant sa moue dubitative, il insista.

— Faites mine de savoir ce que vous faites. Si vous demandez à quelqu'un de faire quelque chose, donnez vos ordres avec assurance et ils seront suivis. Si ce n'est pas le cas, vous avez des hommes pour corriger ce problème.

— Je ne suis pas certaine de pouvoir rendre ma voix aussi menaçante que la vôtre.

Il haussa les épaules.

— Ne criez pas, et ce sera parfait. Assurez-vous que Samuel et Fulke sont toujours à proximité. Sans quoi je m'inquiéterai, et je vais avoir assez à faire sans perdre mon temps et mon énergie à me soucier de vous. C'est bien compris, petite colombe ?

Elle hocha la tête.

Sans prévenir, Elrik l'attira avec force contre son torse et posa la joue contre sa tête.

— Faites attention à vous, ma femme. Soyez forte. Soyez courageuse.

Il la relâcha tout aussi abruptement et quitta la cabine.

Elle regarda Samuel et Fulke.

— Vous allez rester là comme ça ? Quelqu'un doit finir de l'aider à s'équiper, et veiller à ce qu'il arrive sain et sauf à son rendez-vous avec Lord Geoffrey.

Comme ni l'un ni l'autre ne bougeait, elle agita la main vers la porte.

— Si l'un de vous n'y va pas, je vais le faire.

Samuel hocha la tête et se porta volontaire. Fulke resta avec elle.

Dans l'état d'angoisse et de colère où elle se trouvait, Avelyn n'avait aucune envie d'avoir quelqu'un autour d'elle qui espionnerait ses moindres gestes.

Elle avait l'intention de s'offrir une bonne crise de larmes maintenant, afin de ne pas le faire plus tard quand elle serait submergée de travail et entourée de gens qui s'attendraient à ce qu'elle soit forte.

— Est-ce que la vue d'une femme en pleurs vous ennuie ? demanda-t-elle.

Fulke ouvrit de grands yeux, visiblement horrifié par cette perspective.

Elle noircit délibérément le tableau.

— Je vais me jeter sur ma paillasse et pleurer jusqu'à ce que je n'aie plus de larmes. Il vaudrait peut-être mieux pour vous que vous sortiez.

Fulke se précipita vers la porte.

— Je serai juste derrière.

Avelyn repoussa de son visage les mèches qui s'étaient échappées de sa natte.

Depuis son poste d'observation en haut d'une

petite colline, elle surveillait le campement qu'ils avaient installé.

Dans la lumière déclinante du jour, il paraissait paisible et accueillant.

Ils avaient tous fourni un dur labeur pour décharger des bateaux tout ce dont ils auraient besoin.

Les femmes et la petite escouade de garde affectée à la sécurité du camp avaient travaillé de concert, sans difficulté majeure.

Elle avait seulement dû faire appel une fois à Fulke pour mettre fin à un différend entre deux hommes. Il avait été immédiatement évident qu'ils se disputaient les faveurs d'une femme, et Avelyn avait préféré ne pas s'en mêler.

Lorsqu'elle avait quitté le bateau, il lui avait été étrangement réconfortant de retrouver Little Lady, qui l'attendait sellée entre les chevaux de Samuel et Fulke.

Au moins, elle ne serait pas obligée de se familiariser avec une autre monture.

La zone que Lord Geoffrey leur avait offerte pour établir leur campement n'était pas trop éloignée de l'endroit où ils avaient accosté. Il leur avait également fourni de chariots, avec des chevaux de trait, et le transport des équipements n'avait pas été trop difficile.

En réalité, le plus compliqué pour elle avait été de décider où ils devaient dresser les tentes. Sa seule expérience en la matière lui venait des journées passées à chevaucher en compagnie d'Elrik et de ses compagnons.

D'un côté, elle ne voulait pas que les feux destinés à la cuisson des aliments soient trop près des arbres pour ne pas risquer de provoquer des incendies. Mais, d'un autre côté, la densité du feuillage offrirait un bon abri en cas de pluie.

Cela avait été une épreuve épuisante pour ses nerfs de devoir peser le pour et le contre, tandis que tout le monde l'observait avec espoir.

Finalement, Samuel était venu à son aide, en faisant exécuter à son cheval un grand cercle qui délimiterait l'endroit où ils devaient s'installer.

Un feu fut érigé en son centre, et les tentes disposées en demi-cercle, dos à la forêt, où ils pourraient trouver refuge en cas d'attaque.

Ainsi, quatre grandes tentes avaient été érigées : une pour les femmes du camp, une pour les épouses, une autre pour la cuisinière et ses aides, ainsi que les vivres. La quatrième était destinée à Avelyn.

Quant aux hommes, ils dormiraient pour cette nuit à même le sol sur des paillasses. Il restait à espérer qu'il ne pleuve pas.

Demain, les trois tentes restantes seraient montées pour les hommes et leurs armes.

— Vous avez fait du bon travail.

Avelyn sursauta et pivota si rapidement qu'elle faillit trébucher.

— Ne me refaites plus jamais une peur pareille !

Puis elle prit la main d'Elrik et avoua :

— Je suis heureuse de vous voir.

Il lâcha sa main pour passer un bras autour de ses épaules et l'attira contre lui.

— Nous avons passé la journée à étudier des cartes et à affûter nos stratégies. Comme je savais que vous n'étiez pas loin, je me suis dit qu'il n'y avait pas de raison que je dorme seul.

— Quand partez-vous pour Roul Keep ?

— Au lever du jour.

Elle l'observa attentivement.

— Vous paraissez fatigué.

— Non. Je suis surtout très impatient. Rester assis pendant des heures à discuter de ce qui doit être fait me paraît une perte de temps.

— Lord Geoffrey pense-t-il qu'il sera difficile de prendre le contrôle de Roul Keep ?

— Il a réussi à ramener à la raison un des lords voisins. Nous n'en avons donc plus qu'un à convaincre.

Il désigna le campement d'un signe de tête.

— Comment avez-vous réussi à accomplir tout cela ?

Elle sourit, nullement dupe du fait qu'il avait habilement changé de conversation.

— Tout le monde a travaillé de concert et en bonne entente. Avez-vous trouvé Osbert ?

Le rire d'Elrik prit une résonance diabolique.

— Oh que oui, je l'ai trouvé. Ainsi que ses cinq compagnons. Ils sont actuellement en train de polir des armures sous bonne surveillance.

— Vous auriez dû les faire enfermer dans un cachot.

— Cela viendra en son temps. Je veux d'abord qu'ils me fournissent une raison. Je ne peux quand même pas jeter des hommes au cachot sans raison.

— Vous allez donc prendre le risque d'attendre qu'Osbert tue quelqu'un ?

— Surveillé comme il l'est, cela ne risque pas de se produire.

Little Lady quitta l'endroit où elle broutait pour appuyer ses naseaux dans le dos d'Elrik.

Il se tourna et prit les rênes.

— Que veux-tu, ma belle ?

Avelyn sortit un quartier de pomme d'un pochon qui pendait à sa ceinture et le tendit à Elrik.

— Probablement ceci.

— Vous allez me gâcher un bon cheval.

— Comment cela ?

— En lui donnant ce qu'elle veut, quand elle veut.

Il tendit sa main à plat et laissa l'animal prendre le morceau de pomme.

— Vous voulez dire, comme vous êtes en train de le faire ? Elle mérite bien une récompense pour le travail qu'elle a accompli aujourd'hui.

Avelyn observa le ciel qui s'assombrissait.

— Au fait, que fait-elle ici ?

— Je n'allais pas la laisser dans les écuries du roi David pour que vous preniez la fuite avec.

— Ah…

— Où sont Samuel et Fulke ?

Elle plissa le nez.

— Ils avaient besoin de se laver, et je les ai envoyés à la rivière.

Elrik eut une expression agacée.

— Ils n'abandonnent pas leur devoir aussi facilement. J'imagine donc que vous leur avez promis de rester au campement. Au lieu de quoi, vous êtes montée ici toute seule, en pleine vue.

— Il y a quatre gardes qui me surveillent depuis le camp.

Elle désigna les hommes d'un signe de tête.

— Ils n'ont pas l'expérience de Samuel et Fulke.

La dureté de son intonation fit tiquer Avelyn. Il ne plaisantait pas. Il était en colère.

Lorsqu'elle essaya de s'éloigner, il resserra le bras autour d'elle.

— Je croyais vous avoir dit de toujours garder Samuel et Fulke à proximité.

— C'est vrai.

— Et, en l'espace d'une journée, vous avez décidé d'ignorer mon conseil.

Avelyn ricana.

— Un conseil ? Cela ressemblait plus à un ordre.

Réalisant son erreur en admettant qu'elle savait qu'il s'agissait d'un ordre, Avelyn se tut.

— C'est pire. Vous avez compris que c'était un ordre et vous l'avez délibérément ignoré.

Avelyn garda le silence. Que pouvait-elle dire ?

— Pouvez-vous m'expliquer le raisonnement qui vous a poussée à vous mettre volontairement en danger ?

— Ne m'avez-vous pas dit que j'étais responsable ? Que je devais être forte et courageuse ?

— Je ne discuterai pas de cela avec vous, Avelyn. Il y a une différence entre le courage et la sottise.

D'un large geste du bras, il balaya la zone entre le campement et la colline.

— Vous n'êtes pas armée. Et, si votre père n'a pas pris la peine de vous apprendre à lire et à monter à cheval, je suppose qu'il ne vous a pas non plus montré comment vous servir d'une arme.

Comme elle gardait le silence, il insista :

— Ai-je vu juste ?

— Oui.

— Si je n'hésite jamais à secourir une dame en détresse, il me semble que cela me serait difficile à exécuter si je n'étais pas là.

Le ton d'Elrik était glacial, et son regard étincelait de colère.

— Et le plus stupide de tout cela serait que vous vous soyez mise en danger toute seule.

— Mais c'est si paisible ici, essaya-t-elle de protester, d'une voix mal assurée. Je ne pensais pas qu'il y aurait du danger.

— Si les serpents se cachent dans les hautes herbes luxuriantes, c'est bien qu'il y a une raison.

Avelyn ne pouvait contredire cette logique.

Pivotant dans ses bras, elle posa une paume sur son torse.

— Je suis désolée, Elrik.

— Je me fiche que vous soyez désolée ou non. Ne le refaites plus jamais. Occupez-vous du camp, occupez-vous de la maisonnée lorsque nous serons installés à Roul Keep, mais tout le reste est sous mon contrôle, et vous suivrez mes ordres. Est-ce bien compris ?

Elle refoula l'envie de protester devant une telle démonstration d'autorité.

Ce n'était pas ce qu'elle attendait d'un mari.

Elle n'avait jamais rêvé d'un homme qui la contrôlerait, qui lui donnerait des ordres sans qu'elle puisse donner son avis… Elle voulait un véritable partenaire, quelqu'un avec qui tout partager.

Mais elle décida de donner les apparences de la capitulation, afin qu'il cesse de s'inquiéter pour elle.

— Oui, je comprends.

— Menteuse.

Il lui prit le menton et passa le pouce sur sa lèvre.

— Pour le moment, Avelyn, faites ce que je vous demande. Nous en rediscuterons plus tard.

Le fait qu'il ait deviné la direction de ses pensées la fit sourire.

— Avez-vous faim ? demanda-t-elle.

— Pas du tout.

— Êtes-vous fatigué ?

— Non. Mais j'aimerais m'étendre sous une tente et partager un gobelet de vin ou deux avec ma femme.

— Est-ce tout ?

— Nous verrons bien où la nuit nous emmènera.

Chapitre 15

— Arrêtez ! S'il vous plaît, je veux arrêter, dit Avelyn, entre ses dents serrées.

Fulke se leva du rondin qu'il avait installé à côté du sien.

— Nous essayons simplement de vous aider.

— Je sais.

Elle jeta dans les buissons derrière eux la branchette avec laquelle elle essayait de dessiner des lettres dans la terre.

— Je suis trop stupide pour apprendre.

— Ne dites pas ça.

Samuel alla rechercher la baguette.

— Vous n'êtes pas stupide, milady. Vous êtes frustrée par l'absence d'Elrik et ça vous empêche de vous concentrer, voilà tout.

Il lui tendit la baguette.

— Essayez à nouveau.

Fulke effaça ses gribouillages dans la terre avec son pied, puis il tapota la zone avec le talon de sa botte.

— Votre nom.

Elle n'avait pas envie d'écrire son nom, ou d'apprendre des lettres.

Elle avait envie de toucher son mari, d'entendre sa voix, de sentir ses bras puissants autour d'elle. Trois longues et pénibles semaines s'étaient écoulées depuis son départ, et il lui manquait terriblement.

Certes, il lui avait fait porter régulièrement des missives. De courtes lettres où il racontait ce qu'il avait fait, et qui ne contenaient rien de personnel car Samuel ou Fulke les lui lisaient.

Si elle voulait que ça change, elle devait faire un effort pour comprendre ses leçons.

S'appliquant, elle dessina les lettres de son nom.

Avant qu'elle ait eu le temps de tracer la dernière, il y eut un grand fracas dans le camp. On aurait dit que plusieurs hommes se battaient.

— Allez-y !

Elle se leva, et fit signe à Samuel et Fulke d'aller en avant.

Comme ils hésitaient, elle insista.

— Je serai juste derrière vous.

— Avelyn.

Elle se figea, ne voulant pas se tourner dans la direction de la voix qui l'appelait.

Ce n'était pas possible !

Comment pouvait-il être là ?

Elrik l'avait placé sous bonne garde.

— Avelyn.

Fermant les yeux, elle lutta contre l'envie de rappeler Samuel et Fulke. On avait besoin d'eux au campement.

Elle pouvait faire face à ce contretemps toute seule. Elle n'était plus une enfant qui se laissait facilement effrayer.

Lentement, elle se tourna pour fouiller du regard les buissons qui la séparaient de la rivière.

— Avelyn, par ici.

Elle s'avança avec précaution.

— Que fais-tu là, Osbert ?

Quand elle fut assez près, il la prit par le poignet et l'entraîna vers le haut du courant, où le linge était lavé.

— C'est ton père qui t'envoie ? demanda-t-elle.

— Mon père ? Tu veux dire, notre père ?

— Cet homme n'existe plus à mes yeux.

— Naturellement. Tu n'as plus besoin de son aide, maintenant que tu as épousé ton baron.

— Je n'ai jamais eu besoin de son aide.

En ce qui la concernait, elle aurait été beaucoup plus heureuse si Brandr n'avait jamais fait irruption dans sa vie.

— Toute la faute en revient à ta mère. Si elle n'avait pas détenu la preuve que tu es bien une Brandr, il ne serait jamais venu au village.

Osbert parlait de la bague de sa grand-mère. Celle qu'elle avait cachée dans le coffre à vêtements d'Elrik, sous leur tente. Si elle l'avait eue autour du cou, elle l'aurait volontiers donnée à Osbert pour qu'il s'en aille.

— Tu as toujours eu de la chance.

De la chance ?

Elle dévisagea son demi-frère, reconnaissant son ton geignard comme l'expression d'une jalousie qui n'avait absolument pas lieu d'être.

Ce garçon, de deux ans son aîné, avait toujours agi comme un jeune garnement, boudant et tapant du pied jusqu'à ce qu'il obtienne ce qu'il voulait, et devenant vicieux si ce n'était pas le cas.

Lorsqu'il avait été envoyé chez un lord voisin

l'année précédente, elle avait espéré qu'elle ne le reverrait plus jamais.

Une fois de plus, ses espoirs n'avaient pas été exaucés.

— Que veux-tu ?

— Oh ! c'est bon, ne prends pas ce ton vexé. Ne me dis pas que tu m'en veux encore pour des chicanes de gamins.

— Des chicanes de gamins ?

Avelyn se rendit compte que son intonation était trop aiguë. Il ne fallait surtout pas qu'elle lui donne l'impression qu'il avait l'avantage, ou qu'il avait toujours la capacité de la mettre si en colère qu'elle en devenait incapable de penser.

Elle répéta sa question.

— Que veux-tu ?

— Puisque tu t'es fait une place dans le beau monde, je me disais que tu pourrais me trouver une place.

— Une place ?

Elle savait très bien qu'il mentait. Et, même si c'était vrai, pourquoi lui viendrait-elle en aide ? Qu'est-ce qui permettait à Osbert de croire qu'elle lèverait le petit doigt pour lui ?

— Je croyais que tes compagnons et toi aviez du travail à nettoyer les armures.

— Donc, tu savais que j'étais là ?

— Bien sûr. Et mon mari aussi.

Au léger écarquillement de ses yeux, Avelyn vit que cette information le surprenait.

Elle rit de lui.

— Tu n'es pas face à des domestiques ou des villageois, que tu peux tourmenter à ta guise. Un Loup du roi ne se contrôle pas si facilement.

— Peut-être. Mais, comme n'importe quel homme, il peut saigner.

Elle avança vers lui, menaçante.

— Une égratignure, et je te jure que je te tuerai sans remords.

— Si tu fais cela, père t'écorchera vive.

Elle ne se laissa pas impressionner.

— Tu es là sur ses ordres ?

— Cela ne te regarde pas. La seule chose dont tu dois te préoccuper, c'est de me trouver une place au domaine de Roul Keep.

— À nettoyer les écuries, peut-être ?

Ses lèvres déjà fines disparurent en une ligne pincée, tandis qu'il avançait d'un pas vers elle.

Un an auparavant, elle aurait pris peur.

Mais c'était avant qu'elle ne s'enfuie, avant qu'elle ne devienne la femme du chef des Loups, et ne prenne le titre de Lady de Roul.

Il était bien fini le temps où Osbert pouvait la tourmenter.

Elle le toisa sans faiblir.

— Tu avais une place chez Lord Westfall. Pourquoi n'y es-tu plus ?

— Je suis tombé amoureux de sa plus jeune fille, mais Westfall s'est opposé à notre mariage.

Ou Osbert mentait à nouveau, ou la fille de Lord Westfall manquait dramatiquement de bon sens.

— Que me racontes-tu là ?

Son demi-frère haussa les épaules.

— Il nous a surpris en train de nous embrasser dans l'écurie et, pour paraître innocente, elle a crié au viol. Du coup, j'ai été jeté dehors.

Un viol ? C'était pour cette raison que Brandr

l'avait exilé l'année dernière. Deux servantes avaient parlé de viol et, à en juger par leurs ecchymoses au visage et aux bras, Avelyn les avait crues. Mais elles avaient été renvoyées et, peu après, Osbert avait été envoyé chez Lord Westfall.

— Au lieu de retourner chez père, j'ai pensé que, puisque nous avions tellement en commun, tu te ferais un plaisir de me trouver une place.

Il ne croyait quand même pas qu'il avait réussi à la leurrer, n'est-ce pas ? S'il était là, c'est qu'il mijotait un mauvais coup.

— Qu'avons-nous donc en commun ?

— Eh bien, nous sommes tous les deux les bâtards de Brandr.

— Et alors ?

C'était évident pour quiconque les regarderaient côte à côte. Brandr était sombre de peau et de cheveux, et bâtis comme un tonneau. On lui avait toujours dit qu'elle ressemblait à sa grand-mère : cheveux sombres, peau claire, et yeux bleus. Ce garçon était si blanc qu'il paraissait malade : malingre, sans muscles, avec les cheveux roux clair.

— Nous avons été élevés dans la même maison et avons le même tempérament.

Si elle avait été portée sur les jurons, elle s'en serait donné à cœur joie.

— Tu as été élevé au domaine depuis ta naissance. Je n'ai su que très tardivement qui était mon père. Quant au tempérament, non, pas du tout.

Il s'avança encore et tendit la main pour lui caresser les cheveux.

Avant qu'elle ait eu le temps de s'écarter, il la serra dans ses bras.

— Viens, ma sœur, oublions les querelles passées.

Elle était certaine qu'il mijotait quelque chose, qu'il avait dans l'idée de lui faire du mal.

Au même moment, elle sentit que quelqu'un les regardait. Et pas n'importe qui. Elle sentait le regard d'aigle de son mari pointé dans son dos.

Repoussant Osbert de toutes ses forces, elle cria :

— Tu l'as fait exprès !

Elle se tourna et vit Elrik qui traversait le pont.

Jamais il n'arriverait à temps pour la sauver des griffes d'Osbert.

Celui-ci riait.

— Qu'y a-t-il, chère sœur ?

Avelyn serra les poings et se tourna vers lui.

— Ne seras-tu heureux que lorsque tu m'auras tout enlevé ?

— Qu'est-ce que tu crois que j'ai ressenti quand père t'a amenée à la maison ? Et maintenant notre arrière-grand-père ne cesse de chanter tes louanges.

Il lui saisit le bras, une flamme meurtrière dans le regard.

— Par deux fois, j'ai essayé de te tuer. Je n'échouerai pas une troisième.

Sachant qu'elle n'avait pas un instant à perdre si elle voulait s'en sortir, Avelyn leva le genou vite et fort, le frappant à l'entrejambe. Tandis qu'il tombait à terre, elle courut à toutes jambes vers Elrik.

Presque aveuglée par les larmes, elle parvint à distinguer sa silhouette et celle de son cheval, dont les sabots martelaient le sol à très vive allure.

Elrik mit son cheval à l'arrêt, se pencha pour saisir la tunique d'Avelyn et la hissa en selle contre lui.

La tenant fermement d'un bras contre son torse, il demanda :

— Vous êtes indemne ?

Incapable de parler, elle hocha la tête.

Lorsqu'ils arrivèrent au campement, il la fit glisser à terre.

Elle vacilla et tomba aux pieds de Samuel et Fulke.

Elrik sauta de son cheval et la releva.

— Qu'est-ce que…

Fulke s'interrompit en voyant le regard noir d'Elrik.

Avelyn comprit, à son expression rageuse, qu'il avait mal interprété ce qu'il avait vu avec Osbert, exactement comme son demi-frère l'espérait.

Elle se jeta contre lui.

— Elrik, je vous en supplie, écoutez-moi.

Il secoua la tête une fois et la traîna dans leur tente, où il la repoussa si fort qu'elle tomba par terre.

Elle avait envie de se rouler en boule et de pleurer, mais elle savait qu'elle devait lui faire comprendre ce dont il avait été le témoin.

— Elrik.

— Taisez-vous.

Elle frissonna.

— Comme un fou, j'aurais pu vous aimer.

Ces mots, prononcés avec tant de tristesse et de haine, lui glacèrent le cœur.

En une seule accolade non désirée, Osbert lui avait pris ce qu'elle avait de plus cher.

Non !

Elle se releva.

Il n'était pas question qu'elle laisse cela se produire. Pas sans se battre.

Et ce mariage, cet homme, méritaient qu'elle se batte pour eux.

Il était en colère. Il allait probablement crier. Il dirait sans doute des choses qu'il ne pensait pas. Il allait sûrement lui briser le cœur, mais il ne lui ferait aucun mal physiquement.

Elle lui prit le poignet, s'y accrochant de toutes ses forces quand il voulut se libérer.

— Elrik, écoutez-moi.

Il regarda ailleurs, comme si elle n'existait pas.

Croyait-il que ce serait aussi facile de l'ignorer ?

— Je croyais que les loups étaient intelligents et rusés. Qu'en chasseurs avisés, ils comprenaient toutes les intentions de leurs proies. Avez-vous perdu votre capacité de voir au-delà des apparences ? Lord Geoffrey aurait-il changé mon loup en chien de compagnie ?

Elle était surprise des mots qui sortaient de sa bouche. Mais au moins il la regardait à présent. C'était déjà un début.

— Vous savez combien je déteste Brandr et combien je méprise Osbert. Vous prétendez que je suis une mauvaise menteuse et que vous pouvez lire en moi. Alors, retrouvez la vue et regardez-moi telle que je suis vraiment, Lord Roul. Osbert est un vicieux qui m'a attirée dans un piège pour vous leurrer. Comme un débutant, vous êtes tombé dans le panneau. Sans aucune preuve, vous avez cru que je complotais avec lui contre vous.

Elle constata que l'expression d'Elrik s'était radoucie et qu'il l'écoutait avec intérêt.

— Vous pouvez me détester autant que vous le

voulez, je ne me suis jamais attendue à ce que vous m'aimiez, mais je ne vous ai pas trahi.

Il se libéra et l'attrapa par les cheveux, à l'arrière de la tête.

Elle se demanda si elle n'était pas allée trop loin.

La bouche à un souffle de la sienne, il susurra :

— Un chien de compagnie ?

Un rire de soulagement lui échappa, mais il la rendit muette d'un baiser brutal, qui devint vite passionné et exigeant.

Avelyn essaya de s'accrocher à lui, pestant contre la cotte de mailles qui l'empêchait d'enrouler les doigts dans ses épaules.

Il desserra son étreinte.

— Ma colombe, un de ces jours, vous allez vous faire tuer.

— Peut-être, mais pas par vos mains.

Il pivota et sortit de la tente.

L'espace d'un instant, elle redouta qu'il ne revienne pas. Mais elle l'entendit aboyer des ordres à Samuel et Fulke. Il revint, aussi abruptement qu'il était sorti.

Ôtant l'épée qu'il portait à la ceinture, il lança :

— Qu'est-ce que votre frère faisait là ?

— C'est la question que je voulais vous poser. Comment a-t-il échappé à la surveillance de vos gardes ?

Elrik fit passer sa tunique par-dessus sa tête et la laissa tomber par terre.

— Tous les deux ont été trouvés morts.

Avelyn eut un petit cri d'effroi. Pas encore ! Le souvenir du garçon d'écurie était encore une souffrance pour elle. La mère du garçon avait été inconsolable. Les familles de ces hommes seraient tout aussi bouleversées.

Elrik la regarda avec curiosité.

— Qu'est-ce qui vous trouble ?

— Ce n'est pas la première fois qu'Osbert tue quelqu'un.

— Ce sera la dernière.

Il jeta son camail sur sa tunique et commença à s'attaquer aux lacets de son armure.

Avelyn repoussa ses mains et le fit à sa place. Ce faisant, elle découvrit quelques mailles endommagées.

— Vous avez pris des coups. Comment vous sentez-vous ?

— En pleine forme. Comment se fait-il que je vous aie encore trouvée sans vos gardes ?

Elle s'attendait à ce qu'il aborde le sujet à un moment ou à un autre.

— Ils venaient de partir. Je m'apprêtais à les rejoindre quand Osbert a surgi.

Elle appuya sur ses épaules.

— Penchez-vous.

— Et vous ne pouviez pas les rappeler ?

— Ils allaient mettre un terme à une bagarre sur le campement.

Elle tira sur son haubert, une sorte de longue chemise servant à protéger le torse et les bras, ainsi que le haut des cuisses, et tenta de le faire passer au-dessus de sa tête.

— Certainement provoquée par les amis d'Osbert pour créer une distraction.

Lorsqu'il fut débarrassé de tout son équipement guerrier, il s'ébroua et tira sur ses muscles.

— Ça faisait cinq jours que je n'avais pas quitté cette armure. Merci.

Quand il n'eut plus sur lui que ses braies, Avelyn tourna autour de lui, s'assurant qu'il n'avait en effet aucune blessure.

— Vous étiez à une journée de cheval, et je ne vous ai pas vu pendant trois semaines. Quelle explication avez-vous à me donner ?

Son demi-sourire lui donna envie de crier. Son intention n'était pas de l'amuser.

— Je vous ai manqué ?

S'il lui avait manqué ?

À chaque minute de chaque jour. Mais le lui avouer trahirait le fait qu'elle commençait à l'aimer, et elle ne se sentait pas encore prête.

Elle se détourna.

— Non.

— Je vous ai écrit.

— Ah oui, de tendres mots décrivant la distance parcourue, le degré de résistance rencontré dans les villages… Tout ce qui fait plaisir à une femme.

Elrik ne comprit pas la soudaine agressivité dans la voix d'Avelyn.

Il la regarda s'occuper à rassembler ses vêtements, puis à arranger et réarranger des objets sur une table.

Inclinant la tête, il nota la raideur de son dos, le léger tremblement de ses mains et surtout le fait qu'elle l'ignorait ostensiblement.

— J'avais envie de vous dire que je brûlais d'embrasser vos lèvres. Et que les nuits étaient bien trop froides sans la chaleur de votre corps pressé contre le mien. Ou que j'avais envie de caresser la douceur de vos seins et de pénétrer votre moiteur intime. Mais, surtout, je voulais vous dire combien j'avais envie de vous entendre crier de plaisir.

— À présent, vous dites des sottises.

Elle ne s'était pas retournée, mais il perçut comme un sanglot.

— Avelyn, j'en ai assez d'attendre. Venez ici.

Elle noua les bras autour de lui et blottit son visage contre son torse.

Les lèvres à son oreille, il murmura :

— Ce ne sont pas des sottises, c'est la vérité. La seule raison pour laquelle je n'ai pas écrit ces choses, c'est que je ne voulais pas fournir une telle source d'amusement à Samuel et Fulke.

— Elrik, cessez de parler.

Elle rejeta la tête en arrière et tendit la main pour attirer son visage à elle.

— Ce n'est pas de paroles dont j'ai envie.

Pour la première fois, sa femme l'embrassa.

Il n'allait pas s'en plaindre. D'ailleurs, il avait l'intention de la laisser faire pour voir jusqu'où cela irait.

Des doigts frais se glissèrent dans l'ouverture de ses braies, avant de s'enrouler autour de son membre.

Il retint un grommellement de frustration quand elle arrêta trop vite et soupira.

— Elrik…

La soulevant d'un bras, et tenant de l'autre main ses braies ouvertes, il l'emmena vers le lit.

Il ne leur fallut pas longtemps pour y tomber nus tous les deux.

Elrik la renversa sous lui, le visage enfoui dans son cou. Supportant le plus possible son poids sur ses avant-bras, il savoura cette odeur qui n'appartenait qu'à elle.

C'était cela qui lui avait le plus manqué : les petites choses. Le son de sa voix, la tonalité de son rire… Sa façon de lever les yeux au ciel quand il se moquait gentiment d'elle, ou son léger essoufflement après un baiser.

Relevant la tête pour la regarder, il demanda à nouveau :

— Vous ai-je manqué ?

Elle fit courir ses ongles le long de son dos.

— Ceci m'a manqué.

Se redressant, il entra lentement en elle.

— Ceci ?

Elle ferma les paupières.

— Oh ! oui.

Il voulait plus que cela. Une femme pouvait avoir la nostalgie d'un contact physique, qu'elle éprouve ou non des sentiments pour l'homme qui lui donnait du plaisir.

— Et vous, Elrik, ajouta-t-elle. Oui, vous m'avez manqué.

Chapitre 16

Avelyn fut réveillée par un rayon de soleil qui filtrait par une ouverture dans la tente et tombait directement sur son visage.

En pleine confusion, il lui fallut un moment pour se rappeler où elle était.

Ils avaient passé la journée au lit, indifférents aux heures qui défilaient.

Elle rougit en pensant à la façon si passionnée dont ils avaient occupé leur temps.

Il y avait de réels avantages à être mariée. Cependant, même si elle appréciait leur entente physique, un mariage ne pouvait pas se baser que sur cela.

Elle avait rêvé d'un mari qu'elle pourrait considérer comme un ami.

Avait-elle cela avec Elrik ?

D'une certaine façon, oui.

Il entra dans la tente, vêtu de sa tenue de bataille, à l'exception de son heaume et de ses gants.

Elle le détailla et ne put s'empêcher de soupirer.

— Qu'y a-t-il ?

— Je réfléchis.

— Je ne suis pas certain d'aimer cela.

Elle sourit. Oui. Elle le considérait comme un ami, puisqu'ils pouvaient plaisanter ensemble.

Il s'avança vers le lit et lui tendit la main pour l'aider à se lever.

— À quoi réfléchissez-vous ?

— À vous, à moi… Et à d'autres choses.

Il rit.

— Penser à ces autres choses pourrait vous causer des ennuis.

Elle prit appui contre lui.

— J'ai récemment appris que j'appréciais beaucoup ce genre d'ennuis.

Il la fit pivoter dans ses bras, de sorte que son dos repose contre son torse, et noua les bras autour de sa taille.

— Je vais devoir vous trouver un autre nom, murmura-t-il à son oreille. Petite colombe ne convient pas à quelqu'un qui ronronne et s'étire comme un chat satisfait.

— Heureusement, je n'ai pas le même problème, puisque vous grognez comme un loup.

Prenant un de ses seins en coupe, il grommela.

— Ces prochains jours vont me paraître des années.

— Vous aurez pourtant de quoi vous occuper.

— Et, ce faisant, je serai distrait par des pensées qui me rendront insupportable le port de cette armure.

Elle pivota dans ses bras et lui caressa la joue.

— Vous êtes le seul à blâmer pour la direction que prennent vos pensées.

Déposant un tendre baiser sur son front, il la libéra.

— Habillez-vous. J'ai hâte de déjeuner.

Elle se pencha pour ramasser sa chemise sur le sol et récolta une petite tape sur les fesses.

Elle sursauta et se retourna, désignant l'ouverture de la tente.

— Sortez !

Il s'assit sur un tabouret et la détailla de la tête aux pieds.

— Je m'en irai bien assez tôt. Pour le moment, je veux profiter de la vue.

Avelyn se dirigea vers un petit coffre, ramassant au passage ses bas et sa chemise, qu'elle mit sur une table à proximité.

— Que faites-vous ?

— Vous vouliez une vue.

Elle prit un bas et, posant le pied sur le coffre, entreprit de l'enfiler.

Glissant un regard en coin à Elrik, elle renouvela la manœuvre avec le deuxième.

— Dites-moi, petite colombe, qu'est-ce qui vous fait croire qu'il est sage de jouer avec le feu ?

Elle éclata de rire et fit passer sa chemise au-dessus de sa tête.

— Vous vouliez une vue, je vous l'ai donnée.

— Mon innocente petite femme apprend vite. C'est bien.

Il s'approcha pour la prendre dans ses bras.

— J'ai une nouvelle à vous annoncer.

— Dites-moi. De quoi s'agit-il ?

— Je pendrai possession de Roul Keep demain à l'aube. Vous et les autres me rejoindrez dans la journée.

— Si vite ?

— Oui, si vite. Et maintenant allons déjeuner et discuter de votre demi-frère avec Samuel et Fulke.

*
* *

Trop vite à son goût, Avelyn vit Elrik s'éloigner sur son cheval, la laissant seule avec ses gardes.

Elle avait beaucoup insisté pour que son mari prenne Samuel et Fulke avec lui. Alors qu'Osbert était toujours dans la nature, il avait bien plus besoin qu'elle d'une protection renforcée.

Mais il avait refusé tout net, se mettant rapidement en colère pour lui ordonner de ne plus en parler.

Tout ce qu'elle pouvait faire à présent, c'était d'espérer et de prier qu'Osbert ne parvienne pas à tuer son mari.

Espérer, prier, et faire les cent pas.

Et les cent pas, elle les fit.

Rien ne retenait son attention.

Le moindre petit bruit, casseroles entrechoquées, crissement d'une épée dont on affûtait la lame, cliquètement de la cotte de mailles d'un garde… Tout la faisait sursauter et lui mettait les nerfs en pelote.

Lorsque arriva le moment de dîner, elle était si malade d'angoisse que rien de ce que la cuisinière lui présenta ne lui parut appétissant. Ce n'était pas de nourriture dont elle avait faim, mais des baisers d'Elrik.

Des bruits de pas dans son dos la firent regarder par-dessus son épaule. Samuel et Fulke approchaient.

— Je n'aime pas ça, dit ce dernier.

— Et moi, dit-elle, vous croyez que ça me plaît d'attendre comme ça, sans savoir s'il est sain et sauf.

— Il a dit que la bataille était terminée et qu'il ne lui restait plus qu'à expulser quelques indésirables du domaine.

Samuel ne faisait que répéter ce qu'Elrik leur avait dit plus tôt.

— Dans ce cas, suggéra Avelyn, vous devriez peut-être aller voir ce qui cause ce retard.

Ils tournèrent tous les deux les yeux vers elle et secouèrent la tête.

— Il nous tuerait si nous vous laissions seule, dit Fulke.

— Qui vous donne les ordres, lui ou moi ?

— Vous, dirent-ils à l'unisson.

— Eh bien, dans ce cas, qu'attendez-vous ?

— Vas-y, dit Fulke à Samuel. Je vais rester ici.

Sellant rapidement son cheval avec l'aide d'un jeune lad, Samuel quitta le campement.

L'estomac d'Avelyn restait noué par la sensation que quelque chose n'allait pas. Elle ne pouvait se défaire de cette nervosité, cet étrange savoir que son mari était en danger.

Des bruits de sabots et une voix qu'elle ne connaissait pas criant son nom la firent courir jusqu'au milieu du campement.

Fulke suivit en jurant.

L'écuyer d'Elrik tira sur les rênes de sa monture, lui demandant l'arrêt. Trois hommes suivaient. Fulke lui prit le bras, la tirant hors du passage des chevaux.

À bout de souffle, sale et en sang, l'écuyer tomba à genoux à ses pieds, en hoquetant.

— Milady…

Incapable de contrôler le tremblement de ses jambes, elle se laissa glisser au sol et prit l'homme par les épaules.

— Vous êtes blessé.

— Ce… n'est… pas… mon sang.

La tête lui tournait. Elle savait à qui était le sang qui maculait la tunique de l'écuyer.

— Lord Elrik, milady. Il…

— Non. Non. Non.

Avelyn se leva et tituba en arrière, voulant s'éloigner de ce que ses yeux voyaient, mais que son cœur refusait.

Non. Ce n'était pas possible. Il n'était pas mort.

Ils étaient allés trop loin. Il avait pris trop de risques pour périr maintenant.

D'autres chevaux déboulèrent dans le camp.

Elle se tourna pour voir les cavaliers, mais sa vision se brouilla.

Un gémissement retentit dans ses oreilles, bloquant les voix autour d'elle, et elle n'eut pas conscience que c'était elle qui le poussait.

Soudain, deux bras puissants l'attirèrent contre un corps ferme. Des maillons métalliques s'enfoncèrent dans sa joue. Elle se débattit comme elle le pouvait, jusqu'à ce qu'elle soit soulevée dans les airs et qu'un grognement résonne à son oreille.

— Bon sang, Elrik, protesta-t-elle.

— Et vous qui disiez ne pas être sûre d'avoir des sentiments pour moi.

— Ainsi, vous m'avez laissée croire le pire pour me tester ?

— Seigneur, non ! J'ai perdu une course jusqu'au camp, c'est tout. On dirait que mon écuyer est un peu plus léger en selle, voilà tout.

— Ne faites plus jamais cela.

— Perdre une course ?

Elle savait qu'il faisait exprès de ne pas comprendre.

Lorsqu'il la déposa à terre, elle laissa libre cours à sa colère.

— Vous saviez que je vous attendais. Vous saviez que j'allais m'inquiéter. Ne me faites plus jamais vivre ça. Plus jamais, vous m'entendez ?

Il passa deux doigts sous ses yeux, puis les leva pour les étudier.

— Ça ne peut pas être des larmes. Si c'était le cas, cela voudrait dire que vous avez un tant soit peu d'affection pour moi.

Elle lui tourna le dos et commença à s'éloigner.

Il la rattrapa et lui saisit le poignet.

— Venez. Je promets de ne plus vous taquiner.

— Menteur.

— Probablement.

L'attirant contre lui, il lui passa la main dans les cheveux.

— Vous êtes prête à faire une excursion ?

Elle rejeta la tête en arrière.

— Où ?

— À Roul Keep.

— Mais le soleil est en train de se coucher.

Il tendit son heaume et son camail à un page.

— Et alors ?

— Il va bientôt faire nuit. Elrik, vous saignez !

— Ce n'est rien.

— Rien ?

Elle passa la main sur son arcade sourcilière.

— Vous avez bien une blessure, pourtant.

Elle lui prit la main et le guida vers un tabouret.

— Comment est-ce arrivé ? demanda-t-elle, en le poussant pour le faire s'asseoir.

Il ricana.

— Ce n'est pas une réponse.

Avant qu'il ait eu le temps de dire quelque chose, elle ajouta, soudain affolée.

— Ce n'était pas Osbert, n'est-ce pas ?

— Non. Ni lui ni ses compagnons n'ont été vus.

— Alors, comment est-ce arrivé ?

— Le fou qui convoitait Roul Keep a voulu se battre avec moi.

Avelyn fit signe à une servante, qui lui apporta un seau et un morceau d'étoffe. Elle nettoya le sang séché et eut un clappement de langue réprobateur.

— Ça va laisser une cicatrice. Avec quoi vous a-t-il frappé ?

— Son casque.

— Et où est-il, maintenant ?

— Emprisonné dans l'un des cachots du duc. Ce n'est plus mon problème. Et à présent mettons-nous en route sans tarder.

— Mais, Elrik, il va bientôt faire noir. Ne pouvons-nous attendre demain matin ?

— Non. Les hommes auront des torches pour nous éclairer à travers la forêt. Une fois que nous serons sur la colline, la lune nous fournira assez de lumière.

Sa voix se radoucit, son regard se fit enjôleur.

— Je veux passer cette nuit sur nos terres, Avelyn. Sous un toit, et dans un vrai lit.

Un lit.

Elle sourit à l'idée de dormir dans un véritable lit, au lieu d'une paillasse, et hocha la tête.

— Eh bien, dans ce cas, très volontiers. En route pour Roul Keep.

Chapitre 17

Une fois la sombre forêt traversée, ils entreprirent l'ascension d'une colline.

Elrik s'arrêta au sommet et agita le bras.

— Jusqu'à la mer au nord, jusqu'aux ruines du mur romain à l'est, et de l'autre côté de la forêt à l'ouest, tout cela fait partie de Roul Keep.

Avelyn réalisa que le domaine était si vaste que, même à la lumière du jour, elle ne pourrait en voir les limites.

Le sifflement ébahi de Samuel attira son attention, et elle suivit la direction de son regard.

Au loin, quatre tours se dressaient vers le ciel. Elle pouvait distinguer des points de lumière vacillante, sans doute des torches destinées à éclairer l'entrée.

— Ça ne peut pas être Roul Keep.

Elrik gloussa.

— Non.

Le soulagement envahit Avelyn.

— Ce sont les tours du mur d'enceinte.

Le soulagement disparut, laissant place à un sentiment de vertige.

— Elrik…

Elle laissa sa phrase en suspens, ne sachant pas quoi dire, et se demanda où serait sa place dans un endroit aussi grandiose.

Il baissa les yeux vers elle et sourit.

— On m'a dit que ces terres avaient été exploitées par la famille Roul pendant trois générations. Ils ont eu le temps et l'argent pour fortifier et élargir Roul Keep. Il faut de la poigne pour faire fonctionner ce domaine de Normandie. J'ai promis au duc que j'étais cet homme. Pensez-vous que j'ai eu tort ?

Avelyn réfléchit. Elle ne pouvait contester sa force et sa détermination. Il était doué pour le commandement. Ses hommes le suivaient sans questions.

— Non. Vous n'avez pas tort.

Il hocha la tête.

— Nous perdons du temps.

Tandis qu'ils chevauchaient à travers une prairie verdoyante, Elrik expliqua :

— Les forêts débordent de vieux arbres qui fourniront du bois pour la construction des bateaux. Il y a aussi des champs de blé, des pâtures pour les moutons. Le moulin est à l'intérieur des murs, tout comme le village.

— Il n'y a pas d'habitations à l'extérieur ? s'étonna Avelyn.

— Plus maintenant. Il y en avait un petit, près de la côte, mais il a été détruit par ceux qui voulaient prendre possession de Roul Keep.

— Où sont les villageois, à présent ?

— Lord Geoffrey a fourni des tentes, que nous avons érigées dans un ancien verger.

C'était une bonne solution pour le moment, mais

Avelyn savait que les gens finiraient par se sentir confinés.

— Avez-vous l'intention de reconstruire le village ?

— J'en ai déjà parlé avec les anciens et, dès demain, ils vont rassembler des hommes pour commencer à évacuer les décombres.

Oui, il serait un bon lord pour Roul Keep.

Les nuages s'écartèrent, laissant la pleine lune éclairer les lieux comme en plein jour.

— Et voici Roul Keep, annonça fièrement Elrik.

— Mais c'est un château.

— Oui.

— Combien de chambres y a-t-il ?

— Des chambres ?

— Vous m'avez dit qu'il allait falloir remplir les chambres d'enfants.

— Eh bien, je n'ai pas encore fait tout le tour, mais je crois qu'il y en a huit.

Elle tiqua.

— Milord, il va falloir rediscuter de ce projet.

Il rit.

— Je suppose que nous pourrions garder quelques chambres pour les visiteurs.

Entre-temps, ils étaient arrivés à l'entrée, gardée par huit hommes.

Une fois la grille franchie, Avelyn remarqua que la première cour était surpeuplée de gens et d'animaux. La seconde cour, gardée elle aussi par une grille, plus imposante encore, était occupée par des garçons d'écurie et des pages qui couraient en tous sens pour s'occuper des chevaux et des gardes.

Il devait y avoir une cinquantaine de gardes. Avelyn en reconnut certains des bateaux, mais la plupart lui étaient inconnus. Ils ne portaient pas la livrée noir et argent de Roul Isle.

Elrik arrêta son cheval devant les hommes.

— Si certains d'entre vous veulent quitter mon service, qu'ils le disent maintenant.

Aucun homme ne bougea.

Elrik tendit le bras dans la direction d'Avelyn et lui fit signe d'avancer.

— Je vous présente Lady Avelyn de Roul, ma femme. Vous lui serez loyal comme vous l'êtes avec moi.

Les hommes hochèrent la tête, et Elrik se tourna.

— Sir Daniel, c'est à vous. Veillez à ce que ces murs soient gardés en permanence.

Un homme aux cheveux gris, qui se tenait à cheval derrière eux, répondit :

— Oui, milord, avec grand plaisir.

Avant qu'ils aient eu le temps de faire deux pas, il donnait déjà des ordres.

Quatre lads se précipitèrent pour prendre les rênes de leurs chevaux.

Lorsque Elrik vint à côté d'elle pour l'aider à descendre de selle, Avelyn demanda :

— Qu'allez-vous faire d'eux ?

— Qui ?

— Samuel et Fulke. Ils vont vite se lasser de me suivre partout, si ce n'est pas déjà le cas.

— Ils se sont plaints ?

— Bien sûr que non. Vous savez bien qu'ils ne le feront pas. Mais ils ont besoin de se sentir utiles.

— Ce sont vos hommes, Avelyn.

— Ils seraient plus à leur place avec vous.

Le front plissé de contrariété, il rétorqua :

— Ne vous lasserez-vous jamais de cette discussion ? Vous savez bien comment ça se terminera.

— Je crains qu'un jour ça ne se termine par leur départ.

— Dans ce cas, je vous suggère de leur trouver quelque chose d'utile à faire.

Il passa un bras autour de sa taille et la tint serrée contre lui tandis qu'ils marchaient.

— Veillez à ce que cela concerne votre sécurité.

Avelyn ne pensait pas que c'était elle qui avait le plus besoin de sécurité. Cependant, elle ne dit rien, redoutant que le simple fait de mentionner Osbert ne le fasse apparaître.

Un garde tendit une torche à Elrik, et ce dernier la guida dans un escalier.

En haut se trouvait une porte. Avelyn eut une petite moue désappointée.

— Je m'attendais à ce qu'elle soit plus imposante.

Il rit et poussa l'épais battant pourvu de bandes métalliques et de gros clous, et la fit entrer dans une petite antichambre, où elle resta bouche bée.

— Que disiez-vous à propos de la porte ?

La double porte faisait au moins la hauteur de deux hommes, et on pouvait la franchir à quatre de front.

Ils traversèrent rapidement le grand hall et se dirigèrent vers un autre escalier.

À l'étage, Elrik lui fit emprunter un long couloir jusqu'à la chambre du bout.

Fermant la porte derrière eux, il glissa la torche dans le support prévu à cet effet sur le mur. Trouvant une autre torche, il l'alluma et la plaça de l'autre côté de la pièce.

Avelyn détailla la pièce et constata qu'elle était

peu meublée. Une table et une chaise, contre le mur entre les deux fenêtres. Deux coffres. Un grand lit à baldaquin, dont le matelas nu n'était guère accueillant.

Elle tapa fort du plat de la main sur le matelas et fut soulagée de constater qu'aucun insecte ne s'en échappait. Elle remarqua aussi qu'il était garni d'herbe sèche et non de paille, ce qui le rendrait plus confortable.

Fouillant les coffres, elle n'y trouva aucun linge de lit.

Essuyant sur sa tunique la poussière de ses mains, elle s'adressa à Elrik.

— Pendant que vous défaites votre armure, je vais aller voir dans les autres chambres si je trouve quelque chose.

Il se rembrunit.

— Ça ne me paraît pas une bonne idée.

— Nous sommes seuls dans la maison. Que peut-il arriver ?

Elle se dirigea vers la porte d'un pas décidé.

— Ne quittez pas cet étage.

— C'est promis.

— Et vous appellerez si vous avez besoin de quelque chose.

— Oui.

Elle ouvrit la porte.

— Avelyn ?

Quoi encore ? songea-t-elle, avec agacement.

Elle se tourna et vit qu'il lui tendait une torche.

— Oui, je suppose que ça pourrait m'être utile.

Elle sortit dans le couloir et se dirigea vers la chambre la plus proche. N'y trouvant rien, elle passa à la suivante.

Finalement, à l'angle du couloir, dans la quatrième chambre, elle découvrit des oreillers et des draps.

Soudain, elle entendit du bruit dans son dos. Avant qu'elle ait eu le temps d'appeler à l'aide, une pointe fut pressée contre son cou.

— Eh bien, ma chère, je crois que nous allons pouvoir discuter gentiment en privé.

Elle mettait trop de temps à inspecter les chambres.

La main posée sur la crosse de son épée, toujours accrochée à sa ceinture, il se dirigea vers la porte.

Un bruit… Des pas hésitants provenant d'au moins trois hommes flottaient dans le couloir.

Il sortit une épée courte du carquois dans son dos et la dague dissimulée dans sa botte, et se plaqua contre le mur.

La gorge tranchée, le premier homme heurta le sol avec un bruit mat. Le second tituba, hoqueta tandis qu'il se cramponnait à la dague plantée dans sa poitrine, avant de s'effondrer à son tour.

Elrik sortit ensuite son épée et se tourna pour faire face au troisième homme. Choqué de voir ses compagnons morts, il tituba en arrière et bascula par-dessus la rambarde, s'écrasant brutalement dans le grand hall.

S'assurant rapidement que les autres n'étaient pas là, Elrik suivit le couloir jusqu'au bout. Il restait encore trois hommes dans les parages, dont le demi-frère d'Avelyn.

Tournant à l'angle du couloir, il entendit des voix, l'une haut perchée et accusatrice devait appartenir à

Osbert. L'autre, forte et fière, était indubitablement celle de sa femme.

— Qu'as-tu l'intention de faire ? demanda Avelyn.

Osbert abaissa la dague qu'il pointait sur son cou et vint se placer devant elle.

— Mais hommes sont en train de s'occuper de ton mari. Quand ils auront fini, nous irons les rejoindre.

Son sourire mauvais fit s'accélérer le cœur d'Avelyn.

— Je vais nouer une corde autour de son cou, jeter le bout libre autour d'une poutre et le suspendre. Tu vas le regarder mourir lentement, battant des jambes, gâchant inutilement le peu de souffle qu'il lui reste.

Avelyn avait envie de hurler, mais elle se contint, sachant que montrer sa peur à Osbert ne ferait que renforcer sa détermination à la faire souffrir.

Cela n'arriverait pas. Il fallait seulement qu'elle laisse le temps à Elrik de se débarrasser de ses assaillants et de venir à son aide.

— Dieu merci, dit-elle, en feignant le soulagement.

Osbert la regarda avec suspicion.

— Il y a quelques jours, tu te comportais comme si tu aimais ton mari.

— Parce que je redoutais que ses hommes m'entendent.

— Tu les avais envoyés régler la bagarre que mes hommes avaient déclenchée au campement.

— Ah, mais Lord Roul me fait surveiller en permanence.

— Pourquoi cela ?

— Parce que je suis une Brandr, bien sûr. Tu ne crois quand même pas que Roul a épousé la fille de son ennemi par choix. Tu es bien trop intelligent pour penser cela.

Osbert se rengorgea sous le compliment.

— Il a été obligé de t'épouser.

— Évidemment. Et moi aussi. Tu crois vraiment que j'avais envie d'épouser quelqu'un d'aussi bestial et dangereux que ce loup ?

Elle mima un frisson, comme si elle était dégoûtée.

— J'en suis malade quand il me touche.

— Mais je t'ai vue rire avec lui pendant que vous entriez dans la tente.

Elle leva les yeux au ciel, écartant les bras, mains levées, comme si elle lui demandait de comprendre.

— Je suis sa femme. Il peut faire ce qu'il veut avec moi. Étant donné que je n'ai aucun désir de mourir sous ses mains répugnantes, je suis bien obligée de faire croire que je tiens à lui. Heureusement, je savais que père ou toi viendriez me sauver de cette horreur.

Osbert abaissa sa lame.

— Je suis là, maintenant.

— Je sais. Et j'aurai toujours une dette envers toi.

Osbert se rapprocha et posa les mains sur ses épaules.

— Malheureusement, père m'a demandé de te tuer aussi.

— Quoi ?

Il haussa les épaules.

— Et de ramener la bague.

— Alors, c'est de cela qu'il s'agit uniquement ? De la bague ?

— La bague, c'est mon idée. J'aurai peut-être

besoin moi aussi de prouver que je suis apparenté au roi Óláfr.

— Je ne l'ai plus. Roul me l'a prise.

— Mais je suis sûr que tu pourras faire dire à ton mari où il l'a mise avant qu'il ne meure.

— Comme si ce tyran allait me dire quoi que ce soit !

Plus vite qu'elle ne l'aurait cru possible, Osbert plongea vers elle.

Elle se tourna pour lui échapper, mais il fut plus rapide.

Glissant un bras autour de son cou, il la plaqua contre son torse.

Puis, avec un rire de dément, il fit courir la pointe aiguisée de sa dague le long de sa joue.

— Voici un avant-goût de ce qui t'attend.

La douleur lui fit monter les larmes aux yeux. Elle planta les ongles dans l'avant-bras d'Osbert.

— Lâche-moi.

À son grand étonnement, il le fit.

Son cri étouffé résonna à son oreille.

Son bras retomba.

De l'air frais s'infiltra entre son dos et le torse d'Osbert. Puis elle entendit un bruit mat derrière elle.

Elle se tourna lentement et fixa le sol où Osbert gisait, agonisant.

Relevant les yeux, elle croisa le regard glacial de son mari.

Il ne dit rien, se contentant de la fixer.

La douleur et la haine étaient les seules émotions qui passaient dans ses prunelles.

Il avait entendu tout ce qu'elle avait dit à Osbert.

Et il avait cru ses mensonges.

D’une main tremblante, elle releva l’ourlet de sa tunique et s’agenouilla à côté d’Osbert.

Contre toute attente, elle éprouvait un profond chagrin, peut-être pour le frère aimant qu’elle n’avait jamais eu, alors qu’elle n’aurait dû éprouver que du soulagement à l’idée qu’il ne ferait plus jamais de mal à personne.

Elle secoua la tête.

— Tu n’aurais jamais dû venir ici.

Il chercha son souffle et ânonna :

— Père… te… tuera.

Puis sa tête roula sur le côté, et elle sut qu’il était mort.

Lorsqu’elle se leva, l’embrasure de la porte était vide.

Elrik était parti.

Chapitre 18

Avelyn s'arrêta sur le seuil de leur chambre.

Posté devant la fenêtre, Elrik lui tournait le dos.

— Il est mort ? s'enquit-il sans se retourner.

— Oui.

S'avançant de quelques pas, elle se demanda par où commencer.

— Elrik, je…

Il secoua la tête, interrompant son explication.

— Non. Ça ne m'intéresse pas.

Il n'y avait pas de colère dans sa voix, et elle comprit qu'il ne servirait à rien d'essayer de l'enrager.

Elle n'aimait pas cela, car ça se terminait généralement par un mal de tête, mais au moins savait-elle comment agir quand il sortait de ses gonds.

Mais cela c'était la voix d'un homme qui avait été profondément blessé.

Et c'était elle qui lui avait par inadvertance causé cette peine.

Elle détestait Osbert et ce qu'il l'avait obligée à faire. Mais elle se détestait plus encore.

Jamais il n'avait été dans son intention de blesser son loup. Jamais.

Il s'écarta de la fenêtre et traversa la pièce. Puis il tira une chaise près de la torche et lui fit signe d'approcher.

— Asseyez-vous.

Samuel entra.

— Voici ce que vous m'avez demandé. Que s'est-il passé ?

Il dévisagea Avelyn.

— Est-ce que ça va ?

Elrik lui prit le seau d'eau et les linges, puis il s'agenouilla à côté d'Avelyn.

— Ça risque de faire mal.

Il plaça un linge contre sa joue.

— Il va falloir recoudre.

— Vous êtes sûr ?

Il remplaça le linge souillé par un autre.

— Hélas oui.

— C'est grave à ce point ?

Fulke entra avec une sacoche, jeta un coup d'œil à Avelyn, jura et recula d'un pas.

— Vous pouvez le faire ? demanda-t-elle à Elrik.

Il secoua la tête.

— Mes talents de couture ne sont valables qu'en dernier recours sur un champ de bataille ou un navire. Samuel est plus doué que moi avec une aiguille. Ou je peux aussi faire venir une femme.

— Je préfère Samuel.

— Bien. Mais vous allez devoir rester immobile.

Elle prit une profonde inspiration.

— Dans ce cas, tenez-moi. Tenez-moi fort.

Il se leva pour la prendre dans ses bras, s'installa dans un fauteuil et la tint contre lui.

Sa bonne joue posée contre l'épaule d'Elrik, Avelyn

glissa les jambes sous l'accoudoir du fauteuil. Si cela faisait aussi mal qu'elle le redoutait, elle ne voulait pas risquer de donner des coups de pied à qui que ce soit.

Tandis que Samuel fouillait dans la sacoche, Fulke approcha un tabouret du fauteuil.

Elle leva les yeux vers Elrik.

— Avec un peu de chance, je vais m'évanouir.

Il hocha la tête.

— Je l'espère pour vous. Fermez les yeux.

Lorsqu'elle entendit Samuel s'approcher, Elrik resserra le cercle de ses bras autour de ses épaules, tandis que Fulke lui prenait les mains.

Elle sentit qu'on tamponnait un linge humide contre sa joue. Même si Samuel se montrait étonnamment doux, elle flancha.

— Allons, dit gentiment Elrik. Nous sommes avec vous. Je suis avec vous.

— Elrik, je suis désolée.

— Pas autant que moi.

— J'ai peur.

— Je sais. C'est normal. Ce sera bientôt fini.

Il posa sa joue contre son crâne.

— Dès demain, nous lancerons une grande opération de nettoyage de la maison.

Fulke ricana.

— Si tu trouves que la maison est sale, tu devrais aller voir les écuries. J'ai pitié de ces pauvres chevaux.

— Eh bien, rassemble quelques hommes et mets-les au travail dès la première heure demain matin.

— Combien de temps penses-tu que cela prendra pour tout remettre en état ?

— J'aimerais que ce soit habitable dans une semaine, si possible.

— C’est peut-être un peu irréaliste.

Avelyn savait que leur conversation était destinée à la distraire et elle se détendait de plus en plus contre le torse d’Elrik.

En fait, leurs voix profondes commençaient à l’endormir.

Elle était fatiguée. Il était tard. Bien plus tard que l’heure à laquelle elle se couchait normalement.

Une piqûre aiguë envoya une vague de douleur à travers son visage. Elle se crispa. Elrik et Fulke la tinrent plus solidement.

Elle sentit un gémissement monter dans sa gorge.

Une nouvelle piqûre lui coupa le souffle.

Son mari n’avait pas menti. Ce n’était pas plaisant du tout.

Elrik pressa ses lèvres sur son front.

— Je suis désolé, ma douce.

Samuel enfonça à nouveau l’aiguille dans sa joue.

Elrik soupira de soulagement tandis que le corps d’Avelyn s’affaissait entre ses bras. Heureusement, elle s’était évanouie.

— Dépêche-toi, dit-il à Samuel. Qu’on en finisse.

Fulke lâcha les mains d’Avelyn et se redressa sur son tabouret.

— J’ai bien cru qu’elle allait rester consciente jusqu’à la fin.

Samuel accéléra le rythme.

— C’est vraiment profond. Il va rester une cicatrice.

— Je ne pense pas qu’elle s’en souciera.

Mais Elrik savait que, chaque fois qu’il la regarderait, il se rappellerait l'unique fois où il n'avait pas été là pour elle.

— Comment est-ce arrivé ? demanda Fulke.

— Osbert l'a surprise, tandis que trois hommes essayaient de s'attaquer à moi.

— Pourquoi était-elle seule ?

Il entendit la critique dans le ton de Fulke.

Non seulement il comprenait, mais il était d'accord.

— Une erreur. J'avais finalement pris le contrôle du domaine et je croyais que nous étions en sécurité.

— Donc, il reste encore deux hommes à trouver ?

— Oui.

Samuel se mêla à la conversation.

— Si tu veux bien monter la garde, nous nous en occuperons tous les deux quand ce sera terminé ici.

Les paupières d'Elrik s'étrécirent pour toiser Samuel.

— Si tu penses que je ne me sens pas responsable, tu te trompes.

— J'ai tout simplement du mal à comprendre que ça t'ait pris autant de temps pour te débarrasser de trois hommes et rejoindre ta femme.

Quelque temps auparavant, Elrik avait cru que ses compagnons se comportaient comme des frères trop protecteurs. À présent, ils avaient l'air de pères outragés.

Ça ne lui avait pas pris tant de temps que ça pour se débarrasser des trois hommes.

Il s'était précipité vers Avelyn, mais il avait hésité derrière la porte, parce qu'il avait entendu ce qu'elle disait de lui à son demi-frère.

Il savait qu'il s'agissait de mensonges prononcés pour lui sauver la vie.

Depuis qu'il avait donné sa vie au roi, il avait

entendu dire beaucoup de choses à son sujet. Des choses qui auraient mis en rage d'autres hommes.

Sa première femme lui avait dit des choses horribles sur son lit de mort. Son propre père lui avait souvent dit qu'il était un bon à rien et un traître à sa famille.

Mais quand Avelyn avait prononcé ces mots, ces mensonges, il avait réalisé en un instant combien il l'aimait.

La peine que ces mots avaient causée n'aurait pas existé s'il n'avait pas déjà donné son cœur à cette femme.

Et il avait hésité.

Quelques secondes de trop.

Et, cela, il ne se le pardonnerait jamais.

Samuel coupa le fil et recula pour observer le résultat.

— Ça ira. Ce n'est peut-être pas très joli, mais ça devrait tenir jusqu'à ce que ça cicatrise.

— Bien. Merci. Et maintenant, si vous voulez bien m'apporter de l'eau et des linges, et peut-être de quoi faire le lit, vous me rendriez un grand service.

Lorsque Samuel et Fulke quittèrent la chambre, Elrik se plongea à nouveau dans ses pensées.

Que ressentirait Avelyn, demain en se réveillant ?

Sa première pensée irait sans doute à la douleur qu'elle avait ressentie. Et cette peur engendrerait probablement de la colère, du dégoût et de la haine envers lui.

Combien de fois l'avait-il admonestée parce qu'elle sortait sans ses gardes ?

Combien de fois s'était-il inquiété pour sa sécurité ?

Et il avait suffi qu'il baisse sa garde une fois pour qu'elle se fasse attaquer.

S'il avait hésité une seconde de plus, elle serait morte.

Il ferma les paupières.

Avait-il déjà ressenti cette impression d'être totalement inutile ?

À quoi servait-il s'il ne pouvait pas protéger sa femme ?

Ses hommes revinrent.

Fulke plaça des draps et des couvertures sur le lit. Samuel déposa un seau d'eau et des linges, avant de récupérer sa sacoche.

— Il te faut autre chose ?

— Non. Vous pouvez y aller.

Fulke hocha la tête.

— Nous ne reviendrons pas tant que nous n'aurons pas retrouvé ces deux types.

— Tu gardes un œil sur elle ? lança Samuel, depuis le seuil de la chambre.

Elrik se demanda s'ils oublieraient un jour ce que son erreur avait coûté à Avelyn.

Avelyn roula sur le côté. Sa joue, appuyée contre l'oreiller, lui faisait si mal qu'elle en avait l'estomac barbouillé.

Elle se redressa dans le lit et observa la chambre inconnue.

La dernière chose qu'elle se rappelait, c'était d'avoir été assise sur les genoux d'Elrik, tandis que Samuel recousait sa joue.

Elle avait dû s'évanouir, comme elle l'espérait.

Mais cela n'expliquait pas comment elle se trouvait à présent dans un lit pourvu de draps, de couvertures et d'oreillers, ni pourquoi elle était nue.

Elle regarda sur le côté du lit et vit sa tunique qui trempait dans un seau d'eau rougie.

Levant la main, elle toucha prudemment sa joue.

D'après le dessin des points de suture, Osbert lui avait ouvert la joue depuis l'oreille jusqu'à la commissure des lèvres.

Elle savait qu'elle garderait une cicatrice, mais cela lui était égal. Elle espérait que son loup de mari s'en soucierait aussi peu qu'elle.

— Vous êtes réveillée ?

Avelyn sursauta en entendant la voix d'Elrik.

— À en juger par le soleil déclinant, je dirais que j'ai dormi toute la journée.

Il la rejoignit sur le lit, s'asseyant le dos contre le mur derrière eux, et les jambes étirées devant lui.

— Je pensais que vous dormiriez au moins jusqu'à demain matin.

Elle l'observa, étudiant l'expression morne de son regard et la ligne étrécie de ses lèvres.

— Nous devrions parler.

— Pas maintenant. Nous le ferons, mais plus tard.

— Vous êtes…

Elle réfléchit.

Il n'était pas en colère. Plutôt… triste. Blessé.

— Je suis désolée, Elrik.

Il passa un bras autour de ses épaules et l'attira contre lui.

— Chut, Avelyn.

Elle ne pouvait pas laisser cela peser entre eux.

Il fallait qu'il sache qu'elle avait menti à Osbert.

— Mais…

— Non.

La rudesse de son ton la dissuada de continuer.

— Vous êtes blessée et vous avez besoin de vous reposer. Et, je ne suis pas d'humeur à parler.

Ne sachant pas quelle réaction adopter, elle se tourna sur le côté, reposant à moitié contre son torse, un bras passé autour de sa taille.

Le rythme régulier de son cœur l'apaisa peu à peu. Enveloppée par la chaleur de son corps, elle se détendit et ferma les yeux.

Lorsqu'elle s'était imaginée mariée, elle avait toujours désiré que son mari soit aussi son ami, qu'il partage des choses avec elle, qu'il rie avec elle… et surtout qu'il la traite avec équité.

L'amour n'avait jamais été une considération. Cette émotion intangible, qui semblait inutile et indésirable.

Mais, à chaque mensonge qu'elle disait à Osbert, elle avait réalisé combien elle aimait Elrik.

Comment était-ce arrivé ?

Son cœur savait-il cela depuis le début ?

Était-ce pour cela qu'elle était si peu sûre d'elle et si perdue ces derniers temps ? En colère à un moment, et emplie à un autre moment d'un désir envahissant de le toucher ou de le voir.

Ce n'était pas ce qu'elle voulait.

À quoi bon ces émotions contradictoires si elles n'ajoutaient rien de significatif à sa journée ?

Avelyn contint ses larmes.

C'était encore quelque chose qu'elle n'aimait pas dans cette perte de contrôle. Elle se retrouvait au bord des larmes pour un oui pour un non.

Elrik passa le pouce sous ses yeux.

— Dormez, Avelyn. Tout va bien.

Elrik tint Avelyn serrée contre lui, caressant son bras, lissant ses cheveux du plat de la main, jusqu'à ce qu'il entende sa respiration légère et régulière.

Pour une fois, ses larmes ne l'avaient pas effrayé ou agacé. Il savait qu'elle aurait les nerfs à fleur de peau pendant un moment. Elle allait s'inquiéter pour son visage. Et, une fois que la douleur aurait cessé, la cicatrice serait inconfortable, tiraillant et grattant.

Parmi les choses qui influeraient sur ses émotions, il y avait aussi le fait qu'il refusait de parler de ce qui s'était passé.

Ils le feraient, mais quand il serait sûr qu'il pourrait contrôler le tumulte d'émotions qui faisait rage pour le moment dans son esprit.

Il ne voulait pas se mettre en colère.

Ce n'était pas la faute d'Avelyn s'il avait du mal à accepter ses sentiments pour elle.

L'idée qu'elle lui ait dérobé son cœur le terrifiait.

La pensée qu'il ne contrôlait plus rien lui donnait une impression de vulnérabilité, comme s'il s'exposait délibérément à davantage de chagrin.

Il s'était mis tout seul dans cette situation.

S'il avait tenu tête au roi David, s'il avait insisté pour repousser le mariage, ou bien s'il avait attendu qu'elle soit en route pour Roul Isle avant de partir pour la Normandie… il n'en serait pas là.

Avelyn bougea contre lui, se blottissant davantage dans sa chaleur.

Il ne lui avait pas fallu longtemps pour avoir une totale confiance en lui. D'instinct, elle avait su qu'il lui apporterait ce qu'elle recherchait : du réconfort, de la passion et, hormis la seule fois où il n'avait pas été là quand elle avait eu besoin de lui, de la sécurité.

Il se pencha pour attraper la couverture et la remonta sur ses épaules.

Elle s'était inquiétée plusieurs fois qu'il la repousse ou l'exile.

Il ne ferait jamais cela. Comment le pourrait-il quand son sourire était la lumière de sa journée, et ses soupirs quand il la touchait la bénédiction de ses nuits ?

Elle était la raison pour laquelle son cœur battait.

— Milady ?

Avelyn crut avoir entendu quelqu'un lui parler. Mais elle était distraite, et on aurait dit que la voix était étouffée par un épais brouillard.

— Lady Avelyn ?

Elle regarda en bas et vit un homme à côté de l'échelle sur laquelle elle était grimpée.

— Oui ?

— Je peux le faire, milady.

Un rapide coup d'œil vers la balustrade réparée lui apprit qu'Elrik était encore une fois en train de la regarder.

Ce qui expliquait pourquoi un garde proposait de faire à sa place une corvée domestique.

Les cinq derniers jours avaient été... étranges.

Quand ce n'était pas Elrik qui la surveillait, Samuel et Fulke s'en chargeaient. Elle n'avait pas été seule une fois.

S'il y avait encore un danger réel, elle comprendrait leur inquiétude. Mais les deux derniers hommes avaient été trouvés morts dans la forêt. Sans doute tués par Osbert avant qu'il ne l'attaque.

Pourquoi alors fallait-il qu'elle bénéficie d'une surveillance aussi drastique ?

Lorsqu'elle avait posé la question à Elrik, il avait changé de sujet.

Leur relation n'était plus la même.

Il la tenait dans ses bras la nuit, mais c'était tout. Il n'essayait même pas de lui donner un baiser.

Et, durant la journée, il était… poli. Attentif et poli.

Il ne plaisantait plus. Il ne parlait pas de sujets personnels. Il la traitait comme une amie.

On aurait dit qu'il mettait intentionnellement une distance entre eux.

Même à cet instant, avec ses yeux d'aigle posés sur elle. Il n'y avait pas de chaleur dans ses prunelles. Il la regardait comme il l'aurait fait avec une personne sous sa protection.

Et ça commençait à lui faire peur.

Se détournant d'Elrik, elle tendit au garde l'ancien blason qu'elle venait de décrocher du mur et descendit de son échelle.

Frottant ses mains poussiéreuses sur la vieille tunique qu'elle avait empruntée à la buanderie, elle dit au garde :

— Nettoyez-le bien et remettez-le en place.

— Ce sera fait.

— Merci.

Elle se dirigeait vers l'escalier, quand elle entendit du vacarme à l'entrée.

Deux hommes protestaient qu'ils ne voulaient pas abandonner leurs armes.

Elle s'avança.

— Y a-t-il un problème ?

Un des hommes lui sourit.

— Vous êtes de toute évidence la femme d'Elrik.

— De toute évidence ?

— Votre ton vous désigne comme la maîtresse des lieux.

Leurs visages lui semblaient familiers.

Elle les observa plus attentivement.

— Et vos cheveux noirs mêlés de blanc vous désignent comme des Roul.

— Nous sommes ses frères.

Celui qui était légèrement plus grand ajouta :

— J'espère que vous ne nous en voudrez pas si nous restons seulement cette nuit.

— Pourquoi vous en voudrais-je ?

— Je ne savais pas si vous seriez prête à partir si rapidement.

Avelyn eut l'impression que le sol bougeait sous ses pieds.

Samuel grommela.

— Votre frère est à l'étage.

Cherchant son souffle, elle leva les yeux vers le palier.

Elrik s'y trouvait toujours. Il soutint son regard sans faiblir.

Elle s'obligea à reporter son attention sur ses frères.

— Si vous voulez bien m'excuser.

Elle passa devant eux à la hâte et se précipita dans le jardin.

Elle ne pouvait plus respirer et avait besoin d'air frais.

Avelyn marcha jusqu'au puits et s'assit sur un banc.

Elle ferma les yeux et offrit son visage à la fraîche caresse de la brise.

Mais cela ne suffit pas à apaiser sa colère et son désespoir.

Il allait l'envoyer ailleurs sans le lui dire.

Comment avait-elle pu être assez stupide pour l'aimer ?

Elle eut envie de rentrer, de monter les marches en courant, et de se jeter à ses pieds pour le supplier de la garder auprès de lui.

Mais non, elle ne le ferait pas.

Elle ne pourrait pas vivre le reste de sa vie en se demandant s'il l'avait laissée rester parce qu'il s'y sentait obligé.

Elle ne voulait pas de sa pitié.

Elle ne voulait pas être une obligation, une responsabilité… quelque chose qui lui était imposé, et qu'il n'avait d'autre choix que de supporter.

Elle fit tourner l'alliance autour de son doigt, en se demandant si elle devait la laisser pour Elrik, ou la garder comme un souvenir du peu de temps qu'ils avaient passé ensemble.

Retenant un sanglot, elle se leva.

Elle devait trouver la volonté, la force, de redresser les épaules et de garder la tête haute.

Au moins jusqu'à ce qu'elle soit suffisamment loin de Roul Keep pour donner libre cours à son chagrin.

Chapitre 19

Avelyn prit délicatement l'une des plumes aiguisées que Samuel avait préparées pour elle et la trempa dans l'encrier pour terminer de rédiger la lettre qu'elle écrivait à Elrik.

Elle s'était retranchée dans une chambre inutilisée, en emportant avec elle le coffret que Fulke lui avait donné pour ranger son nécessaire d'écriture.

Elle s'était aussi pourvue d'une chandelle et d'une couverture.

Ces articles, elle les laisserait sur place, n'emportant que ce qui était à elle : la tunique qu'elle avait achetée d'un baiser, et la bague de sa grand-mère.

Elle fit tourner son alliance autour de son doigt, hésitante.

Ce n'était pas vraiment à elle. L'anneau appartenait à la famille d'Elrik.

Elle l'ôta, voulant ignorer le pincement à l'estomac que ce geste provoqua, et la posa sur la table. Elle la déposerait à côté du parchemin pour qu'il la trouve.

Après y avoir réfléchi pendant des heures, elle était arrivée à la conclusion qu'elle ne pouvait pas affronter son mari.

Elle ne pourrait pas lui parler, ni même lui demander pourquoi il la renvoyait.

Elle ne voulait pas connaître la réponse, redoutant qu'elle ne lui fasse plus mal que l'ignorance.

La seule chose qu'elle aurait voulu savoir pour l'instant, c'est quand ce besoin de pleurer s'arrêterait.

Et quand cette douleur s'apaiserait.

Mais elle lui avait promis qu'elle ne partirait jamais sans le lui dire.

Il était donc temps de mettre à profit ses connaissances nouvellement acquises.

Elrik aurait peut-être un peu de mal à déchiffrer ce qu'elle avait écrit, mais Samuel ou Fulke pourraient l'aider. Ils étaient familiers de ses gribouillages.

Elle avait besoin qu'il sache qu'il était aimé, que son cœur lui appartenait.

Et aussi qu'elle était terriblement désolée qu'il ait entendu les mots qu'elle avait dits à Osbert.

Elle ne les pensait pas. Ce n'étaient que des mensonges pour sauver sa vie.

Elle avait mal à la main, à force d'écrire.

Elle s'y était attelée depuis des heures. Le soleil commençait à se coucher.

Quand elle eut terminé, elle resta un moment à fixer la lettre, en se demandant comment signer.

Finalement, elle écrivit : « J'espère rester votre petite colombe. »

C'était le mieux qu'elle avait trouvé.

Peut-être pourrait-elle plus tard lui écrire une lettre mieux tournée.

Éclatant en sanglots, elle laissa la plume glisser de ses doigts et courut vers le lit, où elle se pelotonna sous la couverture, en espérant que cela étoufferait ses pleurs.

Les mains d'Elrik tremblaient tandis qu'il relisait la lettre pour la troisième fois.

Qu'avait-il fait ?

L'arrivée de ses frères n'aurait pu se faire à un pire moment.

Il avait cherché Avelyn tout l'après-midi et toute la soirée.

Finalement, il avait demandé à Samuel s'il avait une idée de l'endroit où elle pouvait être. Son ami de toujours lui avait répondu, entre colère et reproche, qu'elle était sûrement partie pour Roul Isle, comme il l'avait ordonné.

Elrik avait alors compris l'affreux quiproquo.

Avelyn avait cru que ses frères étaient venus la chercher. Et, c'était vrai jusqu'à un certain point. Ils étaient là à cause de la lettre qu'il leur avait envoyée après le mariage. Ne trouvant pas Avelyn à Carlisle, ils étaient venus à Roul Keep. Et, connaissant le roi David, Elrik savait que celui-ci n'avait pas expliqué l'absence d'Avelyn. Aucun des deux n'était à Roul Isle quand la seconde missive était arrivée pour leur demander d'ignorer la première.

Après avoir découvert ce qui s'était dit, Elrik avait fait le tour du domaine comme un dément, la cherchant partout.

Il devait la trouver. Il devait lui expliquer que Rory et Edan n'allaient pas l'emmener.

Il devait lui dire aussi qu'il ne l'avait pas ignorée pendant ces cinq derniers jours. Il voulait tout simplement lui laisser du temps pour cicatriser, pour apaiser ses émotions avant qu'ils ne parlent.

Finalement, redoutant qu'elle ne se soit enfuie, il avait vérifié les chambres du dernier étage. Il l'avait trouvée dans la plus petite, au bout du couloir, pelotonnée sous une couverture.

Puis il avait découvert la lettre et son alliance sur une table.

Surpris et fier que sa femme ait appris à écrire, il s'était assis et avait commencé à lire.

Son écriture était un peu difficile à déchiffrer, mais les mots étaient simples et venaient du cœur. Un cœur qu'il avait cruellement brisé.

Il n'oublierait jamais cette lettre, mais le fait qu'elle ait eu l'intention de la laisser pour qu'il puisse la lire, plutôt que de venir lui parler, signifiait qu'elle ne lui faisait pas encore suffisamment confiance.

Il fallait changer cela.

Un début de sourire étira les lèvres d'Elrik.

Il remit la lettre exactement où il l'avait trouvée, posa l'alliance à côté et quitta sans bruit la chambre.

Avelyn frissonna dans l'air matinal frais et humide.

Cette chevauchée jusqu'au bateau avait été la plus longue et la plus silencieuse qu'elle ait jamais vécue.

Samuel et Fulke n'avaient pas fait d'efforts pour rompre le silence. Ils ne paraissaient pas en colère. Seulement plongés dans leurs pensées.

Lorsque le bateau lui apparut, ses mains se mirent à trembler et sa nervosité la fit sourire. Ce n'était pas la première fois qu'elle s'enfuyait. Elle n'avait pas de raison de se mettre dans cet état.

Samuel l'aida à descendre de cheval, et elle se tourna vers Little Lady pour la cajoler et déposer un baiser entre ses grands et doux yeux bruns.

— Tu vas me manquer.

Un écuyer prit les rênes.

— Elle sera bien soignée, milady.

Elle hocha la tête et se tourna vers le bateau.

Un des frères d'Elrik l'attendait à l'entrée de la cabine. Il lui souhaita la bienvenue et la laissa s'installer, tandis que Samuel et Fulke prenaient place à l'extérieur.

Leur présence la rassurait. Au moins, elle ne serait pas complètement seule pendant ce voyage.

Des bruits de bottes sur le pont lui apprirent que des gardes les avaient rejoints. Ils n'allaient pas tarder à lever l'ancre.

Son estomac se noua. Elle n'avait pas envie de partir, mais elle était trop lâche pour affronter son mari.

Elle était incapable de trouver les mots pour lui dire combien elle était désolée et combien elle se sentait coupable.

Elle ferma les yeux pour retenir ses larmes.

Bientôt, elle sentit que le bateau bougeait et s'éloignait lentement du quai. Elle ôta son lourd manteau et le suspendit à une patère. Puis elle alla se pelotonner sur la paillasse, le visage enfoui dans l'oreiller.

— Soyez maudit, Elrik, murmura-t-elle.

Une main lui caressa les cheveux.

— J'ai été maudit à l'instant où je vous ai rencontrée, petite colombe.

Elle sursauta.

Était-elle victime de son imagination ?

Mais la main qui tenait son épaule était trop solide pour qu'elle l'ait imaginée.

— Nous devons parler.

Elle roula sur le dos et le dévisagea avec stupeur.

— Que faites-vous ici ?

— J'essaie de découvrir qui de nous a le plus de courage pour dire ce qui doit être dit.

Du courage ?

Avelyn se rembrunit.

Qu'est-ce qui lui demanderait le plus de courage ? Lui dire qu'elle l'aimait, ou bien qu'elle partait parce qu'elle savait que c'était ce qu'il voulait ?

— Vous m'avez renvoyée.

— Ce n'est pas vrai. Mes frères n'ont pas reçu la seconde lettre qui leur demandait de ne pas venir. C'est juste une incompréhension. Et on dirait qu'il y en a eu beaucoup ces derniers temps.

— Que voulez-vous dire ?

Il s'étendit à côté d'elle sur le lit, avant d'expliquer :

— Je vous ai laissée seule ces cinq derniers jours, parce que je croyais que vous aviez besoin de temps pour réfléchir. Mais j'aurais pu vous le demander. C'est comme vous. Vous avez pris la fuite au lieu de découvrir pourquoi mes frères étaient là.

— J'avais peur de la réponse.

— Et moi, j'avais peur de vous dire ce que vos paroles à Osbert m'ont fait.

— Elrik, je ne voulais pas vous blesser.

— Je le sais. Je savais que vous mentiez pour gagner du temps.

Du bout des doigts, il toucha délicatement la plaie sur sa joue, qui commençait à bien cicatriser.

— C'est arrivé à cause de moi.

— Ce n'est pas vous qui avez porté un couteau à mon visage.

— Non, mais j'ai hésité avant d'intervenir, et ça a laissé le temps à Osbert de commettre son méfait.

Il lui prit les mains entre les siennes.

— Oui, vos mots m'ont touché, parce qu'ils m'ont fait comprendre que je vous aimais.

Avelyn retint son souffle en entendant cet aveu.

Elle avait réalisé la même chose au même moment.

Mais pouvait-elle le lui dire ?

Aurait-elle le courage de déposer son cœur entre les mains d'Elrik, en sachant qu'elle pourrait un jour se retrouver seule, comme cela était arrivé à sa mère ?

Elrik gardait le silence, attendant visiblement de voir si elle pouvait lui faire confiance.

Elle avait déjà mis ces mots sur un parchemin, mais elle ne savait pas qu'il avait lu la lettre, et il ne le lui dirait pas tant qu'elle n'aurait pas exprimé ses sentiments de vive voix.

Finalement, elle riva son regard au sien et admit :

— Tout en parlant, moi aussi j'ai compris pourquoi ces mensonges étaient si difficiles à prononcer. Tout simplement parce que je vous aimais.

Il sourit et secoua la tête.

— Pour deux personnes qui disent s'aimer, nous semblons très maladroits en ce domaine.

— Peut-être parce que nous n'en avons pas l'habitude.

— Je suppose que cela prendra du temps, et nous en aurons à revendre dans les semaines qui viennent.

— Où allons-nous ?

— D'abord à Roul Isle pour déposer mes frères. Et ensuite où vous voudrez.

— Nous avons un domaine à administrer.

— Il ne risque pas de s'envoler. Et, nous deux, nous sommes plus importants que tout le reste. Pour finir, il est impératif que vous me fassiez confiance, Avelyn. Vous pouvez tout me dire, et tout me demander.

Il lui prit la main.

— Vous avez oublié quelque chose à Roul Keep.

Elrik glissa l'alliance à son doigt et déposa un tendre baiser sur ses lèvres.

— Ma femme, je veux que vous sachiez que vous possédez mon cœur et mon âme. Vous m'êtes aussi indispensable que l'air que je respire. Je vous aime, aujourd'hui et pour toujours.

Tandis qu'Elrik répétait les mots qu'elle avait écrits sur le parchemin, Avelyn sentit la chaleur de son amour déferler sur elle.

Convaincue qu'elle serait toujours en sécurité dans ses bras quoi qu'il arrive, elle posa la main sur son torse, juste au-dessus de son cœur.

— Mon loup, je vous retourne cet amour, et je jure de toujours traiter votre cœur et votre âme avec aménité.

Retrouvez en juin 2019,
dans votre collection

LES HISTORIQUES

La rose et le Highlander, de Brenda Joyce - N°834

Écosse, 1307

Alors qu'une guerre déchire l'Écosse, Alana, guidée par son instinct, s'élance à corps perdu sur le champ de bataille qui menace le château de Brodie, pour sauver un homme. De ce Highlander aux cheveux sombres elle ne sait rien, si ce n'est la terrible vision de lui qu'elle a eue devant un ciel de flammes. Et, en croisant son regard, Alana est soudain traversée par une onde électrique, un sentiment aussi violent qu'inconnu pour elle. Pourtant elle aperçoit bientôt le gonfanon qui flotte sur son équipage... L'inconnu qui la trouble tant aurait dû périr, puisqu'il a prêté allégeance à l'ennemi.

L'enlèvement d'une promise, d'Anne Herries - N°835

Londres, XVIIe siècle

Depuis son retour en Angleterre un mois plus tôt, Deborah n'a reçu aucune missive de Nicholas Trevern, marquis de Vere. Et voici que son père lui apprend aujourd'hui la prochaine union du marquis avec l'infante d'Espagne... Pourtant, Nicholas ne l'avait-il pas enlevée au péril de sa vie pour la sauver de la terrible union à laquelle elle était promise avec Miguel Cortes ? Tombée sous le charme de son ravisseur, elle pensait, à tort, être payée d'amour en retour...

Conquise par un guerrier irlandais, de Michelle Willingham - N°836

Irlande, 1180

Vengeance. Lorsque Trahern MacEgan lui propose de rejoindre l'expédition organisée pour laver son honneur, Morren hésite. Bien sûr, le séduisant guerrier l'a sauvée du raid meurtrier de Glen Omright. Mais ne pourraient-ils pas tous deux reconstruire un bonheur présent au lieu de cultiver la haine du passé ? Car Morren rêve avant tout des bras protecteurs de Trahern et d'un nouveau chef pour le clan des O'Reilly...

LES HISTORIQUES

Mystères sur les Highlands, de Terri Brisbin - N°837
AMANTS ET ENNEMIS - TOME 5

Écosse, 1358

Davidh ne voit-il pas qu'elle a abandonné tout projet de traîtrise à son égard ? Anna ignore comment convaincre l'homme auquel elle est promise de sa sincérité. Bien sûr, elle lui a caché son identité et celle de son fils, seul héritier légitime du clan Cameron, mais c'était avant d'apprendre à connaître Davidh. Car, depuis qu'il lui a confié la vie de son propre fils, tout a changé dans son âme…

Prince malgré lui, de Bronwyn Scott - N°838
PRINCES DES STEPPES - TOME 4

Sussex de l'Ouest, 1824

Anna-Maria, chez lui ? Stepan n'en revient pas. La princesse du Kouban s'installe avec lui sous prétexte de l'aider à gérer son domaine tandis qu'il se consacre tout entier à son commerce. Le message est clair : la jeune femme cherche à se rapprocher de lui. Il a pourtant tout essayé pour mettre de la distance entre eux et lui résister car, il se l'est juré, il ne peut pas séduire la sœur de son meilleur ami. Malgré les sentiments sincères qu'il éprouve pour elle, il n'est pas l'homme qu'il lui faut. Cependant, il lui est bien difficile d'ignorer le regard à la fois tendre et brûlant de la jeune femme. Mais il le doit, s'il ne veut pas causer son malheur…

La fiancée des Highlands, de Margaret Moore - N°839

Écosse, 1817

Sauvée d'une terrible chute par un séduisant inconnu, Moira est tellement troublée qu'elle le remercie par un baiser brûlant ! Soudain, dans les bras de ce ténébreux, elle se prend à rêver d'une liaison passionnée… Pourtant, ce n'est vraiment pas le moment de se laisser aller aux folies : ne vient-elle pas de rompre ses fiançailles avec l'insupportable Robert McStuart ? Vite, Moira s'éclipse. Mais, quelques jours plus tard, son audace la rattrape : elle découvre que son ange gardien n'est autre que Gordon McHeath, l'avocat que son ex-fiancé a engagé pour la poursuivre en justice…

Les fiancés de la Couronne, de Juliet Landon - N°840

Angleterre, 1088

Fille d'un riche marchand proche de la Couronne, lady Rhoese d'York voit sa vie basculer quand Guillaume le Conquérant envahit l'Angleterre et détrône le roi saxon Harold pour imposer le joug normand. Très vite, en effet, afin d'avoir la mainmise sur les terres et la fortune de la jeune femme, Guillaume la fiance d'autorité à l'un de ses chevaliers, Judhaekl de Brionne, en récompense de ses loyaux services. Une récompense, se jure Rhoese furieuse, que l'intéressé regrettera très vite d'avoir reçue…

Composé et édité par HarperCollins France.

Achevé d'imprimer en mars 2019.

CPI
BLACK PRINT

Barcelone

Dépôt légal : avril 2019.

FSC
www.fsc.org
MIXTE
Papier issu de sources responsables
FSC® C108412

Pour limiter l'empreinte environnementale de ses livres, HarperCollins France s'engage à n'utiliser que du papier fabriqué à partir de bois provenant de forêts gérées durablement et de manière responsable.

Imprimé en Espagne.